南山海上观音

赵樸初题

◎前中国佛教协会会长
赵朴初先生为南山海上
观音题词

◎ 108 米高的南山海上观音像

◎鸟瞰南山海上观音文化苑

◎ 2005 年 4 月 24 日，108 米南山海上观音圣像开光大典盛况

◎ 2005 年 4 月 24 日，海内外信众共襄 108 米南山海上观音圣像开光大典盛举

◎海上观音佛光普照灯光夜景

◎敬造中的观音佛首 1：1 足尺放样

◎远眺南山海上观音三面像

三亚奇观

——南山海上观音建造纪事

管志华　著

文匯出版社

图书在版编目（CIP）数据

三亚奇观：南山海上观音建造纪事 / 管志华著 . -- 上海：文汇出版社，2019.10

ISBN 978- 7-5496 -2841-4

Ⅰ.①三… Ⅱ.①管… Ⅲ.①纪实文学－中国－当代 Ⅳ.① I25

中国版本图书馆 CIP 数据核字（2019）第 197994 号

三亚奇观
——南山海上观音建造纪事

著　　者 / 管志华

责任编辑 / 乐渭琦

特约编辑 / 庆　芬

图片摄影 / 陈　力

装帧设计 / 吴嘉祺

出 版 人 / 周伯军

特别策划 / 吴国松

出版发行 / **文匯**出版社

　　　　　上海市威海路755号

　　　　　（邮政编码200041）

经　　销 / 全国新华书店

照　　排 / 上海歆乐文化传播有限公司

印刷装订 / 上海颛辉印刷厂

版　　次 / 2019年10月第1版

印　　次 / 2019年10月第1次印刷

开　　本 / 787×1092　1/16

字　　数 / 280千字

印　　张 / 21.5（彩插4）

ISBN 978-7-5496-2841-4

定　　价 / 68.00元

序

阮崇武

凡到过海南三亚的人们，都会知道南山有一尊高达 108 米的造型优美、巍峨壮观的海上观音雕像。若亲临游览这片文化景观园区，如一首诗，似一幅画，心中恬淡、静穆，沉浸在山海相成、动静相间的艺术环境，体味到情景相融、虚实相生的天地境界。如今，这个传统与现代结合、继承与创新交融的景观，成为三亚著名的国际性地标建筑。

岁月流逝，往事如烟。不过，作为当年的决策参与者，尽管 26 年过去了，但工程的前期事宜迄今记忆犹新。1993 年 2 月初，我刚到海南任职不久，觉得海南的热带自然景观十分秀丽，但感到缺乏国际知名的人文景观，海南有丰富的潜在历史文化资源亟待开发。

我刚上任就接到一位佛教人士的来信，要求在亚龙湾拨地数百亩，修建南国寺。我即予回复，并告知三亚市，从亚龙湾的整体规划来看，由于风格和功能都不协调，不宜修建寺庙，并提议另择地建寺，以纪念对中日文化交流起过重要作用的唐代高僧鉴真。

唐代著名高僧鉴真第五次东渡日本时，在舟山群岛附近遇到大风，漂流海上十多天，终于在三亚宁远河口附近登陆。对国家统一立过大功的黎族英雄冼夫人的后裔冯崇债，闻讯后立即派了四百官兵，把他们迎请到自己家中住了一年，又亲自领兵八百，将他们护送至崖州。由于原崖州寺庙早已坍塌，鉴真和尚意欲重建，冯崇债马上命人三日之内，每人献圆木一根，于是便很快建成了佛殿、讲堂、砖塔和一丈六尺高的释迦佛像。后来，鉴真和尚第六次东渡日本终于成功，在奈良东大寺筑坛传戒，成为日本律宗的初祖，对中日文化交流做出极大贡献。这一段著名佛教历史，在海南也应予以彰显；更可作为发展海南旅游业的一项重要内容，对三亚乃至海南的发展会起很大的作用。

但是，要建设佛教文化园区，选址问题十分重要。当时各方推荐了几个备选址，我去看了，都不理想。由于迟迟没有定论，我就让秘书找来三亚地区的军用地图。在这个标有等高线的地图上，我看中了一处背山面海、山势巍然、地形地貌都非常符合建设佛教文化园区的地块。此地块约49平方千米，且无人居住、无农田用地。欣喜之下，我就在这个军用地图上，分别标注了适合建南山寺和海上观音大佛的位置，并在约49平方千米的地区划上了圆圈，写上了"就在这里吧"几个字。至此，选址问题尘埃落定。

后来，我们去现场实地考察，又发现在南山的山顶上，极目可见左右各有一棵参天大树，暗寓左青龙右白虎；在我划定建海上大佛的位置，也正好有两山的余脉延伸入海，意味着海底必有大礁盘，可作为108米海上观音大佛的岛基。天意如此，别无他选。当时也有人建议观音大佛要建在山上，但我一直坚持要建在海上，以取"南海观音，巡海归来"之意。

由于鉴真和尚属"律宗"，又叫"南山宗"，故拟取名"南山寺"。这一建议得到了三亚市领导的积极响应，项目建设亦得到了历任省领导的支持，但当初对造庙建寺、建设观音文化景区，也有各种争议，谁也不敢接手。这里要感谢上海等地的相关公司和航天系统企业，他们"勇于吃螃蟹"，尽心尽责，精益求精，用一种过人的作风和顽强精神，克服各种意想不到的困难，以自己的心血与汗水，建成让人赞叹的海上观音像与观音文化景区。

工程项目建设第一期分南山寺、观音文化景观园区，南山寺作为纯粹佛教道场，观音文化景观园区作为国际旅游景观区域。本书侧重写后者从开建到开光的建设历程，真实记录了建设者顽强拼搏的精神风貌，让人得到一种时代感召，也让人了解这个文化景观从无到有的渊源和脉络。工程项目从一开始就强调"文化精品"意识，邀请了国内外著名的建筑、佛学、历史、园艺、美术等专家参与规划设计，打造世界级的著名景区。专家认为，海上观音工程及景区是一项规模宏大的主题文化工程，涉及传统文化、佛学教义、绘画、雕塑、铸像、建筑等众多专业领域，运用到合金工艺、高分子、流体力学、海上施工、现代建筑、园林艺术等一系列高科技成果。这些，本书都做了详尽的阐述与反映。

观音文化景区建设的定位是在人文景观上，她对提升整体海南的旅游环境、加强海南的生态保护、推动海南的经济发展，无疑起到了重要作用。海上观音像的设计者、建设者将项目定位为"世界级、世纪级"的文化工程，这就要求在设计和建造过程中，要体现"传承、创新、经典"理念，并且从形态、线条、布局、环境、建筑、生态等各方面进行再处理和再创造，力争使之成为东方文化和佛教雕像的代表作。这里要感谢项目的设计者、建设者始终领会这一要旨，虽然目标清晰，但在具体实践中要牢牢把握方向，却不是件轻而易举的事。这就要看一个团队、一个群体的定力、方向、视野、胸襟。这个方向不是在开始时就能决定的，是需要走一步、看一步、摸索一步，最终把自己的想象跟实际情况结合在一起，才能实现这样的目标。

需要感谢在项目筹建方案出台伊始，得到中央统战部、国务院宗教局、中国佛教协会的积极首肯，得到中国佛教协会赵朴初会长和国务院宗教局领导的大力支持。1994年1月24日，全国宗教团体领导人座谈会在三亚召开，赵朴老与60余名佛教界、建筑界著名人士赴南山考察选址。赵朴老将亲笔题写的"南山寺"额匾及墨宝赠给南山寺。同年2月，在评审南山寺修建规划设计时，正式将"南山海上观音"列入规划，确定像高108米，赵朴老又亲笔题写了"南山海上观音"。全国政协副主席马万祺先生、著名国学大师南怀瑾先生、台湾释宏善法师等，不仅慷慨解囊，而且常献良策，有效地推动了南山观音文化园区的建设。

海上观音像工程建设在佛教、文化、雕塑、绘画、冶金、建筑等各界名家，以及中国佛教协会与中国佛教研究所的精心指导下，进行了严谨的创作。经过反复调研、论证、修改、完善，前后易稿数十次之多，最终确定了"一体化三尊"的三面造型设计和采用白色合金材质制作"白衣观音"的方案。观音文化园区建设者坚持不懈、克坚攻难，历经六年的宵衣旰食、艰苦奋斗，终于在我国南海竖起了美轮美奂的108米高的观音像。

站在宽广大气的观音文化广场上，凌波伫立的海上观音像仿佛触手可及。在碧海清波之中，莲花宝座上的观音，庄严而又慈祥，好像永远都不会拒绝你的任何要求。海上观音像一体化三尊，北面像手持经箧，东西两面像分别手持莲花和佛珠，每一面的造型饱满圆润，堪称完美。无论你站在观音广场的哪个角落，观音都在关注着你，随时都能向你伸出援助之手。可以说，如此造型优美、体态端庄的观音巨像，实属史无前例。这是建设者的骄傲、海南人的骄傲、中国人的骄傲！

其实这就是一种文化，一种力量，一种精神，正启示人们：我们有没有这种精神、善念、动力去做我们的事业、做我们的工作、克服我们所面临的种种困难！从当年建设者身上，我们应该去领会、学习这种精神，这不仅是一代人所创造的物质财富，也是一代人留下的精神财富。我们要把这种精神、信仰、动力用到建设发展上去，用到为中华民族伟大复兴而不懈奋斗上去，这才是我们对未来最好的献礼。

是为序。

（作者系原海南省委书记、省长）

目 录

开篇　初访南山

引　言

天高云淡，金桂飘香。

2008 年秋，我受邀访问三亚南山观音苑。也许是因为从事新闻职业的缘故，我几乎跑遍大半个中国，唯独没有踏上过祖国的第二大岛海南岛。

此前我翻阅相关资料：海南岛自古以来便是水土肥美、物产丰富，让候鸟眷恋的一方净土，古称鹭洲岛，亦称琼崖。海南省在中国最南部，濒临南海，以海南岛得名，包括海南岛和西沙群岛、中沙群岛、南沙群岛的岛屿及其海域，面积 213 万平方千米（含海域，其中海南岛 3.38 万平方千米）。

海南岛西汉为珠崖郡，东汉为朱崖州，唐属岭南道，宋属广南西路，元属湖广行中书省，为海北海南道宣慰司，明属广东布政使司，清属广东省，为琼州府，1959 年置海南行政区，属广东省。1988年析置海南省，为中国最大的经济特区省[①]。据海南省政府公布的

---

① 参阅《辞海》，上海辞书出版社2010年第6版。

《2016年海南省（海南本岛）海岸线修测成果》报告：全省（海南本岛）海岸线总长1944.35千米，自然岸线长度为1272.61千米。拥有阳光、沙滩、大海、森林等迷人的自然风光，是嵌在丰饶、富丽的南海上的一颗明珠，吸引着无数中外游客慕名观赏。

最令人充满想象的是碧海、银滩，那委婉延绵的海滩，宽阔平缓，沙质洁白细柔，宛若银龙，缠恋着浩瀚的南海，让洁净而富有灵性的波浪不断地冲刷，显得格外怡情、激奋、圣洁。森林与大海、树涛与浪花，互伴交织，同声呼应，独具美丽的亚热带风光，让人怡然、陶醉。我想象：这里海面如青绒般的地毯，随着微风的韵调而抑扬吟咏；那片天空像明镜般的碧玉，疏落地飘浮着洁白的云朵，凸显娴静、神奇的魅力。

飞机在晚上10点多抵达三亚凤凰机场，接待我的是南山观音苑建设发展有限公司总顾问吴国松。他非常热忱，虽然我们在上海认识、交往，极其投缘，彼此有着许多共同语言，但此刻，他依然视我同贵宾般地问暖嘘寒，询问我到三亚第一感受是什么。说真的，做记者行当已经养成职业习惯，不会下车伊始便哇啦哇啦地乱发议论，但对吴总熟识、信任，我坦言上海的天气凉快，到这里感到有点燥热。吴总善意地笑着略加解释这里的地理环境、气候条件及人文风俗，一边说着一边领我走到候在机场的公司派出的公车，于是我们向南山观音苑进发。

我们走的是西线公路，那时路况并不十分好，只觉得外面是黑黢黢一片，抬头观望，但见一轮硕大的月亮放射出清辉，有时云层像一缕缕透明轻纱慢慢地将其遮盖；有时月亮从云雾中露出脸盘，亮灿灿的，晶莹的月光照耀着前行之路，整个大地像被罩上一层银光。行程约三刻钟我们便抵达目的地。

这是南山观音苑景区，初来乍到，分不清东南西北，但感觉这是非常不错的园林景区，只见依山傍海，树木葱茏，红栏绿柱，山道曲回，清雅幽静，一幢幢别墅客房散落在高低起伏、花香馥郁的山地。稍事休息后，吴总邀我去不远的海边观览，此时我才发现那里耸立着一座巨大的白衣观音像，在月光的映衬下显得格外庄穆、慈祥、亲和。吴总与我踱步到观音广场、观海平台，他向我讲述一个个有关观音像建造的故事……我听得入迷了，不忍心打断话题，于是产生想写一部这个大工程建造史的念头。这不仅仅关乎建筑设计学，而且还涉及佛教、文化、艺术、园林、旅游，以及建材、工艺、地质勘察、海洋工程等学科。这是专家最好的经典资料，可做教案之例；或是文学家的原始素材，可资创作之用。但从综合纪实角度，这是记者职业强项，于是我便不揣冒昧，不顾学识浅陋，力图将这段建设足迹与历程记录下来，以志纪念那些建设者所做的奉献。

产生这个念头后，很巧，时近翌日凌晨，将与吴总分手回迎宾馆相约白天再会时，我仰望天空，只见月影婆娑，月色朦胧，慢慢的，弯弯的月牙像一只银亮的小船，在渐渐变大，霎时一轮满月像玉盘一样嵌在蓝色天幕上，时而又腾起一片云烟，薄薄的青雾在海边、陆地渐渐升起，景区内斑斑驳驳，花影迷离，满地的月光，摇曳的树柳，攀爬的藤蔓，黝黑的山脉……变得像人间仙境，十分迷人。我禁不住向吴总说，这样的景色是我头一回看到，莫不是海上观音欢迎客人的到来？吴总莞尔不答。我进入房间，坐在阳台的藤椅上，静静地欣赏这片净土的奇景。真的，在时隔 10 年后的今日，我依然记得这片欲藏还露、欲隐欲现、云绕雾缠、清辉遍地的月下美景，那不远处默默地屹立着一尊白衣观音，似乎在祈祷，亦像在祝福，天涯明月，天上人间，引人遐思，令人神往……

踏访观音苑

海南岛，位于中国最南端，在海南省北部海中，北隔琼州海峡同雷州半岛相望，素有"天涯海角"之称。这里，蓝天碧海，椰树白沙，雨林奇峰，长年不变的满眼绿色，四季宜人的温暖气候，使她犹如一颗镶嵌在浩瀚南海上的璀璨明珠，美丽而神奇，浪漫而纯净。

三亚则位于海南岛南部，面积1919平方千米，是具有热带海滨风景特色的中国海滨城市，不仅有亚龙湾、南山景区、漱玉温泉、鹿回头、落笔洞、崖州古城等名胜古迹，也是中国空气质量最好的城市、全国最长寿地区之一。三亚古称崖州、崖县，别称鹿城，又被称为"东方夏威夷"，拥有全岛最美丽的海滨风光，诚如有首歌所唱：

请到天涯海角来，这里四季春常在；
海南岛上春风暖，好花叫你喜心怀；
三月来了花正红，五月来了花正开；
八月来了花正香，十月来了花不败。
……

第二日上午，吴总陪同我参观观音苑——其实是一个佛学文化旅游苑区，这时我才真正观瞻到观音像的壮美丰姿，蓝天之下，碧海之上，这尊三面一体的观音像天衣素白，法相庄严，她像在倾听，又像在凝视，更像在冥想，在平静的海面上慈航，巍巍矗立在青山绿水间。

我们慢慢地行走，进入观音苑景区门口，只见六座塔形普门经

普门经幢

幢矗立，上面雕刻着佛教经文。这六座经幢每座分为五层，底下两层是须弥座，上面是八吉祥图案，须弥座上是以"须弥山"为中心的"九山八海"，象征着佛教的世界观。第三层是赵朴初居士亲笔书写的《法华经·普门品》，整卷《法华经·普门品》共2252字，分别刻在六座经幢上。经幢象征着佛的智慧能降服一切烦恼，在佛教中有驱邪降魔的说法。走过经幢，犹如将凡尘隔绝，心中杂念全无，一片清静。

观音广场在东方园林艺术风格的基础上，融入西方古典园林风格，面积逾6万平方米。广场入口地面上以"童子拜观音"为轴心，轴心向外分布六根射条，构成一个车轮状的图案，寓意"法轮常转"。普门广场中间是童子拜观音像，善财童子双手合十，与凌波矗立在南海之上的观音像组成"童子拜观音"形象。善财童子追随观音菩萨以普度众生为己任，解救危难中的众生，成为悲天悯世的观音菩萨的左胁侍。童子拜观音两侧的环廊，青瓦覆顶，环廊明柱，与整个广场布局相得益彰，显得古朴典雅，两侧环廊内各有25个转经筒，加上环廊外延伸在礼佛线路上的其余32个，共有82个转经筒。

在观音广场西侧，石壁上刻着《南山海上观音赋》，赞美建造海上观音像之功德，歌颂观音救苦救难和慈悲精神。东边石壁上是《七佛通诫偈》。"诸恶莫作，众善奉行，自净其意，是诸佛教"，这16字，总括一切佛法。要"去恶从善"，先要"知恶知善"，需要"自净其意"，也就是"自己净化自己的心灵"，佛教便是帮助人们去发现良心，去自我觉悟，"勿以善小而不为，勿以恶小而为之"标准似乎很简单，却为佛学和佛教在中国传布铺开了近2000年的金光大道。

照壁上的《南山海上观音赋》是由我国著名科学家高士其之子、著名辞赋家高志其先生花了近五个月发心撰写，由著名书法家张瑞龄先生手书。全赋近2000字，历经19稿。

于是再走过三座石桥，名为禅观桥，中间是慧观桥，左边是净观桥，右边是真观桥，三座桥犹如寺院山门之三解脱门，按照佛教里顺时针参拜礼仪，从左侧净观桥过。在一棵冠形奇特的大树前停住脚步，那树中部膨大似瓶，配上顶端绿叶，如同观音手中的杨柳净瓶。传说，净瓶树便是观音手中的净瓶化身而来。原来在干涸的沙漠上几乎没有植物生长，沙漠上的人们极度干渴却得不到一滴水。观音怜悯一方众生，手持净瓶向干枯沙地上的人们普洒甘露，救度困苦众生。这净瓶树还叫佛肚树，谐音"福多"，依次去抱一抱，既与这灵气之物亲近了一回，又有抱福之意。

观音广场是朝拜观音的最佳地点，实际面积约6.5万平方米，可

拜佛广场祈愿台

容纳几千人同时进行朝拜。祈愿台为观瞻、朝拜海上观音的中心位置，中心点地面浮雕是三只互相追逐的兔子，观音像一体化三尊的设计理念受此启发。其中暗藏奥妙，在建造中偶然发现、自然形成，发出声响仿佛是观音回应许愿者祈求，产生灵验感应和共鸣。

　　吴总特意让我有意一试，果真如此，好如北京天坛的回音壁——在弧度十分规则、墙面极其光滑的围墙边，只要两个人分别站在东西配殿后，贴墙而立，一个人靠墙向北说话，声波就会沿着墙壁连续折射前进，传到一两百米外的另一端，无论说话声音多小，也可以使对方听得清清楚楚，而且声音悠长，堪称奇趣，给人造成一种"天人感应"的神秘气氛。回音壁有回音效果的原因是砖砌圆形光骨大围墙的建造暗合了声学的传音原理。围墙由磨砖对缝砌成，光滑平整，弧度过渡柔和，有利于声波的规则折射。加之围墙上端覆盖着琉璃瓦，使声波不至于散漫地消失，由此形成了回音壁的回音效果。但在这空旷之地，缘何亦会有如此声波传递？对这些疑惑，我心中不解。也许正如黑格尔哲学"存在即合理"之说，自然界存在许多神奇的未解之谜自有天然合理成分，是目前科学知识尚未能揭示的。对大自然出现的奇异现象，以及对先人们流传下来的事物，重要的是要心怀敬畏。我想，随着现代科学技术愈加发展、取得长足的进步，相信人们总有一天会参透其中的奥秘。

我们又漫步走上观海平台，一眼望去，烟波浩渺，海风袭人，观音像凌波伫立在南海之上，碧海蓝天下俨然映衬出一方清净的海天佛国，面向持箧观音，另两面是持珠观音和持莲观音。这一体化三尊的观音像有108米高，瞻仰之时顿生崇敬之心。观音像采用背光将首部分别隔开，从正面看，完全是一尊像而不会产生三个头部的错觉。在佛教中，单尊观音像（单首、二手、二脚）称为正观音像，而经艺术创新设计建造这尊三面一体的观音像，既如法如仪符合佛教教义，同时也解决了三面观音是正观音像而非化身像的佛教文化障碍问题。

为了充分体现海上白衣观音白玉般颜色的特性，建造者们曾前后进行了数十次的试验。经过不懈努力，最终调出理想的色彩——白色中透着青色，似玉非玉，似白非白。这是继南山海上观音"一体化三尊"的又一创新，运用新工艺和新技术实现了"白衣观音"的形象。有人评说，这在佛像建造艺术史上是个伟大创举，如果说"自由女神像"代表着西方世界人文精神，那么这尊前所未有的南山海上观音像便是"东方美神"，成为东方世界"智慧""慈悲""和平"的象征。

再从左侧通道走下祈愿台。通道两侧是绚丽的飞天壁画，辨得是观音的各个化身，个个婀娜多姿，神采飞扬。会议展览中心的外墙，壁画的内容展示着佛陀的足迹及佛教文化传播轨迹。吴总介绍说，这是主体工程的一大重要内容，体现出中国文化和佛学、佛教的内涵，现在看到的只是毛坯样，建设者们会匠心独具地细心刻画，再过几年甚至更多时间后，这里将进行二期工程，倘若有机会来参观，将会给你留下更深刻、更美好的印象。我点头称是，从这规模、场面，再加故事、构架，我猜想未来这里的壁画不会差，尽管我曾到过不少佛教圣地，观摩过汉代、魏晋、北魏、唐朝有关表现神话传说、历史故事、社会生活包括宗教题材的壁画作品，尤其是莫高窟精美绝伦的各种飞天神女像，对其场面宏伟、内容丰富、色彩鲜艳、形象生动，显示运思之精巧与技艺之卓绝，报以无比惊叹和赞美，但随着现代科技发展，如今海上观音的故事、情节壁画会有更多精彩，更具时代感，毕竟千年观音回到南海之家，其叙述、讲解、说法当然会更详尽、更地道。

这里需要提及南山观音苑的迎宾馆，它坐落于象征无上智慧的妙金山菩提园之侧，与108米南山海上观音圣像遥遥相对。宾馆为古朴的唐代建筑风格，十几栋极具唐代特色的别墅建筑错落有致地建于妙金山间。宾馆共有200余间各式客房，房间装饰典雅、别致，设备齐全，并配有独立观佛与观海阳台。远眺海天一色，碧波万里，拜观音菩萨，沐净土福泽。拥有可容纳800多人的全海景素斋餐厅、主营淮扬菜系的中餐厅、可同时容纳近1000人的会展中心、茶艺馆、台球室、棋牌室、健身房等，配套设施一应俱全。休憩迎宾馆，既可观赏独特的园林美景，又可感悟禅意的精深微妙，还可体验远离喧嚣的隐逸生活。

我们走到了素斋广场，信众和游客需要用餐，自然入座全海景素斋餐厅，他们在幽雅环境中，透过餐厅落地玻璃墙可将108米南山海上观音像一览无余，当然他们怀以虔诚之心食素，而这里拥有一批受过御膳素斋专业训练的厨师队伍，能提供200多种素食，既美味可口又营养卫生，"礼拜观音，品尝素斋"，业已成为来南山观光、瞻仰的游客和信众的一种美好享受。

在观音苑素斋广场稍事休息后，踏上长280米、连接观音岛和观音广场的普济桥，其蕴含观音普度众生之意。普济桥两边是观光码头。参加海上观光、朝拜的游客可在此乘坐游艇环绕观音岛，朝拜三面观音像，一睹三面观音像全貌。从海上绕佛一周，功德殊胜。

观音岛又名金刚洲，直径120米，面积1万多平方米，由人工填筑而成，整个岛形如佛教法轮。岛中金刚宝座意指佛陀成道时所坐之座，南山海上观音金刚宝座包括圆通宝殿与莲花宝座两部分。宝座顶部有20个小塔，造型设计精湛，雕刻精美，堪称一绝。而圆通宝殿，迄今为世界上最大的观音殿堂，建筑面积1.5万多平方米，上下四层，依次为地宫、观音殿、观音文化展示及极乐世界。莲花宝座位于圆通宝殿上，莲花宝座由108瓣莲花组成，上下四层，每层27瓣，每瓣面积约16平方米。唯有缺憾是，海上观音像业已建造完毕，但笔者当初采访，圆通宝殿与金刚宝座的内装修尚未进行，没能目睹其风采，不免悻然。也罢，留有点遗憾，下次相见能有更多收获。

重返普济桥，回望观音，观音的面容显得更娇柔、亲和，嘴角溢出的笑意慢慢扩散，我们倒坐在电瓶车上，离开观音苑，此刻再看观音像显露得越来越多、越来越分明，如同海上升起一般，颔首目送我们依依不舍地离去。

出了观音苑，来到妙金山菩提园。这是目前世界上最大的菩提园，可以种植菩提树1万棵，听吴总说目前有菩提树3000棵，里面每一棵菩提树均是世界各地信众、游客为支持南山海上观音建设而发心认植的。乘坐园区电瓶车绕行一圈，但见到处都是菩提树，当然也有其他树种及花卉，在一片片碧绿草坪上点缀着不知名的各色花草，远远望去，像是绿毯绣上了异彩。虽是秋日，但绿意葱茏，云飘晴空，亭台楼阁，假山流水，美不胜收。令人惬意的是，喷泉不停地喷放水花，微风把阵阵清香吹散在空中。

相传佛祖释迦牟尼为了摆脱生老病死轮回之苦，在一株菩提树下打坐，经过六天六夜的禅观，猛然觉悟，领悟了真谛而成佛。菩提子隐于花囊中，可做佛珠，菩提树干上的节疤，就像一只只眼睛，大家都说菩提树"有心有眼"。所以，佛经里都把菩提树当作"神树"。菩提树下的发愿石刻有认植的施主姓名与菩提联句。山顶上那座亭子是钟亭，叫妙观亭，中间那座金亭叫妙音亭，最下面的亭叫悟道亭，合起来就是观音悟道之义。妙音亭金瓦覆顶，顶上每个檐角列着一对有趣的吉祥小兽。

参观完毕，我终于看清面向着观音像的迎宾馆全貌。这里总占地面积近7万平方米，是集海南风光、东南亚风光、黎族风情为一体的别墅群区。区内有别墅房228（套）间，每一房间都备有禅房，可供信众打坐使用。迎宾馆不仅有完善的客房服务设施，还有会议中心、演示厅、健身房、游泳池、水上酒吧等配套设施。不仅有中西餐，还有"南山一绝"的素斋，让来宾在禅的意境中感受一分隐逸之情。有意思的是，宾馆刘经理率员工在大门口躬身致礼，还献上花环佩戴在我的脖子上，双手合十地连声道出"欢迎，欢迎"，这番礼仪并非我个人独享，凡是来到迎宾馆的客居者都能享受到这个礼节，我

南山迎宾馆

想这正是他们训练有素的不凡之处。

　　黄昏，薄暮冥冥，景色迷蒙，我静静地坐在阳台藤椅上，尽情欣赏眼前的景色，海上的黄昏又是另一番景象，海水被落日映成紫蓝色，波浪被余晖射成银花，光华灿烂，而那尊海上观音愈发可亲可爱，她似乎时时在注视、关爱着我，这样的生态旅游苑区，准确地说，这样的文化苑地，让我怀有无限遐思，也让我产生探究曾在这片荒山野岭进行开拓建设的人们的足迹的强烈愿望。也许，这是一段不可再生、难以磨灭的历史，如今的游客、信众不一定知晓或者了解，但历史会记住他们，他们辛勤、艰辛的开拓，给后人留下一笔宝贵的精神财富，他们的奋斗事迹自当载入史册。

入夜，耳闻妙观亭内的梵钟声声，在南海这片海天佛国之中，千年观音终于找到了家。是的，我也像到了自己的家。

探寻南山寺

秋日，山岭、森林呈现着一种成熟、斑斓的色调，显得苍郁、丰富、深沉，犹如一幅五彩缤纷的锦屏，白衣观音像屹立其间，使这幅锦屏格外壮丽秀美。

向西侧瞭望，见到山上有座寺庙，吴总伸出手臂指向那里说道，那就是南山寺，不妨去探访一下。此时我才听说是先建有南山寺，然后才造起观音像、观音苑，虽然两处都有佛教道场属性，但南山寺完全是佛教场所，由宗教僧团管理；观音苑则属于文化、旅游、生态景区，由地方及建造单位管辖。这个"一地两制"引起我的兴趣，在吴总陪同下，我们便漫步去朝拜南山寺。

中午时刻天气还挺炎热，我们选择下午三四点，朝香烟缭绕、松竹簇拥的寺庙走去。兴许由东向西，一眼望去，寺庙在太阳的辉映下闪显一片金色。一路上，吴总向我讲解"五树六花"的佛学典故，因为佛教来自地处亚热带的古印度北方，讲究"五树六花"。"五树"指的是菩提树、高榕树、贝叶棕树、槟榔树、糖棕树；"六花"是荷花（莲花）、文殊兰、黄姜花、缅桂花、鸡蛋花、地涌金莲。而这些，在海南及三亚，可谓四处可见。说着说着，渐渐的，我们走进掩映在绿树丛中的南山寺，我首先被清静、肃穆的大门牌坊所吸引。只见南北朝向建筑风格的门楣上书画着拈花的图案和"不二"两字。据说"不

南山不二法门

二"在佛教中深有含义，很有讲究，比如因缘和合而生，最通俗的解释是指得道的唯一门径，唯有进入此门，才可进入佛教的圣境，才可证悟。进大门后，与"不二"相对的是"一实"。一切皆空（"不二"之意），而佛法不空（"为实"之义）①。从地理位置看，南山寺背山面海，从正门看，高高的平台上，靠海是一面长长的照壁，上面是赵朴初居士题写的"海天丛林"四个大字。2008 年秋我初到南山寺，寺庙初建而成，规模显现。沿着高高的石阶而上，站在东南角一望沧海无边，移步西北向见仰青山环立，山势逶迤，左山脊像一条青龙，右山脊有一块巨石，人称"虎头"，我赞叹这里的山水真美、风水尤佳。仔

---

① 参阅程德美：《千古海南潮·海南》，中国建筑工业出版社2015年7月版。

细观看，在"龙""虎"的环抱下，寺院依势渐升，天地一体，海天交融，如此配置，可谓威震山海，气势非凡。我曾探访过不少名胜佳地、古寺古庙，而见到这新建的南山寺，心头油然升起一种震撼，感佩选址人不同凡响的眼力，或许是天赐良缘，正是观音发愿回家的居所。

一片美景，尽收眼底。站在汉白玉栏杆边，凭栏观望，那尊南海观音雄峙碧波，三亚湾一览无余地呈现眼前，那辽阔的海面上洒满了和煦的阳光，而湛蓝的海洋与天空连在一起。此时此刻，绝无寂寞、孤独的心情，更无凄婉、沉郁的离愁，取而代之的是增添对祖国的豪情和对世界的挚爱。

南山寺的建筑，依据鉴真大师的史迹和唐朝中国工匠建造的日本奈良唐召提寺的唐朝本色，2008年秋看到南山寺建造初具规模，气势雄浑，但见屋顶坡度平缓，线条鲜明的筒瓦、硕大的斗拱、粗犷简约的绿琉璃鸱吻、上翘的屋檐、粗圆的柱子……如此优质、壮美的建筑群，在神州大地还是罕见的。

缘何南山寺观音不在宝殿？寺庙住持双手合十，微微含笑道：客官不妨再仔细观瞻。他仪容端庄，迈开轻盈步伐走开了。原来我们进山门后，没有注意到在金堂广场东侧的观音殿，这里供奉的是一座两米多高的金身滴水观音，一手持瓶，一手做法印，门匾上书写着"甘露洒人间现清净身说平等法，慈航通彼岸以自在力显大神通"。南山寺"金玉观音"非常有名，供奉在金碧辉煌的得大自在观音阁，也就是金玉观音阁。

为了采访三亚南山观音苑和海上观音像的建造，笔者阅读了不少古籍史书、佛学著作及有关资料，但毕竟"纸上得来终觉浅，绝知此事要躬行"，需要耳闻与目睹的结合。

在佛教中，世间有四大菩萨，象征四种理想的人格：愿、行、智、悲。象征愿力的是地藏菩萨，象征实践的是普贤菩萨，象征智慧的是文殊菩萨，象征慈悲的是观世音菩萨。人们通常说的观音菩萨，又称观世音菩萨、观自在菩萨，意思是"观察世间声音"的菩萨。

观音本译作"观世音"，因唐人避"世"字讳，略称"观音"。玄奘译《心经》时，改译观自在，为佛教大乘菩萨。佛经说他为广化众生，能示现种种形象，名为"普门示现"。《法华经·普门品》说他有三十三身，《楞严经》说有三十二应（即应化身）。佛教说他大慈大悲，救苦救难，有求必应。当人们遇到灾难时，只要念到观音，观音就会前来救度。中国寺院中一般造像或图像多做女相。女相观音造像约始于南北朝，盛于唐代以后。为阿弥陀佛的左胁侍，与阿弥陀佛及其右胁侍大势至合称"西方三圣"。中国佛教尊为"四大菩萨"之一。观音具有无量的智慧和神通，普救人间疾苦，受到信众的崇拜。

在南山寺，金玉观音阁造型精巧，走进观音阁，宽阔的大厅里，三面大墙立满了善男信女供奉的金色佛像，在大坡璃隔断内是一尊金玉观世音雕像，耀眼的大厅给人一种震撼。淡蓝色莲花基座上，一尊高大的金色观音像伫立着，体态丰美，飘逸洒脱，整座塑像由观音像、佛光、千叶宝莲和底座四部分组成，总高3.8米。这是一尊一面八臂观音，又称不空羂索观世音。

在金玉观音无比精美的天冠上，在400多粒钻石和海蓝宝石的衬托下，一尊用白玉精雕的无量光佛坐在绿色的翡翠莲台上。这尊白玉佛洁净温润，建造者用钻石嵌出了佛的光环。在金玉观音的眉宇间镶嵌着一颗直径15毫米的星光红宝石，一对祖母绿耳坠悬垂两侧。观音金身由200多片平均厚1.2毫米的金片经手工敲打成型。雕饰材料计有黄金白银100多千克，南非钻石200多颗，红蓝宝石、祖母绿、珊瑚、松石、珍珠等数千粒，各类翡翠玉石100多斤，观音背光中心的莲花图案由 1640 根细金丝手工做成，而千叶莲踏的 52 片白色翡翠莲瓣，也是人工雕琢而成……其珍贵的材质，精妙的构造，缜密的匠心，典雅的艺术，堪称当代工艺美术史和佛教建像艺术史上的稀世瑰宝，我伫立想象着：这不正是佛教文化、美术工艺、实际生活相互交织的混合形体？在欣赏观音之庄美之伟力的同时，不正在心内升腾起一种祈愿、信仰？中国自古就有"礼教、诗教、乐教"，而佛教理念正混糅其间，所谓"养其根而俟其实，加其膏而希其光；根之茂者其实遂，膏之沃者其光晔"，表达了人生缘愿，体现了世间安平。

我与吴总走出殿堂，站立在广场，平静呼吸，但见海天茫茫，碧空浩浩，向远瞭望，那尊高 108 米的南山海上观音正巧对着这里，形成最佳角度。也许是要与海岸线和南山山岭取得最好的景致协调，三面观音像的正面朝向北偏西 18° 左右，与金玉观音殿同一方位。正面象征智慧的观音手持经箧，朝东北面象征平安的观音手持莲花，朝西南面象征仁慈的观音手持念珠。每一尊法相都蕴含着大智，为众生增福添慧，为世界保佑平安。

探寻南山寺虽是走马看花，但引起我不少兴趣，尤其对这片"一地两制""两区一体"园区的建造和建设，产生一是敬重二是记录这段历史的念头，脑海里盘桓着：这么多年来他们是如何走过路程、怎样闯过难关？下山路上，吴总做了简要介绍，但满足不了我的好奇心，也许时间太短促，我只能一点一点从头开始，寻找轨迹，还原历史。也许难关重重，但我想，决不能让这些建设者的丰功伟绩和奋斗精神消散在历史的云烟中。

此后，我多次到达三亚南山，对南山海上观音和观音苑的建造进行多年的跟踪采访，诚如中国藏族僧人、诗人，第六世达赖喇嘛仓央嘉措^①所作的名诗《那一世》：

> 那一夜，我听了一宿梵唱，不为参悟，
> 只为寻找你的气息。
> 那一月，我转过所有经筒，不为超度，
> 只为触摸你的指纹。
> 那一年，我磕长头拥抱尘埃，不为朝佛，
> 只为贴着你的温暖。
> 那一世，我转遍十万大山，不为修来世，
> 只为路中与你相遇……

就让这首名诗、这支歌曲作为本书的序章，使我们的读者跟随这批建设者群体的足迹，回顾抑或体验20余年前他们艰辛而奋进的心路历程。

第一章　建造缘起

　　高 108 米的南山海上观音，是东方人心目中"真、善、美"的化身，伫立在空旷寥廓而气度不凡的观音文化广场，眼望辽阔无垠的海洋，瞻仰庄严慈祥的观音像，油然而生一种温文静寂、气韵和合、物我互感的心境。

　　凌波屹立的海上观音似乎在凝视、聆听，抑或在观望、沉思，显得多么慈祥、悲悯，那样亲和、俨然。再庄严、肃穆地移步仰望，愈发感到她近在身边，伴随自己。细细端详，碧海清波之中，莲花宝座上的观音端庄雅致、和蔼可亲，好像永远都不会拒绝你的任何要求；她的面部一体三尊，北面像体手持经箧，东、西像体分别手持莲花、佛珠，每一面的形体、造型都透发秀气丰腴、饱满圆润之态，无论你站在观音文化广场的哪一个角落，她都在关注你，她随时就能向你伸出援助的双手。纵观中国、放眼全球，如此造型完美、仪态娴静、高大匀称、伫立海上的观音像，都是举世无双、绝无仅有的，成为三亚乃至海南的地标性建筑，被海南人誉为"镇岛之宝"。人们很想知道：这位被西方人誉为"东方美神"是如何在我国南海之滨伫立建造起来的？还是从头说起。

第一节　观音及佛文化传播

客观地说，中国古老的文化传统似乎特别钟情于南山，像五岳之一的衡山是南岳，也就是南山，世称"寿比南山"，就是说衡山。在我国，陕西秦岭的终南山也是人们常说的南山，从地理学上讲，秦岭是中国南北方的分水岭，它在北方的南端，故称之为南山。而更往北的河西民族，则把祁连山称为南山。再往南，南屏山、荆南山，以及中国更南部的南岭等都是南山。这种重名、叠名的称呼在历史上并不罕见，由此历朝历代的文人墨客常常喜欢虚指一方的可赞可叹之山为南山。

说起海南的南山，其知名度始于 20 世纪 90 年代开始建造海上观音。这里古称"鳌山"，居中国琼州之南，形似巨鳌。它位于我国最南端城市三亚市西郊，与东部的大东海风景名胜区成犄角之势。走进这片区域，但见山上祥云缭绕，晓风与日月相逐，景象万千；山势逶迤苍郁，礁石与海浪相激，蔚为壮观。左丘右陵环抱，藏虎踞龙盘之势；面朝万顷碧波，显海天佛国之相。真乃琼州的风水宝地，亦应验中国谚语"福如东海，寿比南山"之说。千百年来，这片土地隐名沉埋，但在当地老百姓心目中，这片山水是富有奇妙景象与传奇色彩的"神海仙山"。

可以讲述一个当地传说：相传这里居住着仙人，保港村有一个叫陈继尧的农人，年轻时到这里砍柴，刚进山就听到有人下棋的声音，他觉得奇怪，循声寻去，发现了一个山洞，里面有两人正聚精会神地下象棋。陈继尧是个棋迷，便坐下就看，还捡吃他俩扔掉的香蕉皮。不知多长时间，下棋人走了，他才想起还要砍柴呢，便急忙走出山洞，可拴在外面的水牛已成了一堆白骨，牛车也被虫蛀坏了，他懊丧至极，只得空手回家。谁知家里人感到十分惊奇，都以为他死了三年了。自这里遇上两位仙人后，他身体健壮，从未生过病，活到近百岁才安然去世。

还可以叙述一个有史记载：在崖城东南向 5000 米处的山形像一双巨臂拥抱着碧波浩渺的崖州湾，景色秀丽，礁岩林立，山脚下有一个叫"鲨鱼坟"的地方，这里长眠着一条舍身救人的鲨鱼。那是明末清初，在崖州水南三村有个叫王邦相的秀才，有一年他随数十名考生从大旦港上船到海口府去赶考。船行至崖州湾时，突遇一条巨鲨的追袭，船上人惊慌失措，纷纷将随身所带的手帕投入海中，巨鲨忽然咬中了王邦相的手帕，于是船上的人认为他做过伤天害理的事情，就将他推下海去，谁知巨鲨冲过来将船打翻，全部人都落水，无一生还。唯有王邦相被鲨鱼背了起来游上岸，他得救了，可鲨鱼却下不了海死在岸上，王邦相抱鱼大哭。为了纪念这条相救的鲨鱼，他在这里为它修墓建坟，立碑铭记，直到他死后还嘱咐子孙将他葬于鲨鱼身边。近400 年来，水南三村王氏家族一直保持不吃鲨鱼肉的习惯，每年清明节都要到"鲨鱼坟"祭祀，延续至今。鲨鱼救人，可谓天下奇闻，不知真伪如何，但崖州湾里时有巨鲨出没却确有其事，在碧波千顷的崖州湾，不时会见到几条巨鲨冒出水面，那身躯远看犹如一艘潜艇，互相追逐，有时翻腾打滚，激起的浪花几丈高，场面壮观。

当然类似传说、历史故事不止这些，有文字记载，有口口相传，对这片奇异的风水宝地，大多人视以为常，平和待之，但有一位佛教人士在 20 多年前却慧眼独具地看中而提出特有的想象与要求。

20 世纪 90 年代初，来自社会各界人士纷纷要求在海南岛建立中华文化传播特别是佛学、佛教文化交流的景观和场地。海南岛地处南海，热带自然景观壮美，风光旖旎，但相对说文化资源稀少，缺乏国际知名的人文景观和文化旅游景区，尤其在民间缺少宗教文化交流、活动场所，这种美中不足、文化缺憾相当明显。

当初正值中国社会由计划经济向市场经济转变，改革开放第一波浪潮掀起"房地产开发热"，北京、上海因国家控制，加上经济实力强、城市人口多等因素，情况稍微好些，但在深圳、海南出现首批"下海者"，他们大多是"海归者"，也许视野广、胆量大，先炒"房地产开发热"，进而出现"击鼓传花"现象，即贷款圈地、转手倒卖，一亩地甚至可以倒上十几手，赚得"第一桶金"，亦挣得"市场经验"，实际上是人们所说的"泡沫经济"。对这类现象自然引起国家高层警觉，于是停止、控制贷款，如此资金链一断，泡沫一下子就破裂了，在全国、整个海南包括海口、三亚出现许多"烂尾楼"……

也巧，1993年2月正是海南经济最低迷、泡沫经济最盛之时，时任省委书记、省长阮崇武刚到海南任职不久，收到一位佛教人士的来信，他在信中提出要求，期望在三亚亚龙湾拨地数百亩，修建南国寺。阮崇武阅后当即回复，并告诉三亚市：从亚龙湾的整体规划来看，由于风格和功能都不协调，所以不宜修建寺庙，如果有条件的话倒可以建一个小型的天主教堂，以利国内外游客做礼拜和举行结婚典礼。为了纪念对中日两国文化交流起过重要作用的鉴真和尚，建议另择吉地建立寺院。由于鉴真和尚属"律宗"，又叫"南山宗"，似可取名"南山寺"。这一建议得到了三亚市的积极响应①。

做出这样的批复，并非心血来潮、无凭无据。那位佛教人士叫释永寿，云游到三亚，出于佛缘，他看中了亚龙湾蝴蝶谷的地方，一听

----

① 参阅阮崇武：《回顾建设南山佛教文化》，1999年10月16日《海南日报》。

来了一个新的领导就赶紧大胆写信——要地，可能他熟悉了解党的宗教政策。而阮崇武之所以及时批复，是基于对当时海南"房地产泡沫"的忧虑，以及从综合经济、文化、政治、地理等方面因素全盘考虑：三亚处于海南岛最南端，是中国大陆城市距东南亚最近点、进出亚太地区的重要门户，宜于开发成为新型的热带滨海旅游城市，渐而成为活跃华南经济圈、带动北部湾边缘区域文化、政治发展，迅速崛起亚太新兴经济带的中心。信是批复了，释永寿却没被约见，但他的提议和要求，阮崇武记在心里，对三亚的建设、布局、规划有了更进一步的思考，也成为南山寺、南山海上观音建造的最早缘由。

共产党人是无神论者，只要教徒们遵守人民政府法律，共产党和人民政府尊重、保护、容许不同宗教信仰自由，而佛教文化的宗旨是积极向上、与人为善，教育人们怎样做人做事。因此，能及时做这样的批复、答复建议须有见识、气魄，与其文化修养、人文学识及政治眼光、经济头脑密切关联。中华文化源远流长，儒释道的融合是中华文化组成的核心。当佛教在葱岭（今帕米尔高原）以西遭受挤压，在印度本土也愈显衰败的时节[1]，经过南北朝急剧发展的隋唐佛教，却在亚洲东部大陆上，以崭新的风貌繁荣昌盛起来，并名扬佛教世界。唐初来华的印僧那提，历游五天竺、师子和南海诸国，见多识广，在他眼里，"脂那东国，盛转大乘，佛法崇盛，赡洲称最"。赡洲即赡部洲，亦译作"阎浮提"，作为地理概念，泛指当时已知的世界所有地区。中国佛教的兴旺发达，居世界第一，这是那提做了比较后的结论。唐中期著名的不空三藏制造释迦如来悬记，谓"一乘典浩，兴在中华"，意思与那提的相同，都是指佛教的中心已经转移到了中国。

---

① 参阅任继愈总主编：《佛教史》，江苏人民出版社2006年版，第215-216页。

两人也同样指出中国佛教的特点，乃是统一于"大乘"或"一乘"，与印度大小乘各派分立并存、斯里兰卡重在上座部，确有不同。而隋唐佛教的兴盛繁荣，是以国家的统一和空前富强为社会背景。应该说，在这点上富有前瞻性，佛教与道教在大陆深入民心，而在东南亚各国佛教略胜一筹，但在海南尤其在三亚佛学、佛教文化恰是"短板"，当地老百姓更多的只知道海神妈祖[①]，或护佑出海、显灵救难的观音娘娘，若从佛教文化切入，作为引子，对三亚的投资建设、景区营造、旅游开发不失为良策，做经济、社会发展的大文章便有了开篇。

对于这点，三亚领导层尽管响应，但未必形成共识，有人想：造庙建寺与经济发展有何关联？与招商引资又如何联系？这些想法确实很现实，或许只有付出，而无回报，但转而细想：这不仅仅是造庙竖佛，其实是搭建佛教文化平台，建造寺庙是为了营造一个佛教道场，更重要的是开辟一个文化景观区域，而且要带有国际知名度、具有国际旅游胜地的新型场所，不但要让国内游客来，也要让国外嘉宾来，造庙建寺不过是拉开序幕、做好铺垫，真正宏大的规划、布局、打造尚在后面。可惜那时不少人没有想到这层布局含义，颇有"不识庐山真面目，只缘身在此山中"之感。

构想与谋划其实要从两大板块加以阐述。建造南山寺与唐代高僧鉴真五次东渡日本未果、在南山休整一年半之久的史实大有关联，如果准确地说三亚缺乏人文历史，那么鉴真在此休整，终于第六次东渡获得成功，建造寺庙凭吊纪念，则对我国佛教界以至东南亚各国信众具有功德无量的意义或作用，这是其一；其二传播佛教

---

① 即以中国东南沿海为中心的海神信仰，又称天上圣母、天后、天后娘娘、天妃娘娘等。

文化及中华传统文化，特别在当地百姓信仰海神妈祖、佛教观音，从社会正能量而言，更有一种推力和引力。海神信仰、观音信仰之所以是富有生命力的社会文化现象，首先是因为海神信仰、观音信仰的世俗化。这里，我们侧重说明什么是观音信仰世俗化？与观音宗教文化相区别的主要指观音人格的亲和力、信仰修行的普及化，是众生赖以精神支持的力量。对凝聚民心、净化风气、吸引信众、招徕客商，对中华文化和佛教文化起到传承的作用。

人心的征服实际上是文化的征服。潜移默化、文而化之，正是中华民族延绵五千余年的根本。作为一种流传极广的宗教文化现象，观音信仰对中国和东方许多国家的历史和文化都产生了巨大的影响。遗憾的是，这种非常重要的宗教文化现象始终未得到政界、学界、商界的充分重视，特别是关于观音信仰的源流问题，在人们心目中一直处于模糊不清的状态，这对于延续性和继承性很强的宗教文化现象来说，必然会严重制约人们对其进行全面准确的认识。同时，由于观音信仰的历史源流不但跨越了各种截然不同的历史时代，而且也是在跨地域、跨民族的传播过程中维系和贯通的，因此，观音信仰的历史源流不但增加了更多曲折复杂的内容，蕴含着宗教起源、发展、传播、演变等丰富的社会实践问题和理论学说问题，而且又不可避免地涉及人类文化交流、文明交往等更为普遍、更为有趣的人文学科。可见，观音信仰从印度到中国的历史源流问题已经远远超越了单纯性历史线索的层次，而成为一个既具有丰富内涵，又具有广博外延的理论宗教学。从这样的角度看，建寺庙、造观音超越了单体构建的意义，而是领悟、传播、渗透中华文化及佛学、佛教文化的真正含义，真正明了经济发展与社会文明、人类文化相辅相成的关系。

批复下去前，阮崇武并没有到过三亚。没多久，他亲自带队去具体考察项目选址，勘察了亚龙湾蝴蝶谷这个地方，感到确实地势非常好，亦证实原先的想法并没错，这里将来可以发展成一个国际休闲旅游度假区。即便建造宗教场所，可以建洋式的，吸引海外和国际游客。至于建庙，他在三亚转了一圈想寻找有没有适合建庙的地方。当时陪同的部属建议放到"大洞天""小洞天""鹿回头"等几处，觉得这是挺好的地方，但阮崇武一看觉得不行，这些地方适合建道家的游览地，于是他就看有等高线的军用地图，发现南山这块地方挺不错。巧的是，这块地方那时不叫南山，地图上也没名，一问当地老百姓，他们称之为南山。当时一瞅，背山面水，农田和民居都不多，像把太师椅拱在那块土地上，这块地方太好了，很适合作为开发用地，在此建个寺庙是个不错的选择。但庙址必须具备基础设施的托依，主要是水、电、路能否接通。这里离公路近，有高压电网经过，旁边有一条小溪，规划中拟建的大隆水库就在附近，各方面条件都很适合建寺。阮崇武便在那张军用地图上画了一个圈，说就选在这里。

1993年全国人大会议期间，海南省就南山佛教文化场所筹建问题拜会了佛教界著名人士赵朴初居士，得到赵朴初的积极支持。赵朴初也带了一行人到此勘察，一看这块地方也高兴得不得了，说这块地方太好了。为什么？这座山实在像把太师椅，往山上看，左青龙右白虎，两棵树，一棵像龙，一棵像虎，是天生自然长出，人们想种都种不出来这般形状。神奇的是，那时在这块地方打手机能打通，那手机当时叫"大哥大"，像块"大砖头"，奇怪的是，出了这块地方信号便没了；还有更奇怪的，后来在这里建寺院破土开工的时候，当时全都是阴天，还下着雨，唯有那块地方却是一片晴天，是太阳晒着的地方……

第二节　人文环境与景观开建

　　三亚，大自然的神奇造化，赐予它世间罕见的天然美景。由于地理位置、气候和环境等因素影响，三亚不仅一年四季如春，而且常年拥有充足的阳光、湛蓝的海水、洁白的沙滩、明净的蓝天，是中国的热带天然氧吧海滨城市之一。从科学角度看，三亚属热带海洋季风性气候，年平均气温 25.4 摄氏度，年晴日保持在 300 天、日照时间 2563 小时以上，阳光明媚，长夏无冬，被誉为"向世界出口阳光和洁净空气的地方"。三亚素有天然"大氧吧"的美称，拥有热带林木 1000 多种，完好的自然保护带来清澈见底的湛蓝海域，海水能见度达 8—16 米，水温常年保持在 20 摄氏度以上。环境空气质量常年保持在国家一级标准，市区空气污染指数年平均值为 27，空气综合污染指数为 0.37，在国内 48 个重点城市空气综合污染指数排名中为最小值，空气质量最好。世界环保组织的一项最新监测结果显示，在全球 52 个国家、158 个重点城市的环境综合污染指数排名中，三亚位

滨海之城三亚鸟瞰图

居世界第二。

　　然而，30 年前的三亚却默默地沉埋、深藏，像一块色泽瑰丽、晶莹剔透的大型宝石被人漠然视之、无人问津。改革开放的春风，吹拂神州大地，惊醒天涯海角，三亚终于掀开了她那遮掩日久的面纱，婀娜多姿、秀丽端庄地屹立在世人面前。经过近 30 年、几代人进行人文历史的挖掘和文化景观的建设，三亚这座风光无限的海滨城市，渐渐摘得美誉全中国、惊叹海内外的"东方夏威夷"的桂冠。

　　要说三亚，它的人文史迹亦淹没在历史长河里。三亚古称崖州，早在秦始皇时期就设置了南方三郡，崖州就是其中的象郡之一。西汉置儋耳郡，隋朝设临振郡，唐代改为振州。宋代时期成为中国最南端的州郡。因其远离帝京、孤悬海外，自古以来三亚一直被称为"天涯海角"。唐代宰相韩瑗、韦执谊，名僧鉴真，宋代名相丁谓、赵鼎，大臣卢多逊、胡铨，大文学家苏东坡，以及宋末元初纺织家黄道婆，元朝副宰相王仕熙，明朝儒学大家赵谦等先后在崖州（现三亚市崖州区）生活、居住过。从唐以降，因政见不合或为奸佞陷害，崖州成为不少文人墨客、圣贤学者、达官名流的流配谪居之地，故又有"幽人处士家"之称。海南虽曾是蛮荒之地，经济、文化落后，正因为一批朝廷命官、文化人士流放到此，加上广东、浙江、福建等发达地区的商贾留居落籍，对崖州城的兴盛起到重要的影响。至明代，崖州已具有"弦诵声黎民物庶，宦游都道小苏杭"的盛况。

　　清光绪三十一年（1905 年），升崖州为直隶州，领万安、陵水、昌化、感恩四县。辛亥革命后，废直隶州，设崖县。中华人民共和国成立后，这里为榆亚特区，1950 年 4 月崖县解放，建立人民政权，成立县人民政府。海南建省办经济特区后，如今崖州城门修缮一新，显得雄伟壮观，中外游客川流不息。在崖城，有闻名海内外的风景区

"大洞天""小洞天""鹿回头"等，这里的地理风貌形如巨鳌，枕海壁立，峰峦竞秀，林木重叠，山奇石怪，千姿百态，绿榕垂荫，红豆如星，泉清似醴，在椰风、海韵、沙滩的迷人景色中，人们称其"美丽三亚，浪漫天涯"，最恰如其分。

说到三亚，可追溯"天涯海角"之说。在中国古人观念中，天圆地方，所以三亚被视作"天涯海角"，其"天涯"两字题刻在下马岭。历史的真相如何？实际上这个称呼是清代出现的。

清雍正四年（1726年），三亚历史上的古崖州来了一位"徽州才子"，名叫程哲，当他把"天涯"两个沉甸甸的大字，镌刻在地处华夏最南端的滨海奇磊之后，"天涯"的地理命名，从此得到改写，三亚也因之与"天涯"结下了不解之缘。但此前，人们传说这两字是由当初谪居儋耳州苏东坡所为。因乌台诗案，苏东坡一生被贬谪共有三次，一次是1080年被贬湖北黄州，一次是1094年被贬岭南惠州，一次是1097年再贬"天涯海角"儋州。宦海沉浮，使苏轼"奉儒家而出入佛老，谈世事而颇作玄思"。"人生到处知何似，应似飞鸿踏雪泥。泥上偶然留指爪，鸿飞那复计东西。"在此诗中，他传递与携带了某种禅意玄思的人生感喟，深深掩藏着某种要求彻底解脱的出世意念。1100年，也就是在他去世前一年，苏东坡曾自嘲、总结自己的一生是"心如已灰之木，身如不系之舟。问汝平生功业，黄州惠州儋州"，他一生"三级跳"，不仅反映他坎坷多难的生活，亦表现他达观、幽默、苦中求乐的禅意玄思。

随着时间的推移，历史的迷雾渐渐拨开。中华人民共和国成立后，关隘变通途，"天涯"露真容。然而，由于光绪年间《崖州志》在民间已佚失，加上百年风雨侵蚀，"天涯"题刻落款已模糊莫辨，在当代人面前，何人题刻"天涯"，已无志可稽，复为悬谜，以至宋代苏东坡在贬谪海南期间所题刻之说广为流传。1956 年拍摄的中央新闻纪录片《宝岛纪行》，就依据这一传说做解说词。1961 年 2 月，时任中国科学院院长的郭沫若，前来崖县（今三亚市）度假，特就苏东坡题刻"天涯"传说，专程前往实地对"天涯"两字的书法进行了目验，虽发现其与苏东坡字体"殊不类"，但却又难于求证。1962 年 1 月，郭沫若重游崖县，应崖县县委请托，为当时崖县幸存的一部光绪年间《崖州志》孤本做点校整理。在点校中，郭老意外发现了有关清代程哲题刻"天涯"的记载，一时喜出望外。为验证真伪，他又两次亲临实地，对"天涯"摩崖石刻中依稀可辨的款识，进行了考古勘验，结果与光绪年间《崖州志》所记相符。

光绪二十六年（1900 年），崖州知州钟元棣主持重修《崖州志》，为"垂一州之实录"，"遍启州人，广为拾采"，州志纂修者首次对"天涯"题刻实地勘察，并依采录志入重修的《崖州志》，其中"舆地志"记为："……（下马岭）麓有巨石，高二丈。雍正间知州程哲刻'天涯'二大字于上。今通名此地为天涯。""金石"记为："'天涯'石刻，在下马岭海滨石上，与'海判南天'相去咫尺。字大三尺许。旁镌'雍正十一年□□□程哲。字四寸。'"（今人考证实为雍正七年）。至此，程哲命题"天涯"遗迹及史事，历 170 多年后，才得以载入地方文献传世。据此，郭老以"始获事实真相"的考古发现，指出"旧谓苏东坡所书，殊非其实"，从而纠正了误传，为程哲题刻"天涯"进行了正名。郭沫若还结合点校《崖州志》及"天涯"考古，用历史学家的睿智和科学家的广阔视野，对尚处荒芜落寂的"天涯""海角""南天一柱""海阔天空"等人文景观及所处滨海风貌做了新的审视，发现此地有着藏于深闺的淑秀与气度非凡的壮美，欣然命题"天涯海角游览区"，镌于程哲命题"天涯"的巨石之上。同时还深情地写下礼赞"天涯"的《游天涯海角》诗三首、状写"天涯"胜概的《天涯海角》纪游散文，用"海角尚非尖，天涯更有天"的新意，赋予了"天涯"新意象，成为考证、鉴赏与推介三亚"天涯"风景名胜的第一人。这里插上一段趣闻：1962年10月，郭沫若游普陀山看到两个景物：佛顶山、云扶石，便出了一上联："佛顶山顶佛。"秘书想了想，对出了下联："天一阁一天。"郭老不满意。当地粮管所有位姓郭的干部对了下联："云扶石扶云。"郭沫若颔首赞许。可见，郭老不但擅长考古学、历史学、文学等，还对佛学十分感兴趣。

如果说程哲命题之"天涯"，只是依循古意留下一处象征"天涯"意象的地理标记，那么郭沫若则是推陈出新，将之点化成人文胜景，为随后的旅游开发做了前瞻性定位。1988年7月，"天涯海角游览区"获列入海南省首批重点风景名胜区。从此，"天涯"翻作新意，伴随三亚景观的开建，这里将崛起而成为闻名遐迩的"天涯海角旅游风景名胜区"。程哲命题与郭沫若鉴赏之"天涯"，历经几百年的深藏密裹，渐次打开历史尘封，在三亚这片神奇热土上，化茧成蝶，美丽蜕变。

中国的历史源远流长、丰富厚实，但"天涯海角"之名非三亚莫属。山西"天涯山"冠名2000多年，广西钦州"天涯亭"构筑逾1000年，可谓古老。而程哲命题之"天涯"，虽仅200余年，但终使"天涯"地理命名定格在三亚。后人相继在紧挨"天涯"的另一巨岩命题"海角"之后，古之"天涯"与"海角"，终得以在中国最南端陆地边际与海天交会之处珠联璧合，成为名副其实的"天涯海角"地理坐标。而今，人们淡忘山西"天涯山"、钦州"天涯亭"，唯知中国的"天涯海角"就在海南岛上，就在中国最南端的三亚，这并非历史玩笑，而是历经一批拓荒、建设者的奋斗，为它赢来誉称和名声。

与三亚息息相关的，更有与扬州大明寺住持、西安终南山律宗的三传弟子、精通律学、深谙戒法的鉴真大师一段福泽深厚的因缘。史料记载，鉴真（688—763），唐僧人，日本佛教律宗创始人。本姓淳于，扬州江阳人（今江苏扬州）。14岁出家，22岁受具足戒，寻游洛阳、长安等地，遍研三藏，尤精律藏，后住扬州大明寺，专弘戒律。天宝元年（742年）应日僧荣叡、普照等邀请东渡，几经挫折，且双目失明。至天宝十二载，与比丘法进、昙静、尼智首、优婆塞潘仙童等第六次航行成功，于日本天平胜宝六年（754年）抵日本九州萨摩秋妻屋浦（今日本九州南部）。翌年在奈良东大寺建筑戒坛，传授戒法，为日本佛教徒登坛受戒之始。公元759年建唐招提寺，传播律宗，并将中国的建筑、雕塑、医药学等介绍到日本，为中日两国文化交流做出了卓越贡献。

鉴真雕塑群

鉴真的故事在佛教界广为传播，而与三亚南山结缘，正在于他的第五次东渡未果而在此休整一年半之久。作为通晓三藏、学问渊博的高僧，造就这样一个大师，不能不说与当时的历史环境紧密相关[1]。鉴真大师生于初唐，成长在盛唐，处在我国中古时代一个政治上稳定、经济上繁荣、文化上发达、对外交往十分活跃

---

[1] 参阅蒋华：《鉴真东渡概述》，《海交史研究》杂志，1980年6月15日。

的王朝时期。当时的社会状况，正如唐人郑綮所说："河清海晏，物殷俗阜"，"左右藏库，财物山积，不可胜数"，出现了"天下诸津，舟航所聚，旁通巴、汉，前指闽、越，七泽十薮，三江五湖，控引河、洛，兼包淮、海，弘舸巨舰，千舳万艘，交贸往还，昧旦永日"的盛况，并把唐朝和新罗、百济、高丽、大食和波斯及南洋西域诸国紧密地联系起来，大大促进了唐代和亚洲各国的往来。在政治稳定、经济繁荣、文化发达的基础上，宗教也相应地得到了发展。在这样的背景下，三亚佛学、佛教文化的起源与鉴真大师来此传法丝丝相扣。

鉴真大师生长在"富庶甲天下"的扬州，这里不仅人文荟萃，而且有舟楫之便，日本遣唐使、留学生和学问僧大都取道扬州而后北上长安，使鉴真有了更多的和日本僧俗官员接触的机缘。当然，鉴真大师东渡的另一个条件，是由于日本当时急切发展社会、政治、经济和文化的需要；加上鉴真自身所具有的坚强、果敢、博大的个性条件和百折不挠的精神，完成了他第六次东渡扶桑的事业。据《唐大和上东征传》记载，首先是鉴真大师对佛教的信念非常坚定，即世俗所说的有"夙缘"。长安元年（701年），他随父至扬州大云寺，"见佛像感动心，因请父求出家，父奇其志，许焉"。也就是说，他具有献身佛学的精神。其次是他的勤奋钻研，景龙元年（707年）20岁时，他即从扬州出发到洛阳与长安求学，景龙二年（708年）21岁时，在长安实际寺从弘景禅师受了具足戒，并随名师究学"三藏"，学业有所成就之后，又从两京回到淮南"兴建佛事，济化群生"，从事了一系列的弘扬佛法的活动，取得了很大成就。《唐大和上东征传》记载：鉴真大师先后讲授佛教律宗的经典论著《四分律》及《四分律疏》40遍，《四分律钞》70遍；又讲《轻重仪》10遍、《羯摩疏》

10 遍。度人授戒达 4 万余人。他的弟子如祥彦、灵祐、法云等人都成为后世的高僧；如思托、法进等人，都是始终跟随他东渡的忠实信徒。在这广泛的弘法实践中，他不仅丰富了自己的佛学和其他方面的知识，还培养了得力的助手，为东渡弘法、传播盛唐文化打下了牢固的基础。天宝元年（742 年），日本入唐学问僧荣睿、普照到扬州大明寺邀请鉴真东渡的时候，大师虽已 55 岁，东渡日本要冒着"沧海淼漫，百无一至"的危险，但他首先想到的是："昔闻南岳思禅师迁化之后，托生倭国王子，兴隆佛法，济度众生。又闻日本国长屋王崇敬佛法，造千袈裟弃施比国大德众僧，其袈裟缘上绣着四句曰'山川异域，风月同天，寄诸佛子，共结来缘'。以此思量，诚是佛法兴隆，有缘之国也。"他毅然向弟子宣称："是为法事也，何惜生命，诸人不去，我即去耳。"这样坚决而响亮的声音，不仅感人肺腑，而且激励了他的许多弟子与匠师和技工，都愿随大师一道东渡。所以，长达 12 年的五次东渡，虽曾历经了五渡失败，出生入死，甚至双目失明，但都未能使鉴真大师有丝毫的动摇和灰心。

《唐大和上东征传》还记载了他与荣睿、普照两次谈话，内容分别是：（一）"不须愁，宜求方便，必遂本愿"。（二）"为传戒律，发愿过海，遂不至日本国，本愿不遂"。鉴真大师谈话不多，但每一次谈话都给周围人以极大的鼓舞，因而才有天宝十二年（753 年）东渡日本的成功。从中可看出，鉴真大师具有坚定不移的信念，富有个性特点。再就是鉴真大师是一个实践家，而不是一个爱说空话的理论家。他的个性特点，贯穿在鉴真东渡的始终。特别是第五次东渡，再次由于海上的风暴而告失败了。此次行程万里，费时三年多。日僧荣睿与弟子祥彦相继在端州与吉州途中先后去世；大师也因暑热煎熬，双眼失明，但他没有言弃。时至天宝十二年（753 年），鉴真大师已是 66 岁的盲僧，当第十次日本遣唐大使藤原清河、副使大伴胡麻吕、吉备真备和阿倍仲麻吕至扬州延光寺请他做第六次东渡的时刻，大师毅然决然地慨允东渡，并于是年"十月二十九日戌时，从龙兴寺出至江头"，在江边还为二十四沙弥授了戒，方才登舟去黄泗浦，改乘日本遣唐副大使大伴胡麻吕的官船渡海，成功地到达日本。这种不惜生命，十二年如一日的实干精神，实在是鉴真大师个性中的一个十分难能可贵的品格。

这些，对后来南山海上观音建造者的影响极大，建造者不仅汲取了精神力量，而且磨砺了意志。如果缺乏一股勇气、一种精神，知难而退、半途而废，不要说那时一片荒凉、人迹皆无之境，即便有再好的物质条件、再优的施工环境，南山海上观音建造工程不可能建设得如此完美、令人神往。从某种意义上说，这也是一座敢于拼搏、攻坚克难的精神丰碑，与鉴真等先哲们的坚韧不拔、勇于献身的精神一脉相承。

须提及的是，在第五次东渡时，鉴真大师他们在风浪中漂泊了半年多，竟然航行到了海南岛的南端，当年（748 年）底，大矍的船商将鉴真一行人带领到崖州县衙所在的水南村，崖州官员率众军士隆重地迎接他们，鉴真随行在空地上晾晒了无数的佛教圣物和用品，后来崖城人把晒过经书的地方称为"晒经坡"。鉴真在崖城居住休整了一年时间，帮助崖城官府在宁远河畔修复了一座寺院，或说是大云寺，或说是开元寺。据说殿上矗立着一尊高一丈六尺的释迦牟尼佛像。《崖州志》载："光绪六年（1881 年），三亚亚仔塘村（南山东南麓）忽产莲花，叶甚茂，三年乃谢。光绪二十三年，复产，愈产愈甚，至今愈茂盛。"这一切，都成了后来的千年际遇，也是三亚南山海上观音建造者的前世因缘。

郭沫若考证"天涯"或许算是一次。而造庙寺的重要机缘莫过于赵朴初居士的准确把握。1962 年，赵朴初第一次到海南，他看到南国风光，独具慧心，浮想联翩，写了一首词：

浣溪沙·咏佛香花

水晕鹅黄上素衣，清馨时度一丝丝，香严自是佛前宜。

微笑早参言外意，嘉名今入箧中诗，落英拈起海天思。

赵朴初将佛香花与海南联系起来，一个海天、一个落英，又用一个拈字，表达了诗人对佛香花的感悟、对佛教在海南兴起的期盼。时过 30 多年，得益于上述的历史底蕴，亦仰仗开发开放的时代机缘，三亚时来运转，迎来机遇，一个大胆、缜密、宏伟的蓝图在构思、酝酿、部署，赵朴初参与其中，不仅支持，而且进行不少指点。确实，这不仅仅是造庙建寺，更在于有利于开发三亚的现代城市功能及建设三亚的国际旅游景观。南山寺的建造，或许正是三亚政治、经济、文化发展进行曲的前奏。

说起南山寺、观音像的建造缘起，还有一段具体史实理该反映：当初怎么会造起来的？观音苑领导回顾说，起始有个油厂项目不成功，三亚方面提出来，领导亦最早找到当时的董事长井欣，井总拍板出资金，组织人马接手南山观音苑景区建设项目。当时想法很简单，希望通过寺庙、观音苑景区的建设，护佑油厂项目的成功，想做一件功德。建设项目盘子接下来，有关领导也批准，季素福、张辉等一批人员介入，这也是一段最初的缘起。

1993 年 6 月，南山寺进入实际运作。经派员到各地多方考察并讨论，三亚市向省里报送了《关于拟定〈南山寺兴建规划大纲〉的情况汇报》。7月24日，此大纲得到正式批准。南山寺项目从一开始就得到了海内外各方的重视。批复后第二天，海南省委统战部及南山寺项目筹备组等六人专程赴京，向中央有关部门汇报南山寺的筹备情况。中央统战部、国家宗教事务局、中国佛教协会均表示，完全同意南山寺项目及筹建方案，赵朴初会长及国家宗教事务局领导层一直给予了大力支持。

1994年1月24日，全国宗教团体领导人座谈会在三亚召开，赵朴初又亲率与会的时任佛协副会长嘉木样活佛、贡唐仓活佛、明旸法师、刀述仁居士及高旻寺、金山寺的住持等60余名佛教界、建筑界著名人士，赴南山寺址考察。赵朴初当场将亲笔题写的"南山寺"墨宝赠给南山寺住持圆湛法师。第二天，赵朴初接受三亚市的邀请，欣然同意出任南山寺功德基金会名誉会长。同年2月，在评审南山寺修建规划设计时，正式将"南海观音"列入规划，确定像高108米。

1996年1月15日，海南相关人员一行7人再次赴京，携带南海观音小样两尊，征求赵朴初的意见。同年7月5日，赵朴初在南山寺功德基金会送来的一份材料上批示："建观音的想法很好。我已于去年10月请吴立民、胡建宁二位先生依据经教结合实际情况商定处理办法。希望早日设计完成。"一年之后，国家宗教事务局正式批准了南山"海上观音"项目。

一个伟大的工程、一项奠基性建设，在三亚开启。

第三节　生态文明及环境保护

如今南山佛教文化旅游区的品牌标志是"梵天净土，寿比南山"，阐释南山国际旅游特色的文字符号是"阳光、大海、沙滩，自然、怀乡、涅槃"，其业已建成的核心景观由"三园一寺一谷一湾"组成：观音文化苑（园）、慈航普度园、如意吉祥园、南山寺、长寿谷、小月湾，除南山海上观音、南山寺金玉观世音外，南山还有"三十三观音堂""天下第一龙凤砚"等重量级景点，由此延伸、拓展、衍生到中华文化，所提出的"大生态、大文化、大教育、大旅游"四大理念，全程贯穿于南山项目的规划、建设和发展中，让这片曾是满山荒芜、遍地荆棘的土地，一步步地演绎成浸润中华元素、具有中国特色、融汇中西建筑、吸引世界眼球的现代生态文明的景区，让人们徜徉和煦的阳光、蔚蓝的海水、洁净的空气、宜人的气候，观赏例如南山不老松、千年古酸豆树等奇异罕见的热带植物群，置身南山，仿佛身在令人羡慕、向往已久的一座海上仙山抑或一处世外桃源，行走于如茵似碧的绿草丛中，流连于姹紫嫣红的花木荫下，夜宿于构筑在海岸树梢之上的木屋，听梵音伴唱的海潮之声，闻树鸟啼鸣的天籁之音……

南山建设的起步理念新、立点高、视野广、构思巧，不是局限于建庙造寺的狭隘思维，而是面对海南经济发展相对落后、文化元素相对欠缺的现状，从长远规划、布局出发，既要打造好一个崭新完美的三亚，更要考虑一个可持续发展的三亚。三亚景区建设的主题切入口自然落在佛学文化尤其是观音文化上，因为观音是在中国民众中影响最大、结缘最深、信众最多的菩萨。观音信仰自从汉魏时代传入中国以后，很快就流行起来，千百年来得以广泛流传。观音信仰与中国文化、民间信仰不断融合，观音信仰不断中国化，亦为东南亚各国信众所认同、崇拜，对实现观音"十二愿"的第二愿——回到南海之家居住，大有合力相助之心，而三亚的特殊地理位置、特有的海上风光以及南山特别的"祥云吉地"，真乃"天时、地利、人和"，良机不可错失，当时有人思想不通，但走过20多年再回头看，如此决策并非短视行为。

有个细节让人感慨：当初考察、选址南山寺时，决策者带着部属一起来勘察，请示并得到中央统战部、国家宗教事务局、中国佛教协会同意、批准后，意向邀请北京著名的设计院、设计师进行设计，南京栖霞寺住持圆湛任南山寺住持，圆湛看了这个地方很高兴，初建时为他建了一个别院，让他住在这里面，当时建这个小院时四处荒凉，什么都没有，连棵大树都没有，但他还是很感奋。确切说，起先爬南山勘察时，连条路都没有，遍地灌木丛林，前面一个老乡拿着大砍刀硬是砍出一条路来，勘察人员顺着砍出来的路一直往前走，开上去的车子外表都被刮出一道一道印痕，车子就在小灌木丛中行进，当时有一位三亚市领导很反感，说怎么选这么一个地方啊，他一路行车一路嘀咕，结果嘀咕到半途他的车搁住了，其他的车全都开上去了，就他那辆车被搁下走不了。到了上面一看，大家都兴致勃勃，没有不满意的。后来省里专门投资300万元修建一条公路，大大方便了南山寺的建造。

其实，开建南山寺、南山海上观音项目，对生态文明建设与保护同样有着积极意义。自开建那一天起，建设者们旨在将三亚建设成为融食、住、行、购于一体的旅游观光、休闲度假、文化论坛的客人向往之所、必去之地，其目标不是造个庙、竖尊像，而是要着眼于以保护生态为基础，以挖掘和倡导文化为内涵，从文化中寻找主题经营的灵感，形成具有个性特色、独特魅力的国际化城市。

如今，这里山海苍翠连绵，树林覆盖青山，绿草如茵铺展，野花芬芳斗艳，无论盛夏酷暑，还是金秋寒冬，人们来到这里，心，顿时静了，气，霎时闲了。置身茫茫南海之滨，伫立观音苑，很难想象，20多年前，这里还是一片荒僻之地。

寒来暑往，一代代南山人忠于使命，艰苦奋斗，久久为功，在原始荒芜的生态环境中，营造出令人惊叹的世界上最大的海上观音、神奇无比的海天佛国。谚语云："海为龙世界，天是鹤家乡。"今日观音

观音苑建设初期

苑，是鳌的家门、龟的故乡、树的乐土、花的胜地、鸟的憩园、旅行者流连忘返的景区、信众虔诚朝拜的福地。这源于当年建设者的远大目光，视这项工程是伟大神圣、造福后代的事业，要改造自然，也要保护自然。藐视自然，违背规律，大自然的报复就会如同洪水猛兽一般袭来。"竭泽而渔，岂不获得？而明年无鱼；焚薮而田，岂不获得？而明年无兽。"用绿水青山去换金山银山，一味索取资源，带来的是短期利益，失去的是持续发展，吞下的只能是"两山皆失"的双输恶果。为了开发和建设，建设者抱以自觉的生态文明意识和绿色发展理念，把这座山、这片海、这个庙、这尊像、这里的天地建设好、管护好、经营好，发挥更大的生态效益，他们始终将此作为建设中的最大考题。

时光荏苒，斗转星移。

原先的荒山野岭，如今换为茂盛挺拔、整齐列阵的一棵棵菩提、花朵，它们忠诚地守护着脚下这片原生但却脆弱的土地，保卫着四周的大片农田和各个区镇。波澜壮阔的大海是大自然的造化之功，人在大海面前，往往会感到沧海一粟般的渺小。眼前是广袤无垠的碧海蓝天，观音像屹立着凝视远方，此景此情，让人由衷感佩当初建设者的生态文明意识和保护自然生态的雄心伟力，由衷赞叹："若问何花开不败，英雄创业越千秋！"是的，有的英雄，功绩惊天动地，声名远扬四海，在历史长河中留下世人瞩目的印记；然而，更多的是无名英雄，他们只是默默无闻地躬耕在天地之间，劳作在风天雨地，植绿在荒山僻岭。他们从来没有梦想过成为功臣，他们的业绩，在20余年后，才会一笔一画地在大地之上绘写出浑然一体、和谐统一的美景。

"金莲花发映阶新，着雨清妍不染尘。"一阵夏日的太阳雨过后，观音苑区内，雾气袅袅升腾，金莲朵朵盛开，宛如仙境一般。苑区四季处处皆有美景，人们纷纷举起相机和手机，留住这旖旎风光……这正是留给子孙后代的福泽之地，也是南山海上观音建造者全力保护的生态平衡。当地老百姓说，南山寺和南山海上观音建造后，观音"显灵"了，台风都刮不到这里。虽是民间传说，但生态文明、环境保护无疑起了重要作用。而周边的群众，靠山吃山，靠水吃水，也从这片美丽的景区中长久受益，特别是文化旅游、生态旅游的发展，带动了周边地区的乡村游、农家乐、养殖业、山野特产等产业发展，每年可实现总收入达数亿元。

徜徉在绿海间，不禁慨叹，这满眼的绿色，是一代又一代人才"拼"出来的美丽，那观音每一部位、那广场每一角落、那每一株苗、每一棵树，都凝结着建设者的十余载光阴。"把爱交给青山，今生无怨无悔；把爱交给绿海，生生死死不变。"从填岛会战到建造攻坚，从工棚里挡风到溪流边洗衣，艰苦奋斗的干劲造就了如今美丽的景观。一草一木，染绿的不仅是共同生活的家园，而且凝聚了一种精神。如果没有第一代建设者的先锋意识、实干精神、创业奋斗，也就没有后继者做事的顺当，如今还有一代代建设者在不断推进——推进绿色发展、建设美丽三亚，正需要这种奉献担当，一代接着一代干下去。

"美丽三亚"，如今是三亚的城市名片。当三亚像一块纯洁无瑕的白玉呈现在人们面前的时候，如何在生态上发展"美丽城市"、完善"自然城市"的课题也同时摆到了领导决策层的面前。三亚海滨名胜景区一直着眼于国家乃至世界的高标准进行规划建设。从1993年至2003年，三亚市建设的轮廓明晰，把"让美丽更美"作为城市建设的主题，2003年后的四年来，三亚市政府累计投入186.9亿元，将弘扬三亚热带海滨城市个性的"两河三岸"改造作为配套重点工程，并斥巨资重点建设、改造四条道路，综合治理三个海湾，建设三条热带海滨景观大道，完成了"两河三岸"景观改造，三亚湾路、凤凰路、解放路、新风路和迎宾路等市区道路改扩建工程相继完成。国际客运港已投入试运行，凤凰机场新航站楼已投入使用；市区主街道电缆下地已基本实现，民用天然气管网已部分供气。积极探索城市拆迁安置方式，"半拉子"工程已全部处置完毕，城市管理水平不断提高。

为了保护和完善更美的三亚自然景观，三亚市还重点在城市绿化方面下功夫。河滨、海滨、道路两旁和公园绿化更富热带雨林特色。2010 年代中期统计数据显示，三亚全市森林覆盖率已达 65%，绿化覆盖率达 44.8%，人均公共绿地面积达 18.9 平方米，生态环境质量保持全国一流。按原来设想，南山寺、观音苑项目并不是仅仅建设一个宗教道场，而是将其作为佛学文化、观音文化、中华文化的载体来开发。景区内尽可能集中体现相关的历史典故、佛学文化等。南山景区还计划创办佛学院、佛学研究所、佛教文化展，并尽可能运用现代技术，提高其文化层次和品位，使其成为在国内外独具一格的佛教文化中心。建设者还提出"今天的精品，明天的文物"理念。为了做到精益求精，景区规划严谨周密，规划设计工作聘请了国内外著名的建筑专家、佛学专家、历史学家、园艺专家、美术工艺专家参与，还特聘美国著名设计公司做详细规划。时至今日，南山已向游人开放的旅游景观，均体现出高标准、高质量、高格调的精品意识。20 余年来，南山观音苑一直致力于打造成一个精品的文化旅游景区，传统文化在现代化的经营管理理念中得以传承。

不难想象，20 余年前，南山景区开工建设时面临的是满目荒芜、遍地灌木丛。在一批批建设者的奋斗中，仅花了一二十年，三亚南山不仅与长城、兵马俑等景区一同跻身国家首批 5A 级旅游景区，而且也成为海南旅游的景观标杆和文化符号，这样的成果实在来之不易。现在想来，尽管最初房地产炽热，但有识之士却有自己的冷静判断和卓越远见，看到当时国际旅游未来发展的态势已初露端倪，生态、文化旅游将成为未来旅游发展的方向。而南山已经具备了文化旅游形式所必需的资源优势。这样的经济思想和发展理念，让社会各界有了新的思考，南山景区建设决策者认为，只有以南山优美的生态环境和富于历史因缘的文化积淀为依托进行选项、设计和品牌推广，才是传承中华文化、对接文化旅游热潮的明智抉择。"以生态建设为基础，以文化建设为核心，将南山建成文化旅游的示范基地，便成为南山人的共同理念"，正得益于此，南山开发伊始形成的正确理念成就了景区现在的辉煌。

经过多年的发展，三亚旅游出现了可喜局面：旅游收入增幅高于旅游接待人次的增幅，境外游客增幅高于国内游客增幅，黄金周散客增幅高于团队游客增幅，游客消费持续升高；游客停留时间逐渐延长。《三亚市旅游发展总体规划》编制完成后，喜来登度假酒店、希尔顿度假酒店等一批高档酒店以及亚龙湾红峡谷高尔夫球场、南山海上观音、大东海酒吧长廊等一批旅游项目相继建成，南山文化旅游区、大小洞天和天涯海角创国家 5A 级景区工作进展顺利，旅游市场系列化专项整治取得良好成效。未来，三亚主城区为核心向东西两翼延伸的带状组团式结构，形成"一带、两片、一中心"的空间布局，即沿海形成旅游产业带、东面形成休闲度假中心、西面形成休闲观光中心和主城区形成旅游服务中心。三亚，将更能吸引住世界的目光！

草木无言，行走景区，这里的一草一木正在提醒：生态环境没有替代品，用之不觉，失之难存。现代人倾力保护绿水青山，精心营造生态环境，筑牢可持续发展的根基。

山海不语，行走景区，这里的一山一水正在告知：绿水青山是优质的生态产品，本身就是金山银山，如同人们理想中的金山银山一样无比贵重、无比珍奇，需要更多的关爱和呵护。

历史不会忘记，南山观音苑建设者筚路蓝缕、可歌可泣的创业历程。

历史不会忘记，南山观音苑建设者绿色发展、矢志不渝的接续传承。

历史的如椽巨笔，为"美丽三亚""观音回家"镌刻了建设者这段深深的足印，也许播种生根，书写的是一个个富有神奇色彩的传奇和极具感人心怀的故事。让我们一步步、一段段地娓娓道来。

第二章　四方调研

1994年2月起，南山寺修建规划进行系列性论证、评审，逐步形成共识，有两点值得载入史册：

一、虽说要建南山寺，但不能单纯作为宗教道场，而是要作为佛学文化、东方文化的苑区来开发。寺院一定要请高僧大德前来主持，年龄、资历是一方面，更重要的是希望住持对佛学理论造诣较深，最好兼通英语，以便与国际佛学界交流。苑区内要把有关的历史典故、佛学文化、佛教流派等都能在这里体现出来。可能的话，还要办佛学院、佛学研究所、佛教文化展览，包括修建具有规模的藏经楼；尽量应用现代高新技术，包括电脑信息技术，提高文化的层次和品位，使其在国内外独具一格，成为佛学文化的一个中心。为突出南山自然风貌，突出海南三亚特色，达到精益求精的目标，苑区的规划一次次修改补充，一次比一次更完美。南山寺的外形建筑、室内装饰、家具和佛像造型都应按照唐代风格精心设计。聘请国内外著名的建筑专家、佛学专家、历史学家、园艺专家、美术工艺专家一起参与，并欣董事长利用在海外的人脉关系，特聘美国著名设计公司（UI公司）做详细规划，这是专家们、建设者共同合作的结晶。在整个建设过程中一定要坚持高标准、高质量、高格调，南山寺才可能成为世界级的著名景区。

二、选择和突出观音主题，正式将"南山海上观音"列入规划立项、选址，这是修建南山寺的拓展、延伸，是文化苑区的根基、特色、亮点，之所以建造观音像，是因为在中国民间影响最深、号召力最广的佛教像莫过于观音，观音不断出现在文学、戏曲、诗赋、雕塑、绘画、建筑之中，反映了人民群众对真、善、美的追求与向往，在宗教学、社会学、民族学、民俗学、历史学等领域产生着重大的影响，在亚洲尤其东南亚，观音信仰作为一种文化现象已超越了宗教意蕴本身而形成一种独特的观音文化。

两者相辅相成、连为一体，这对南山佛教文化、生态旅游景观的诞生是一个重大部署。

第一节 观音文化的民间影响

经海南省政府批准，并经国家宗教事务局、中国佛教协会同意决定兴建的南山寺，占地 400 亩，建筑面积达 2.5 万平方米，整个建筑呈现盛唐时期风格，适当吸取各代优点，并融合南方特色。南山寺设计主要由清华大学建筑学院、中国社科院、国家文物局、华南理工大学、中房集团建筑设计事务所等一批古建筑教授、专家、高级工程师、高级园艺师担纲，香港和邦投资集团亦参与其中，而几位主管领导深思熟虑、运筹部署，为南山景区建设起到引领作用。

南山寺于 1995 年 11 月 11 日（农历九月十九观音出道日）正式

具有唐宋风格的南山寺

破土动工、大雄宝殿奠基。在南山寺开建一年多后，即 1997 年 1 月 15 日，南山文化旅游区总体规划通过专家评审；6 月 5 日，国家宗教事务局正式批准 108 米观音像立项建造。可见，这两步一前一后、相期如约，总规划、大格局由理念到实践渐渐形成、向前迈进。

花开两朵，各表一枝。我们这里所展开而详尽叙述的主要是南山海上观音的建造历程，这个主题工程在海南南山寺功德基金会领导下，专门成立南海观音像建造工程指挥部，而后注册组建南山观音苑建设发展有限公司，由此备尝艰辛、精益求精地开展这项长达六年、被人们誉为"世界级、世纪级"的观音像及文化苑区的初期工程建设。

未建之时，自然需要调研论证。通常讲，人的知识能力：一是从书本中获得，二是从实践中获得。书本中获得的知识进入脑中，不可能都是理解了的知识，要将"固化"知识转化为理解知识，就要通过实践。从事调查研究、经验总结、计划拟订、前期论证、策划方案等，其实是个系统工程，也是将"固化"知识向理解知识转化的思维实践。这里首先遇到的问题是：这项工程建设缘何要选择观音像作为主体？客观地说，除了与南山寺佛教道场相匹配、相适应外，其主题、思路、构思是立足于打造有三亚、海南乃至中国特色的文化景观和标志性建筑。观音，在佛教中位居各大菩萨之首，在中国老百姓心目中是最崇奉、最信仰的菩萨，拥有的信徒最多，影响最大；也就是说，在一般民众心目中，观音不仅具有神性化，而且更在于人性化——当然建造需要"如法如仪"，符合佛学内涵、佛教教义，但主题只能一个而不能多个，佛学和佛教文化苑需要凸显一个精致严谨、印象最深的亮点，而选择观音像对民众信仰的引导、东方文化的弘扬，正是最佳、最好的切入点。这样的思路并非盲目，而是一手巧妙的"先手棋"。

不妨多花点笔墨，在此详叙。应该看到，研究观音信仰或者观音文化，可将其纳入一个人类信仰体系之中。观音信仰在印度最早从海上救难这种现世救度信仰发展到来世的净土接引信仰，再到智慧解脱型信仰和密教观音信仰。观音信仰、观音文化向中国的传播，可从"客体"与"主体"两个方面展开考察，将印度的观音信仰向中国的传播过程分为"最初输入"与"其在中国引起的共鸣""全面输入"与"中国人的选择接受""输入完成"与"中国人的进一步接受"三个阶段。从主客两个方面考察，更加清晰而真实地揭示了观音信仰从域外向中国传播的曲折历程。将传入中国并在实践中逐渐凝结而成的观音文化，可划分为"观音宗教文化"与"观音世俗文化"两个方面，前者是观音信仰的基本义理和修持仪轨，包括对观音神力的崇拜和为获得这种神力而进行的宗教修持活动，后者是以世俗文化方式表现出来的观音信仰，主要表现在哲学、伦理、文学、艺术、民俗、养生等方面。由此可见，建造南山观音像主要侧重后者。

建造观音像需要建设者了解观音。立项建造之初，建设者们渐渐学习、知晓、了解观音的来源、名称等相关知识。例如按照不同时期对观音名称的不同翻译方法，将观音信仰在中国的传播划分为"初译"（光世音，以竺法护为代表）、"旧译"（观世音，以鸠摩罗什为代表）、"新译"（观自在，以玄奘为代表）三个阶段，这种按名称、分阶段、分别阐述的方法，为研究、建造观音像提供了借鉴。又如按照观音类经典的不同，将观音信仰的经典依据划分为"净土往生系统""受记系统""华严系统""般若系统""救难系统""菩萨行系统""密教系统"等七大系统。再如将观音信仰的中国化分为了"观音身世""观音显化""观音灵感""观音道场"四个方面。结合考察与中国传统的道教、儒学的关系时，又分别强调了道教影响下的观音神格化、儒家思想影响下的观音伦理化两个不同的趋向。

所有这些，不仅仅汲取宗教文化、佛学与佛教专业的知识营养，更重要的是了解人类信仰、世界文化的多元化，以及人们向往和追求真、善、美的同向性，犹如打开了一扇大门，借助观音文化、观音信仰这扇门，提升精神境界，扩大思想视野。"造菩萨先要有一颗菩萨心"，成为建设者的一句口头禅，也形成日后不畏艰难、克勤克俭、敬业奉献、勇于攻坚的精神动力和力量源泉。

行间遍访、四处调研，建设者对观音领域的文化、信仰、习俗、形态等有了更进一步了解。首先，藏地号称是"观音教化之地"，藏传佛教是中国佛教的重要组成部分，但是由于语言的限制，藏地的观音信仰未能传播和体现到内地；其次，日本在观音信仰方面有很多研究，尽管涉及印度观音渊源以及向中国输入的部分并不很多，但其研究对中国大陆观音文化的研究拓展大有裨益；再次，"敦煌石窟""敦煌壁画"是千古绝唱、闻名天下，敦煌文献中有关观音的解释、观音的塑造，为南山海上观音像的建造提供了启示。

调研中，决策层的高瞻远瞩、深刻见解显然起到重要作用。他们综合与分析观音信仰、观音文化在我国盛行的原因主要有几点：第一，在南传佛教国家，如斯里兰卡、泰国、尼泊尔等，以及在近代的印度，人们对观世音菩萨少有所闻，而在北传佛教国家中，尤其是在我国近两千年来，观音信仰、观音文化可说是长盛不衰，至今在老百姓家中供奉最多的依然是观音，寺庙中观音诞辰、成道、出家纪念日依然是香火最盛的日子之一。观音以内在的慈悲和外在的神力教化著称，较能体现大乘佛教的精神特色，而中华民族一向受儒家仁义道德的教化影响，济世利人的大乘根性较多，而东南亚各国、欧美国家对其观念稍淡甚至未有了解。第二，基于实际介绍观音本身故事、修行方法、灵感事迹的经典不仅数量多，而且十分流行。第三，浙江普陀山观音道场的形成，遍布各地的观音寺、观音洞、观音殿的兴建，以及每年定期在农历二月十九、六月十九、九月十九观音的诞辰、成道、出家纪念日举行各种纪念活动，使观音信仰、观音文化深入民间、走进民众，进一步中国化、世俗化。第四，有关观音的变文、宝卷、小说一类的文学、戏曲、辞赋及雕塑、绘画等艺术作品的问世，在繁荣我国观音文化的同时，也推动了观音信仰的发展。

宗教是人类社会发展到一定阶段才会产生的一种历史现象。像佛学、佛教尤其观音信仰是历史的产物，它历史地产生，也将历史地消亡，是受历史发展规律的支配。不管如何说，佛学、佛教及观音信仰是中国民间信仰的重要组成部分，佛、菩萨与东土诸神一起构成庞大而杂乱的汉地神灵体系，在民间、民俗上不断演变、存活、延展。观音信仰的发展，拓展、丰富了我国哲学、文学、艺术等方面的意境、内容和成就。在雕塑和绘画艺术上，观音像作品不仅数量、种类异常丰富，而且在艺术上达到了一个相当的高度，以至我国艺术家可以自豪地说，"西方有维纳斯，东方有观世音"。

观音信仰增进了中华民族与印度、日本、朝鲜、越南等邻国以及与各少数民族间的相互理解、文化传播和友好交往。在中国历史上，观音像常被作为友好的"使者"和尊贵的礼物穿梭于各国、各民族之间，产生了良好的影响。观音形象的中国化、艺术化，使它成为中外文化结合的象征，成为佛教慈悲精神与儒家仁义之教相结合的典范。因而，观音信仰的发展对于教化百姓、抚慰人心、稳定社会做出了积极的贡献。

从历史角度看，佛教自魏晋南北朝传入中国以来，经过长期的历史演变和发展，创造了丰富多彩的佛教文化，是灿烂中华文明总宝库中光彩夺目的瑰宝，对中国社会产生了广泛而深远的影响。而观音在中国民众、信众中影响力最深最广。他们认为，观音能现众多妙容，能说无边秘密神咒。所现妙容，所说神咒，能使众生无畏，信众尊称其为施无畏者。《悲华经·受记品》谓菩萨在远古因地修行时期，观音因发大悲誓愿而蒙宝藏如来授记："善男子，汝观天人及三恶道一切众生，生大悲心，欲断众生诸烦恼故，欲令众生住安乐故，善男子，今当字汝，为观世音。"观世音，无量劫来，成就大慈大悲法门，利益众生，于生死苦海为作船筏，于无明长夜为作明灯。所以，慈悲是观音的志愿，慈悲是观音的德行，慈悲亦是观音的特殊功德。观音表达和发过十二大愿，具体是：

第一，广发弘誓愿：广发弘誓大愿心，度尽众生消烦恼。

第二，常居南海愿：泛海救迷度有情，善念南海观世音。

第三，寻声救苦愿：为人诸病卧高床，诚念大士得安康。

第四，能除危险愿：千处祈求千处应，苦海常作度人舟。

第五，甘露洒心愿：观音慈把甘露洒，烦恼于是化成莲。

第六，常行平等愿：弥陀加持常有念，随似观音平等心。

第七，誓灭三涂愿：观音菩萨救苦声，愿度三涂除诸障。

第八，枷锁解脱愿：志心持念观自在，枷锁苦痛得解脱。

第九，度尽众生愿：有情众生誓愿度，旷劫精勤慈悲海。

第十，接引西方愿：虚空之中引净土，至心诚念观世音。

第十一，弥陀受记愿：观音精勤宏愿力，弥陀受记下世佛。

第十二，果修十二愿：十二大愿弘誓深，有情共证无上道。

通过调研，可以说建造南山观音出典有据，如法如仪。"观音常居南海愿"，在中国来说，三亚便是南海之巅，让观音像屹立于此、表现观音回家，正是机缘和时候，也让人们明白和悟感，它集智慧、慈悲、救苦、救难等品德及真善美于一身，到处都受到人们的爱戴和尊重。这个意愿在一二十年观音苑建成开放后，除了文化、信仰意象征外，有人从另一角度阐述：南山海上观音向南海周边国家释放了中国政府做一个负责任大国的强烈信号，它表明中国政府在国际生活中愿意为改善并加强双边合作关系做出努力，有维护地区和平与稳定的信心与决心，中国政府借观音像屹立的这种方式释放的善意，赢得了东南亚各国和国际社会的普遍信任，使"中国威胁论"失去立足之地。在 21 世纪头十年中，中国与有关国家就南海问题多次进行磋商，交换意见，达成了广泛共识。中菲、中越、中马等国的双边磋商机制正在有效运行，对话取得不同程度的积极进展。在中国东盟高官磋商、中国东盟对话会中，双方也就南海问题坦诚交换意见，一致赞同以和平方式和友好协商寻求问题的妥善解决。这些，说明我国在解决南海问题上的诚意被各方所接受，中国是一个值得信赖的合作伙伴已经深入人心。所以南海观音的建造，一方面有利于推动地方旅游产业的快速发展，增加就业人口，整合区域经济使其良性循环；另一方面对于向国际社会释放我国发展双边以及多边关系的善意，提高整体国际形象有百利而无一害，价值不可估量。可见，其阐述的意义更深厚、立点更高远、影响更广泛。建造南山海上观音像不是一时心血来潮，而是经过缜密、严谨的思考、查证，不仅是自然、地理、经济、文化、社会的广泛调研，实际上还包含政治的慎重考量。

第二节　思考如何建海上观音

要了解观音，先得知晓佛教与佛山的关系。随着社会、经济的发展，宗教也在不断变化，并逐步成为世界性的多元文化现象。

佛教是世界性宗教的一种，相传在公元前6—前5世纪，古印度迦毗罗卫国（约在今印度、尼泊尔边境靠尼泊尔一侧）释迦族王子悉达多·乔答摩创立[①]。他在29岁时，有感于人世生老病死的各种苦恼，又对当时传统的婆罗门教不满，因此舍弃王族生活，出家修行，至35岁时"大彻大悟""觉悟成佛"。此后便一直在印度中、北部进

---

① 参阅任继愈总主编：《佛教史》，江苏人民出版社2007年4版。

行传教，奠定了原始佛教的基本教义。后被信徒们尊称为"释迦牟尼"，意即"释迦族的圣人"。

公元前 3 世纪，孔雀王朝的阿育王将佛教奉为印度国教，并派遣传教师向印度境外传播佛教，使它逐步发展壮大，后来终于成为与基督教、伊斯兰教并称的世界三大宗教之一，特别在东亚、中亚、南亚和东南亚一带广泛流传。西汉元寿元年（公元前 2 年），佛教开始传入中国内地，魏晋南北朝时遍布全国，至隋唐达到鼎盛。

佛教追求"自我解脱""自我净化"。传说乔答摩当年是在荒林里一棵菩提树下，静坐冥思了七天七夜，才达到涅槃的境界①。

出家的佛教徒，也希望能在远离尘世、僻静优美的地方建立栖身的寺院，便于摆脱世俗欲念，止息杂虑，专注一境，习静修行，获得正果。而荒野上那些峻拔耸天、密林覆盖的山峰，不仅具有上述特点，还具有高大雄伟与人们难于接近的神秘感。山峰的高插云霄，被古人看成是通往天堂和极乐世界的捷径；山峰的雄伟和难以接近，则被想象为佛或菩萨的住所而受到崇拜。所以，佛教徒们就选择一些风景秀丽的深山老林，兴建寺庙、庵堂。在我国，四大佛教名山便在这样的背景下开发、发展起来。

中国四大佛山，指的是山西省忻州市的五台山，四川省峨眉县的峨眉山，浙江省普陀县的普陀山，安徽省青阳县的九华山。它们分别是中国佛教所传文殊、普贤、观音、地藏四大菩萨显灵说法的道场，重点宣扬文殊的"大智"，普贤的"大行"，观音的"大悲"，地藏的"大愿"。

佛教传入中国后，派生出地位仅次于佛、有具体司职的菩萨信

---

① 佛教中宣扬的最高境界，即认为信仰佛教的人，经过长期修行，能"寂（熄）灭"一切烦恼和"圆满"（具备）一切"清净功德"。

仰。随着佛教中国化进程的不断完善，菩萨信仰日益深入，菩萨传说故事也逐渐丰满，衍生出分别代表大智、大行、大悲、大愿的文殊菩萨、普贤菩萨、观音菩萨、地藏菩萨的四大菩萨。而观音菩萨的故事，在中国民众中流传更广、印象更深，莫不与中国文人笔记小说、诗歌辞赋、民间故事、戏文演出等文学活动与传播关联。

佛经上说观音常在普陀山现身显灵，因而普陀山传为观音教化众生的道场。确实，浙江普陀山与山西五台山、四川峨眉山、安徽九华山并称为中国佛教四大名山，普陀山是舟山群岛 1390 个岛屿中的一个小岛，形似苍龙卧海，面积近 13 平方千米，岛上风光旖旎，洞幽岩奇，古刹琳宫，云雾缭绕，"海上有仙山，山在虚无缥缈间"，素有"南海圣境"之称。在南山海上观音初建之时，有个真实故事说来涉笔成趣：当时普陀山寺庙方丈写信给赵朴初居士，说普陀山才是观音的正式道场，怎么在三亚又弄出个"南海观音"？这位方丈的担忧"情有可原"，但在他心里"法不容恕"。其实两者并无矛盾，他没将文化景区与佛教道场区分开来，以致产生误会。赵朴初居士专门回信说明原委，后来定名为"南山海上观音"，以示区别。

虽然普陀山观音为中国民众早就熟稔、认同，其实在心目中观音处处有，"常居南海愿"何止"东海南面"的"南海"，从历史地理学角度，三亚的南山海域才是真正意义上的"南海"，拥有优越的地理环境，南山海拔高度 457.2 米，是海南岛临海山地的最高点，既不离泓泓主脉，又不弃涓涓细流，祥云冉冉波罗天，银辉灿灿海上月，聚集着阳光、海水、沙滩、气温、森林、动物、泉水、岩洞、风情、田园等十大风景资源，形成山、城、河、海、港自然结合的奇特景观，其风和日丽、海天一色的南海海域，象征了佛教中的西方极乐世界。

建造者在调研中，对建造佛教文化苑区逐步有了人文与文化上的认同与共识，这个建造过程不局限于佛教领域，其实佛教对于中国社会的影响表现在其对民众心理构成的规范方面。不难发现，民众佛教是维持佛教在中国社会延续和传布的真正基础，因为民众佛教以渗入民众民俗之中的佛教（即称此为"民俗佛教"），以及佛教的仪式、禁忌、节日等本身转化为民俗，规范了民众的认同心理的构成。虽然历朝历代的统治者对佛教的态度不尽相同，但民众佛教由于受民俗的保护，表现出极强的韧性，尤其是明清两代，民众佛教成为社会生活的重要组成部分，也是诸多民俗的重要依据，"家家念弥陀，户户拜观音"是当时佛教在民间流行的生动写照，各宗各派的道场殊途同归，儒释道三家合流，以及寺院经忏 ① 兴旺，频繁启建水陆法会，这一切，无疑折射出民众的信仰需要。近一二十年来，随着我国宗教信仰自由政策的落实，社会环境的日益宽松，佛教寺院恢复迅速，香客盈门，不少家庭供奉佛像，特别是香港设立佛教公众假期等，均反映出佛学、佛教即使在现代高科技时代，仍然在民众中拥有广泛的信仰基础，佛学、佛教对于民众生活的影响是广泛而深入的。

　　佛教不仅仅是信仰，而且蕴含人类文明、文化艺术的杰出成果。随着佛教传入中国，伴随而至的是西域和印度的文明成果，中国雕塑、绘画艺术的杰作，比如敦煌石窟、云冈石窟、龙门石窟、麦积山石窟等雕塑作品，其创作思路、表现手法上均受到了印度艺术并也间接地受到了希腊艺术的影响；随着译经事业的高度发达，大量佛教典籍翻译为汉文，也给汉文带来了众多的新鲜语汇，丰富了汉语的表达能力，例如，"三昧"一词，现在已成了汉语中表示

---

① 　指请道士或僧人念经拜忏、祈福超生的仪式。

精髓、奥秘、要旨的词义；又如，随着诵经的开展和普及，印度的"四声"已成了汉语的基本发言标准。不仅如此，随着佛教的传入，中印两大文明体系真正得到了一次互相交流、补充的机会，并且涉及各个学科，像文学、农艺、手工业、冶金、铸造、雕刻、逻辑、戏曲、医学、音韵等。对佛学的调研，也是一次深刻的文化苦旅、人文跋涉和艺术巡礼。

第三节　观音造型与选址争议

耳听为虚，眼见为实。调研中，建设先行者还对各地的佛像进行实地考察，尤其对五方五佛的佛像建造进行仔细比照。

五方五佛是指江苏无锡的灵山大佛（东方佛）、四川乐山的乐山大佛（西方佛）、山西大同的云冈石窟大佛（北方佛）、香港大屿山的天坛大佛（南方佛），以及河南洛阳的龙门石窟大佛（中方佛），此创意来自中国佛教协会会长赵朴初提出的"五方五佛会齐华夏"的构想。

1994年12月24日晚6时，在首都北京钓鱼台宾馆举行庄严隆重的"灵山大佛建造工程合约"签署仪式上，时任全国政协副主席、中国佛教协会会长赵朴初如此说道："就全国而言，东、西、南、北、中，除了东方以外，其余都已有了一尊大佛。那就是：北方，山西大同的云冈大佛；中原，河南洛阳的龙门大佛；西方，四川乐山的乐山大佛；南方，香港大屿山的天坛大佛。现在，在无锡建造的灵山大佛就是东方大佛。这一下，五方五佛都齐了。""在神州大地东、南、西、北、中五个方位已有五尊大佛，从理论上说已是五智具足，从自然法则上说已是五大协和，从修因证果的关系上说，在因行上有四大名山四大菩萨的信仰，在果德上有五方五佛的崇奉。佛教界在佛像供奉方面要注意把事相设施上的差别性和理论体系上的完整性结合贯通起来，保持像四大名山四大菩萨、五方五佛这种信仰的体系，让这种信仰体系在广大信徒的心目中形成一种稳定的依托，有助于信仰情感的落实，有助于整个教团在信仰上形成一种凝聚力。"

赵朴初的讲话，引起人们对神州大地"五方五佛"的浓厚兴趣，引发了人们对佛教文化艺术的历史和现状的缅怀与关注，其中既包含对正常、合理的建寺造佛的一种规范，亦提出了对盲目建寺造佛狂热的一种制约，对于宗教、信仰、文化、众生心灵的真善美等问题，认识趋同，臻于化境。

对南山佛教文化苑来说，建南山寺是文化传承的引子，按规划设想，其佛教道场限定于一定场所，目的是根据海南"文化沙滩"现状而异军突起建成绿色发展的"文化绿洲"——富有海南特色、国际影响、气势宏伟、主权意识的人文景观和城市标志。这个思路、定位无疑起着正确的主导作用。这里，我们再跟着调研者的脚步沿途察看国内大佛的建造。

无锡灵山（释迦牟尼）大佛88米，由1560块青铜壁板拼装焊接而成，总用铜量达到了700多吨，全部铜板展开面积可达到9000多平方米，焊接它们的焊缝总长度达35千米。大佛在建造过程中，运用了现代高新科技，如先进的抗风、防震、避雷等措施，其中，避雷针就被巧妙地藏在大佛的发髻里。由于使用了特型铜壁板和先进的焊接技术，大佛的外形达到"天衣无缝"的程度。大佛右手指天，称为"施无畏印"，那是寓意大佛在为众生除去痛苦；左手指地，称为"与愿印"，那是表示在保佑众生平安快乐。

广东佛山西樵山观音法相为坐姿 61.9 米，寓意观音成道于 6 月 19 日，为国内最高最大铜造观音像。观音慈祥亲切端坐于直径 36 米、高 14.9 米、上下三层共 66 片精致莲花瓣组成的莲花座上。莲花座下四面的环水莲花池，有四桥通达，极清幽高雅。观音面北，从北面入口，映入眼帘的是六柱五门天柱牌坊，采用 500 多吨优质大理石雕刻而成，牌坊高 18 米，宽 32 米，造型独特，生猛威武，堪称中国最大的牌坊。中间四柱，分别嵌有四大天王的巨型石雕立像，惟妙惟肖。

浙江普陀山南海观音铜像高 33 米，由普陀山佛教协会会长、全山方丈妙善大和尚亲自发起。观音菩萨仿金铜像高 20 米，主钢架总高度 19.4 米，面部含金量 6.5 千克。左手托法轮，右手施无畏印，双目垂视，眉如新月，大慈大悲，神韵尽出。铜像地处观音眺南天门之间，面朝大海，与洛迦山隔海相望。整个工程设计充分体现了海、山和铜像三者的高度和谐统一，佛像造型尽现出观音菩萨的慈、悲与柔美，形象端庄，线条流畅，金光闪闪，无疑是将海天佛国宗教艺术的瑰宝载入史册。

香港天坛大佛像高 34 米，宝莲禅寺前广场附近有一座庄严雄伟的佛像，称为"天坛大佛"，由 200 块青铜铸件组成，高度逾 26 米，重达 250 吨，是全球最大的户外青铜坐佛。天坛大佛面相参照龙门石窟的毗卢遮那佛，衣服的纹理和头饰则参照敦煌石窟第 36 窟的释迦牟尼佛像。天坛大佛坐在莲花上，取其出淤泥而不染之意。在象征北京天坛的三层基座之内，设有展览厅，布置了各种佛教艺术品如壁画、书画及佛祖释迦牟尼的舍利子等陈列。天坛大佛现已成为香港著名的宗教建筑物。

闻名于世的五方五佛中的西方佛——乐山大佛，1996年12月被联合国教科文组织遗产委员会列入《世界遗产名录》。乐山大佛依凌云山栖霞峰临江峭壁凿造而成，又名凌云大佛，为弥勒坐像，是乐山最著名的景观。乐山大佛开凿于唐玄宗开元年初（713年），历时90年大佛终告建成。其佛像高71米，是世界最高的大佛，首部长14.7米，宽10米，肩宽24米，耳长7米，耳内可并立二人，脚背宽8.5米，可坐100余人，素有"佛是一座山，山是一尊佛"之称。大佛依凌云山的山路开山凿成，面对岷江、大渡河和青衣江的汇流处，造型庄严，虽经千年风霜，至今仍安坐于滔滔岷江之畔。人们观赏这尊当时中国第一大佛，往往只看到依山凿就的外表，看到他双手抚膝正襟危坐的姿势，而对他的部位结构则看不真切。其实，细究他的形体结构，是很有趣味的。乐山大佛具有一套设计巧妙、隐而不见的排水系统，对保护大佛起到了重要的作用。在大佛头部共18层螺髻中，第4层、第9层和第18层各有一条横向排水沟，分别用锤灰垒砌修饰而成，远望看不出。衣领和衣纹皱折也有排水沟，正胸向左侧也有水沟与右臂后侧水沟相连。两耳背后靠山崖处，有洞穴左右相通；胸部背侧两端各有一洞，但互未凿通，孔壁湿润，底部积水，洞口不断有水渗出，因而大佛胸部约有两米宽的浸水带。这些水沟和洞穴，组成了科学的排水、隔湿和通风系统，防止了大佛的侵蚀性风化。沿大佛左侧的凌云栈道可直接到达大佛的底部。在此抬头仰望大佛，会有仰之弥高的感觉。坐像右侧有一条九曲古栈道。栈道沿着佛像的右侧绝壁开凿而成，奇陡无比，曲折九转，方能登上栈道的顶端。这里是大佛头部的右侧，也就是凌云山的山顶。此处可观赏到大佛头部的雕刻艺术。大佛顶上的头发，共有螺髻1021个。远看发髻与头部浑然一体，实则以石块逐个嵌就。乐山大佛历经千年风霜，至今仍然安坐在滔滔江水之畔，静观人间的沧海桑田，具有很高的艺术价值和丰富的文化内涵，是中华民族的文化瑰宝，是世界历史文化的宝贵遗产。

洛阳龙门石窟卢舍那佛像是我国佛像建造的经典和范本。这座卢舍那大佛是龙门石窟中艺术水平最高、整体设计最严密、规模最大的一处。龙门西山的奉先寺是唐高宗咸亨三年（670年）开始修建的，花了3年9个月完成。供奉的主神为卢舍那佛，"卢舍那"的意思就是智慧广大、光明普照，民间又称他为报身佛，除此之外还有肋侍菩萨两尊，佛弟子、金刚、神王各两尊，高度则逐渐降低，造成一种众星捧月的效果。奉先寺在开窟造像时，别具匠心，一反常规，不采取全部开凿洞窟的方式，而是依山就势在露天的崖壁上雕造佛像，烘托出一种浑然天成的浩然大气。摩崖像龛南北宽36米，东西进深40.7米，为一巨型露天窟龛。卢舍那石雕像通高17.14米，头高4米，耳长1.9米。1500多年来，大佛仅双手及腿部以下因早年地质层的裂隙结构及气温变化因素而塌毁，其余仍基本保存完好。站在近处，举目凝望大佛，会使人惊叹不已。大佛身着通肩大衣，自右肩回绕至左肩，覆盖着全身舒缓的衣褶，飘逸而浩荡。看似流水，然而在薄薄的衣襞下却显示出壮硕躯体的健美之质感。透过佛身壮实厚重、韵律般的道道曲线，以及额面上大而弯曲的眉线和微微浮起的唇线，人们看到旺盛的生命力和鲜活的艺术气息。

调研行程万里，眼界开阔，头脑开窍，除了对各地佛像的造型、材质、技术、体积、环境等进行考察外，还对其资金、回报、运行、护养等进行估算，称得上"未雨绸缪""摸索探路"，不过，原先观音像的思路定在青铜或石质材料上，造型是综合各家之长，没想到对南山海上观音像的建造及选址在事后发生了各种争议。

简单归纳，即一种意见是：观音像建在山顶上，材质用青铜或者石料，最大理由是工程经济划算，难度不高；另一种意见是建在海上，否则与普陀山观音没有区别，建造南山海上观音意味着观音巡海归来，到了海南。巡什么海？就是巡咱们的南中国海。这个寓意包含主权意识，比一般的佛教意蕴深刻多了。其外，观音像的造型设计要有特色，是造佛史上从无未有的三面佛，唯有三面佛，无论从任何一个角度看，都是正面，否则单面、二面、四面、五面佛，看上去总有侧面，而且立佛高度108米，多了不行，少了也不行，这个有讲究的，"108"是佛家很重要的数字。有一说：佛教的法器、法事、建筑，喜用108数，寺庙圆柱108根，塔群108座，念珠108颗，供灯108盏，撞钟108下……佛教之所以推崇108，意为人有108种烦恼，佛法能使之断除。据《藏经》记载：最上品的佛珠是1080粒，包括了十法界的各108数；上品的佛珠为108粒，108粒是表示单纯的108种烦恼，或108尊佛的功德，或108种无量三昧等。而材料不能用青铜制作，因为金属在海上经不起腐蚀，需要改为不锈钢（后为合金材质），焊接处的焊缝材料也须讲究。

争议虽然没有一波三折，但亦一石激起千层浪，大家议论纷纷，莫衷一是。决策层表明愿景规划，这里不单单是造个寺、建尊像，而是要将其作为一个有影响力的文化、旅游园区来建设，这里的景观是文化地标性的，将来可以建成佛教文化中心……这个争议当初觉得好像不起眼，再平常不过了，无非是各抒己见、评估分析，其实对后来的海上观音、观音苑建设起着关键性作用。任何事情总有两面性，畏难者自然选择后撤，前行者毅然挑起重任。需要提及的是，除中国佛教界、政府层面的支持以及海南南山寺功德基金会的统筹外，具体建造单位如南山文化旅游公司、南海观音像建造工程指挥部（后注册成立南山观音苑建设发展有限公司）等担当"开路先锋"的角色。他们把南山海上观音像项目的建设、设计定位为——"世界级、世纪级"的佛教文化工程。这就要求，在设计和建造过程中要"传承、创新、经典"，从形态、线条、布局、环境、建筑、整体等方面进行再处理和再创造，使之成为东方佛教文化和观音像的代表作。

通过调研，他们认为，南山海上观音像的建设过程是一个创造的过程，只有在传承传统佛教造像的基础上，进行大胆创新，才能创造出具有震撼力的艺术形象，在国内外佛教信众及社会各界人士心目中树立起独一无二的地位。创新意味着对传统的补充，在传统中注入代表时代精神的各样元素，同时也意味着风险。必须有勇气面对因创新而带来的风险，才能最终完成创作的过程。因此，在一次海南省民政厅、合作厅和三亚市对南山海上观音建造工程论证会上，季素福对其设计创作、建设制造理念加以归结，率先提出"传承、创新、经典"的六字方针。

在神州大地上，三亚南山曾是一座名不经传的小小荒山，然而，在中国当代景观建造史、旅游发展史上，南山以气势恢宏、横空出世的姿态，成为当代最著名的文化、风景名胜之一。通过调研，大家形成共识，将其视为展示中国风貌、讲述中国故事的最好机缘。不但如此，而且还要打造出一个借鉴与创新相结合的响亮的"南山品牌"。得益于调研，他们把这个超大型项目定位于高起点、高水准、高格调，对硬件与软件都要严谨细密、精益求精；对南山的品牌建设，内要创新，外要借鉴。借鉴与创新，是站在巨人的肩膀上，寻求品牌高度的必由之路。

南山项目立项伊始，就融入了国际化运作的构架之中。苑区的规划、设计由美国纽约城市设计公司承担，由美国景观规划设计院修编。项目可行性研究报告由美国华盛顿经济研究咨询联合公司提供。项目内容策划分别由中国佛教文化研究所、中国民俗学会、中国历史博物馆、中央民族大学，以及中国环境科学院、中国科学院生态中心等权威机构完成。可以如此说，项目从一开始就从规划的角度寻求已有的历史"制高点"，创造未有的时代"新亮点"，与国际先进水平对接。而在调研中，亦积极吸收和充分借鉴了各地文化特色、历史经验，同时还实行互动式的交流，先后咨询了100余名国内外专家学者和景观建设界、旅游业界卓有建树的人士。

面对这个投资规模巨大的国际化、前沿型项目，建设者提出了"分期建设、滚动发展"的策略方针，而南山观音品牌的树立不能等到项目全部完成以后才去完成，需要在项目建设全过程中不断创造亮点，力求在每个阶段都有一个相对独立的品牌出现，边建边出，慢慢而最终形成品牌的集合群，这就需要不断创新。借鉴只是提供"高度"，创新才能形成特色，跨越"高度"而出现文化"厚度"。

在争议中，大家首肯了观音像建在海上、一体化三尊、高度108米这三大要素亦是三大难点的大胆设想、计划，即便建造过程中困难重重，但对树立品牌、赢得声誉、达到"世界级、世纪级"的目标，认定是"一时千载"的挑战，也是"千载一时"的机遇。再细加分析、综合考量，要完成这样的目标并非全无可能。面对不利因素，也要添加自身有利条件，像南山海上观音像建造工程指挥部有不少成员参与过国内和上海重大项目的建设，包括高精尖的科技项目的施工，依靠各地和上海国际大都市的设计建设力量和广泛丰厚的人力资源，对造像主体工程建设有着一定把握和充满自信。

正因为建造这样的"世界级、世纪级"工程项目可资借鉴的前人经验并不多，为此，南山海上观音像建造工程指挥部领导小组成员一行先后对国内各个有名的观音像进行了详尽考察、精心探究，并就各细节与环节向佛教界、艺术界、文化界、旅游界进行了广泛的征询，一个个巧妙构思、一环环精密设想，逐步形成、拓展、延伸。

　　观音像主体工程建设拉开了序幕。

第三章　造像选型

　　建造南山寺，是观音苑建设总体规划前期工程，而观音像建造则是后期工程主体项目。经过调研，观音像的建筑思路和具体形态渐渐明晰。

　　按总体规划，观音文化苑项目占地 400 亩，整个苑区在用地布局上，以建造、竖立观音像为视觉焦点，凸显游客、信众祭奠、参禅

1999年9月19日，观音苑扩初设计方案审定会

的浓厚佛教文化氛围。工程以参拜中轴线为主导，同时结合自然、观光、休闲的功能特点，以富有创意、内容丰富的佛教旅游文化为重心，将苑区分成若干功能组团——入口广场区、中央大道、沙坝景观区、观音广场、栈桥、观音岛、海上观光区（其中包括两个游艇船坞），以及附属的主题公园区（分为 A 区、B 区），形成景观层次丰富优美、重点突出、文化浓厚的景区特色。但对观音像的选型是个绕不过的主要议题，亦关乎观音苑建设的成败。

第一节　选型方针及历史渊源

观音像的建造选址于海上，这是一个新颖的构思、大胆的设想、独有的特色。逐步的，大家形成共识：南山海上观音只有在传承传统佛教造像的基础上，敢于创新，才能创造出具有震撼力的艺术形象，在国内外佛教信众及社会各界人士心目中树立起独一无二的地位；创新意味着对传统的发展、在传统中注入代表时代精神的中国文化元素。观音像造型设计应与观音苑建设方针相统一，即传承、创新、经典。

传承，就是要吸收中国近两千年来佛教造像艺术的精华，将完美的艺术形象保留下来。南山海上观音像样稿反复修改、几易其稿，从前期准备到画出样稿，从初样到小样，从小样到大样，从大样到施工安装，凝聚设计者、建设者的集体智慧，花尽设计者、建设者的全身心血，可以说，将调研中对传统文化的理解，点点滴滴地渗透和融入体现时代的新意之中。对这座"一体三尊"观音像的设计制作，

早期石膏像　　　　　　　　　　早期泥像

在六年多时间里，不断广泛征求了包括中国佛教协会、中国佛教文化研究所、中国佛学院、上海佛教协会、中国雕塑家协会、中国美术家协会、中央美院雕塑创作室等领导和成员，以及全国各地佛教界高僧和各界社会人士的意见和建议，注意收集、积累，在理论基础、缘起、寓意等方面做了大量细致的工作，确保南山海上观音的形象符合佛教教义，符合人们审美要求。这种传承传统、精益求精、自我完善的精神，是其他在建的佛像工程中所没有的。在经过六年多时间终将这座史无前例的观音像竖立、建造起来后，大家对其文化传统的传承一致肯定，对她的形态、造型、佛义、寓意都赞誉有加。

创新，就是大家认为在继承的基础上建造这尊观音像要有新的发展、新的创造。建造过程不仅是过去传统佛像的复制和放大，还要有新的表现形式，融入新的时代内涵，以现代的科技和工艺体现

观音的佛义、释意，释放佛教文化信仰的哲理与能量。在 1999 年
7 月的一次"三面观音"论证会上，中国佛教协会提出："南山观音
应当体现出创新的、历史的、佛教的三大主题。第一，群众性要强。
群众的主体是指佛教徒，当然包括游客。我们建的是佛像而不是纯
粹的艺术像，要得到群众的认可。第二，要有时代感。我们今天造
的观音像要体现当今的科学、技术、思想、文化、艺术水平。第三，
具有历史性。现在造像要考虑，今后我们回过头来看，应该是在 20
世纪与 21 世纪之交为中华民族留下一个文化瑰宝，要经得起时间
的考验。"这个提法和观念，对建造这座观音像起到前瞻性指导作
用。也就是说，建造不是照搬照抄或者是改改补补，而是要有新的
形态、意蕴，在传统基础上加以创新。在这个意义基础上，最终确
定了既符合佛教教义，又顺应时代之变，建造具备当今美学、史学、
佛学、建筑学、雕塑学、佛像艺术、科学技术等时代特色的"一体
化三尊"的海上观音像。

　　经典，就是在继承的基础上和创新的过程中，根据具体情况加以
不断改进、不断完善，千锤百炼、尽善尽美，制作出一个精品、名
牌，成为世纪之交的经典之作，代表着中国改革开放时代的先进文化
和进取精神，体现真善美的美好向往和艺术内涵，展示正知正见的佛
理底蕴，要有一种理念和信心：现在是这个时期的代表性观音像，一
个世纪以后仍是专家学者考察和研究的代表性观音像建筑。

　　当然，对南山海上观音的建造，作为主体和主题，必须符合佛教
的教义，如法如仪，而不能自以为是、孤芳自赏。所以在设计建造
上，需要通晓佛教知识，"造佛心中有佛""度众生度自己"，南山海
上观音像建造工程指挥部包括后来成立的南山观音苑建设发展有限
公司的领导者、建设者，不断学习佛学和佛教文化知识，将所学的

融进工程建设中。有位员工讲了一个意味深长的故事：有一天，佛祖释迦牟尼问弟子们，怎样才能够使一滴水永远不干？弟子们回答不出，佛说：放到大海里去，"我们的生命，我们的智慧，我们的力量，是一滴水，只要我们肯把它放在众生利益的大海里去，这一滴水是永远不会干的"。这个故事很有哲理，"一滴水融进大海才永远不会干"，一个人融入集体才会显示无穷力量。那么，观音文化究竟是什么？"造佛"为哪般？"竖像"何如？其实要从佛教经典、民俗文化说起。

前文所叙，在佛教中，观世音和大势至菩萨是作为西方极乐世界教主阿弥陀佛的左右胁侍，助佛接引众生，由此，观世音菩萨、大势至菩萨、阿弥陀佛合成"西方三圣"。《法华经·观世音菩萨普门品》说，观音为拯救苦难生灵，能示现三十三种应化身形。后来中国和日本等地的佛教徒，又据此创造出三十三种观音形象，有杨柳观音、龙头观音、持经观音、圆光观音、游戏观音、白衣观音（即送子观音）、莲卧观音、泷见观音、施药观音、鱼篮观音、德王观音、水月观音、一叶观音、青颈观音、威德观音、延命观音、众宝观音、岩户观音、能静观音、阿耨观音、阿么观音、叶衣观音、琉璃观音、多罗尊观音、蛤蜊观音、六时观音、普慈观音、马郎妇观音、合掌观音、一如观音、不二观音、持莲观音、洒水观音等。这三十三种应化身形，掺入了民间想象，按中国古代民众愿望，把来自西域的观音菩萨这一威猛大丈夫改造成为温柔可亲的女子，是匠心独运的民间意识的集合体。

观音在印度是男性丈夫身，在我国唐代以前也多是长胡须的男性形象，但以后逐步女性化了，可见，佛教文化的想象所创作的神圣形象不可能脱离现实生活的影响，相反，佛学、佛教文化为了扩大感召力，尽力追求美感的世俗化，他们着俗装直接与现实生活中的芸芸众生相联系，一般是上披天衣，下穿罗裙，颈项、手臂、手腕，戴着各种金银珠宝、璎珞、臂钏、腕钏等装饰。这是古代印度和中国贵妇人装束的结合。唐宋以后出现的菩萨像，眉如黛翠，双目修长而微张，樱桃小口，乌发垂肩，头上发髻高耸，顶戴宝冠，体态丰润，十指纤细，俨然是古代绝色美女形象。

纵观唐代以后时期的观音像，无论是坐像还是立像，都体态优雅自在，身饰项圈、璎珞，袒露的上身，斜披天衣，肌肤柔软丰腴而富有质感和弹性，神貌慈爱祥和，温柔妩媚而不失稳健端庄。开元、天宝年间，在当时"人物丰秾，肌胜于骨"的审美趣味影响下，甚至还创造出了宛如世间贵妇一般雍容华贵，妩媚动人的"杨贵妃观音"。在唐代，观音的性别及其造像图式已正式确立，并在造型上成为一种定型化的量度规范，以至后来的宋、元、明、清几乎都无一例外地沿袭了唐代的造像传统。

著名的大足石窟最常见的是观音像，有200多尊。她们仪态万方，优美动人。如宋代雕刻的水月观音，顶部为穹拱形，龛外门楣上及两侧门柱上，刻有水波纹装饰，以示"观音坐水旁，静观水中月"。龛内正壁主像水月观音头戴精美繁丽的高花冠，由头顶发出两道毫光，绕圈后射向龛外，其神态丰满端庄，曲眉丰颊，意态温婉，悠闲自若，风度潇洒。

要建南山海上观音，不能不弄清楚观音的形态及观音由男变女的原因。观音男身变成女相以前有两种解释：一种认为，在观音三十三种应化身中，就有不少女性形象，如比丘身、优婆夷身、长者妇女身、童女身等，所以有时可作女相塑像。另一种认为，据《观音得道宝卷》和《大香山》等典籍，说观音是妙庄严王（即春秋时期的楚庄王）的三公主妙善，五岁能诵经，出嫁时逃婚至荒山苦修，终成菩萨。实际上，这种变化只是表明了佛教的日趋世俗化。其实，从印度佛教传来的观音文化必须融进诸多中国传统文化的要素，并与中国传统文化心理结构相适应。比如送子观音，从母性崇拜、生育功能等方面，沟通了与中国传统伦理观念。一是儒家"不孝有三，无后为大"成为社会普遍的潜意识，婚后无子，不能延续香火，是对祖宗的不敬；二是民间流传"多子多福"世俗观念，认为子孙满堂，就是福气；三是中国社会历来是"母以子贵"，有儿子就有依靠。时至今日，送子观音的香火很旺。

　　儒家孝文化与佛教文化的结合，产生人心向善的社会效应。宋末元初，赵孟頫夫人管道升所编的《观世音菩萨传略》，使妙善公主得道成观音的故事和形象趋于完整。经过"神话历史化"，观音成为史实人物，在中国有了自己的生辰，农历二月十九日被认为观音诞辰。随着观音信仰在中国愈益深入人心，佛门弟子还按照中国历法，把农历二月十九日、六月十九日、九月十九日分别定为观音菩萨的诞生日、得道日、涅槃日。为此，各地都要举行盛大的纪念活动，统称为"观音香会"。此外，观音信仰还表现在吃素、烧香、还愿、赶庙会等民俗活动中，作为一种精神慰藉已深入中国民众意识的深处。

　　那么，南山海上观音应该选择如何形态、模样，既符合佛教教义，又让教徒、信众、游客非常审美地观瞻朝拜？这道难题横亘在南山观音苑建设发展有限公司建造者面前。

第二节 "一体三尊"的佛义

　　佛教在世界上目前主要有巴利、汉、藏三大语系。时任全国政协副主席、中国佛教协会会长赵朴初对三大语系的经典、僧众、道场、文化、艺术都很关心，常常提出一些非常重要的问题引起人们的重视。他曾对人说自己有两大心愿：一是希望人们更多地认识佛教，不要因一些现象而产生误解；二是希望佛教文化能广为弘扬。信仰、文化本是一体的，当人们看到历史上佛教留下的文化遗产那么生动丰富，会更深地理解佛教的内涵。为此，他对南山海上观音的建造也提出希望，即"如法如仪"。观音在民间流传、影响甚广，因受世人实用的需求而不断变换形象，转而追求时尚功利。观音像"法身无性"，但不可"法身无法"，变成谱系繁杂、怪异百出的大杂烩，不仅亵渎观音像的神圣，而且破坏宗教的法规，特别是"一体化三尊"观音像的建造，其佛学依据、出典不能不究明。

　　在"一体化三尊"观音像样稿前，时任中国佛教文化研究所所长兼研究员、中国宗教学会副会长、中国茶禅学会会长吴立民对南山海上观音做出引经据典的考证与释义。他曾专门撰文，并有通俗的发言，在此整理其四大要点：

　　第一，观音文化与观音由来。观音在佛教里是代表慈悲的，佛是一个整体，有很多方便法门，这些方便法门是通过某一个具体的菩萨来表现的，每个菩萨都表现出佛性的一个方面，例如观世音菩萨是代表慈悲，文殊菩萨是代表智慧，普贤菩萨代表往度众生。观音菩萨在佛教中有很重要的地位，观音信仰在传入中国之前，古印度就很盛行；传入中国后观音深受百姓欢迎、崇拜，以至出现"家家阿弥陀，户户拜观音"现象。观音在久远前就成佛，号正法明如来，在西方极乐世界协助阿弥陀佛接度往生，在娑婆世界帮助释尊推行教化。

第二，正观音与观音化身。观音菩萨能现众多妙容，能说无边秘密神咒。所现妙容、所说神咒，能使众生无畏。信众尊称其为施无畏者。观音菩萨的主体是圆融清净宝觉圣观音，称正观音。观音菩萨有正观音与观音化身之分，正观音代表慈善的主体；而主体的应化身很多，应化身最早的是六观音，主要对应六道而言；对天道是如意轮观音，对人道是准胝观音，对修罗道是十一观音，对畜牲道是马头观音，对地狱道是千手千眼观音，对饿鬼道是圣观音。应众生机而有三十二观音[1]，显法相而有四十八观音、八十四观音。

第三，观音法门很多，主要有两个法门，一个是观照般若[2]就是《心经》上讲的"观自在菩萨，行深般若波罗密多时，照见五蕴皆空，渡一切苦厄"，这是观音菩萨的根本法门；另一个就是经书上讲的观音菩萨"耳根圆通，闻声救苦"。

佛教所说的般若（智慧）有两种般若，一种是思想般若，即万事万物本体思想般若；另一种是观照般若，从万事万物本体来观看他的本性。观音观照世界上万事万物，无不受苦。佛教上世界可以讲五蕴，十二具（六根六尘），十八界（六根六尘互用）；在《心经》上，"色、受、想、行、识"这五蕴代表了万事万物。拿人来说，也是五蕴构成的，肉体是色，感受是受，思维是想，行为是行，分别和了解

---

① 佛教文化里意即"应以何种身份得度者，即现何种身相为其说法，令彼解脱"。全称妙净三十二应入国土身。大乘佛教认为观音菩萨为了广化众生经常要示现各种现象，称为"普门示现"，一共有三十三种化身。

② 指佛学术语，六种般若之一，意思是给人以智慧，福泽万物，普度众生，更会聪明。肇论曰："观照般若，照事照理故。"法藏心经疏曰："观照能观妙慧。"

是识。

观音菩萨行深般若的时候，照见五蕴皆空，这个空不是没有的空，不是先有后无的空，而是空不空的空，是般若的空。五蕴的本质、本来面目，就是空。观音菩萨照见五蕴皆空，是怎么照的，《心经》没有讲，在别的地方说得很清楚，特别是释迦圆寂、涅槃时讲的要修四念处，就是要将"观身不净，观受是苦，观行无常，观法无我"，修到"观身不净而净了，观受是苦而乐了，观行无常而常乐，观法无我而我了"，达到常乐我净。这是真正圆满觉悟表现出来的德行。常乐我净也是涅槃的四个德行。四个德行的外在表现是三藏秘藏，即般若、解脱、法身。修成四念处后才能般若，"受、想、行、识"才能解脱。这是观音的一个法门，即观照般若。观音修成以后，达到耳根圆通，六根①圆融相通。观照般若是观，渡一切苦厄是自在。观照自在和六根圆通是相连的，是观音菩萨的慈悲主体。

第四，选型设计上的佛教依据。南山海上观音造型设计"一体化三尊"，观音一个身变成三尊像，从佛义上讲，就是佛教本来大慈大悲的空，慈是同等的慈，悲是同苦，观音的一体化三尊是从观音的观照般若和耳根圆通的法门体现而来的，三尊代表观音的般若解脱法门。

拿经书的观音表示般若的德行，拿的是般若经，而且代表大般若经六百卷，其中金刚般若经讲的是般若空的，理趣经讲的是般若不空的。据考证在观音三十二化身、三十三相中就有持经观音。

在密宗里而代表观音法身德的是莲花，莲花出淤泥而不染，表示清净。

---

① 指六种感觉器官，或认识能力。眼、耳、鼻、舌、身、意。眼是视根，耳是听根，鼻是嗅根，舌是味根，身是触根，意是念虑之根。

念珠观音表现的是观音的解脱德。念珠上和诸佛相印，下念众生，观音慈悲，上合佛智，下合众悲。

三面像可以体现观音观照般若和闻声救苦两个法门，而且是立在海上的。历史上在古印度，观音信仰开始的时候，观音在海上闻声救苦的事迹讲了很多，海南也有因观音而得救的事。在印度、斯里兰卡等国家，台风一来，海上出意外的很多，观音闻声救苦，所以在三亚南山造海上观音三面像，体现观音观照般若和闻声救苦、念念不忘众生的法门，是很符合佛教法义，在佛教法义上也是完全有根据的。从造像艺术角度来讲，有个传承问题，每尊佛像都有化佛（佛的化身），有多少尊像，就有多少尊化佛（佛的化身）……出于佛义、缘分，吴立民于佛历二五四三年（1999年）遂撰写书文，观音法要，我闻如是，爰敬赞曰：

南山观世音　　一体化三尊
持莲法身净　　持珠解脱心
持箧般若光　　圆通法无尽
八识转四智　　三德本五阴
妙音观世音　　梵音海潮音
瞻礼持名咒　　有求无不应

吴立民的这番引经据典的撰文、解说，使当时南山海上观音像建造指挥部领导层、建设者心里有底，毕竟造这样的海上观音像不仅史无前例，而且在国内和世界上绝无仅有，不"如法如仪"，不但遭来佛教界和社会各界的诟病指责，带来一系列的不良影响，而且会受海南人民乃至子孙后代的唾弃、咒骂，岂能不慎之再慎？

南山三觀音

南山觀世音　　一體化三尊
持蓮法身淨　　持珠解脫心
持篋般若光　　圓通法無盡
八識轉四智　　三德本五陰
妙音觀世音　　梵音海潮音
瞻禮持名咒　　有求無不應

佛曆二五四三　年歲次己卯觀音聖誕　　　吳立民敬頌并書
公元一九九

吳立民題詞南山三觀音

上海佛教协会副会长、中国佛教文化研究所特约研究员胡建宁居士以其渊博的佛学知识和多年精心研究心得，不仅讲述了观音像样稿创制过程，而且陈述了对建造"一体化三尊"观音像的见解，并根据典籍而提出极其宝贵的建议，更使建造领导者、建设者、设计者充满了信心、坚定了决心。

胡建宁在陈述中讲道，建造南山海上观音像并不是凭空想象，或者是按艺术家特有的艺术想象力去创作，而是有根有据的。最早采用的样稿是根据南宋时期大画家张胜温的《法界流源图·梵像篇》[1]中一尊观世音的画像作为参考依据。此尊观音像为手持佛珠、脚下踩一片莲花叶、站在海上。当时海南建设决策者希望以这尊像为样本，因为考虑到海南省本身是个岛，地处南海之中，因此这尊南山海上观音像应独具特色，与众不同，应该竖立在海上。这尊像

---

① 现存台北故宫博物院，英文名为National Palace Museum，后文将详述。

名为数珠观音，一般众生念佛手拿佛珠，而观音缘何亦持念珠状呢？因为佛经上说，观音是大乘佛教四摄六度的菩萨精神的代表，体现大慈大悲的意愿；手持佛珠，正是体现了众生念佛、佛念众生，也就是说我们念菩萨，菩萨也念我们——心心相印，形影不离。在初做的几尊造型样稿中，有一尊就是数珠观音。

建造观音像必须竖建在海上，初始考虑在海上做单尊像。而根据该海域历年的气象资料及潮汐情况，此处风浪较大，每年还有至少2—3次台风经过，若采用单尊像的话，在抗台风、抗地震的性能方面，以及观音像的朝向、信众的朝拜、游客的观光等方面，均会受到影响和限制。于是在单尊像的基础上展开研究、讨论，即如何加大像体的稳固力，如何做到既不是从单体像体内上去，但又能供旅客上去观光，这是最理想不过了。在这指导思想下，设计、创制人员想出了变单尊像为四尊连体像。因四尊像背靠背，中间是四方空的，电梯就可以从空的部分上去，到达四尊头像的中间平台上观光、纵览海陆风景。再从抗风、抗震能力来说，要比单尊像更稳固。当然，四面观音像也不是随意想做就做的，中国寺庙里早就有四面观音像，比如河南开封大相国寺内的八角亭、苏州西园罗汉堂、成都宝光寺内等，都有四面千手千眼观音像。可是，四面观音像样稿出来后，给人感觉太粗壮，尤其在碧蓝无边、壮丽宁静的海上，远看像一座高楼建筑，缺乏美感。这样一步一步深入思考、讨论，想出了三尊连体。这行不行？毕竟这不是艺术塑像而是佛像，也就是说形式一定要服从于内容，建造和设计三尊连体观音像一定要从佛教经典中找出它的依据。这个依据是有的，就是出自佛教密宗的三教林生。

说到三面像，宗教中的三面像在佛教、道教、基督教中都有，且都以"三"为主而衍生。像道教哲学里，老子《道德经》曰："道生一，一生二，二生三，三生万物。万物负阴而抱阳，冲气以和。"意思是：道生一，一是太极；一生二，二是阴阳；二生三，三是阴阳配合；三生万物，万物是万事万物。道是独一无二的，道本身包含阴阳二气，阴阳二气相交而形成一种适匀的状态，万物在这种状态中产生。

"三千世界"，在佛教中是佛教用语，系古代印度人之宇宙观；又作一大三千大千世界。佛教中的三教林生，就是如心人生、正法人生、教林人生，也是以"三"为组合。创作成三面像，在《大藏经》中[①]，密宗是有此出处的。由此，以此为依据，又从四尊连体像转到了三尊连体像的研塑。其间，研塑中做了好几尊三尊连体像，都以佛教教义中的依据为立足点，这里解决了一个比较重要问题，除形态粗壮外，四尊连体在处理肩与肩的接合部时，始终难以如愿，而且两侧像的上腹部明显凸出；初试研塑的几尊三尊连体像，在这方面相对好处理，造型也确实美观、好看得多。

当然也出现难度，即三尊头部如何处理？按当初造型，有人提出，头像上不加背光圈或不要加任何修饰。这自然可能效果更好，引风面的阻力亦小得多，但难处在于这是一座三尊连体像，从正面来看应是一尊像，而不能出现三个头的感觉，为此不得不采用背面光圈来，把头部隔离开来。

胡建宁居士说，当时他几乎查遍了世界上现存所有资料，按传统的观音像，头部造型要么采用戴头篷的，要么就是密宗观音头戴五佛冠，这两种可以不采用背光而加以连接，否则极难做成。三面像是属于密宗的，佛经中的单尊观音像（即单首、两手、两脚）称为正观音，若是两个头、四只手以上，乃至千手千眼观音，均不归属于正观

---

① 现按文字的不同，可分为汉文、藏文、蒙文、满文、西夏文、日文和巴利语系等七大系统。此外，还有契丹文《大藏经》的刻造，但尚未发现传世的刻本。

音，而是化身观音。

事后证明，这种说法和求证是极其严肃、严谨、认真、负责的，正得益于这种严谨缜密的精神，才使南山海上观音真正竖立起来，在佛教界和社会各界赢得声望与口碑。每位到过南山观音苑的信众、游客，徜徉苑区，行走山道，漫步广场，观赏海景，在瞻仰观音像时都有一种感受：每尊像正面看均是一尊观音像，环绕一周方可看清三尊手势各异的观音像全貌。

南山海上观音像是观音化身和观音法门的综合体现。三尊观音手中分别持珠、持莲、持箧，各有不同寓意：正面为手持经箧观音，体现观音的般若德即智慧德行。经箧代表六百卷般若经，表示观音"自度度人，智悲双运"，既能自利，观理事无碍之境而了达自在，又能利他，观一切众生之机而化度自在，以般若启众生智慧。右边为手持念珠观音，体现观音的解脱德，即彻底摆脱无明烦恼和种种束缚，达到大自由大自在的境界，表现"众生念佛，佛念众生"同等同体的慈悲精神。左边为手持莲花观音，体现观音的法身德。观音是密宗莲花部的本尊，莲花是观音的三昧耶形，喻"常乐我净"四德；是佛门中的圣花，象征众生的肉团心。莲体清净，出淤泥而不染，根茎通心，象征"心佛众生，三无差别"。总体表示观音的清净和六根圆通。此三观音表法无量，持经是心、是智、是安心、是立体、是对内、是见道、是依理、是空义、是真谛……持莲是色、是境、是起行、是显用、是对外、是修道、是依事、是有义、是俗谛……持珠是妙观，则色心一如，理事无碍，空有不二，真俗双融。此三观音，净"身、口、意"三业，断"见思、尘沙、无明"三惑，明"空、假、中"三观，通"声闻、缘觉、菩萨"三乘，合"金刚界、胎藏界、苏悉地"三部，证"一切智、道种智、一切种智"三智。

观音像总体表示观音"大慈与一切众生乐、大悲拔一切众生苦"的大慈大悲形象，其形态造型设计集中了各个时代造像艺术的经典之处，并将其巧妙地结合起来，构成极富有美感的艺术形象；其衣袂飘飘似举，其面相慈悲庄严，犹如踏海而来，欲度众生脱离苦厄，整体形象令人一见而生崇敬之心，是"真、善、美"三者的完美结合，成为东方世界"慈悲""智慧""和平"的精神象征。

第三节　海上观音像的选型

时光流逝，白驹过隙。

观音像是建设者精心打造的智慧结晶，在时光隧道里摸索探行，在灵感碰撞中捕捉火花。如果说观音像造型样稿设计的依据、佛义、形态等，是经佛教界权威的饱学之士、有关人员逐步论证、构思、修正、定稿而达成的共识，那么反面的不同意见和争议，却亦起到了看似消极实为拾遗补阙的作用，加上此前国内在建或建成的大佛的成功与缺陷，更为南山海上观音的建造提供了不可或缺的借鉴。

在长达六年时间里，有关观音像的样稿定稿经历大大小小、各种各样的讨论、论证、评审，甚至到了争论不休、相持不下的地步，但工程不能延误，不能无休止地争论下去——尽管这种争论对建造观音像的完善起催化剂作用，更重要的是要有润滑剂功能。

囿于篇幅，笔者摘取有代表性、典型性的审稿会加以记录予以叙述。如当初筹备组成员有井欣、季素福、张辉、胡建宁、徐勇良、高云龙、彭哲勇、胡长河。1999 年 7 月底召开佛教界、雕塑艺术界领

2000年7月30日，"海南南山观音圣像"北京研讨会

导和专家评审"南山海上观音"样稿北京审稿会，会上着重提了赵朴初对建造南山海上观音的两个要求：一是佛教是一种文化，南山海上观音要从高层次上体现佛教的内涵；二是观音像要表现菩萨的"无缘之慈"和力量。这样，就从佛教理论、缘起、寓意等打开思路，于是出现以下精彩、周到的发言。

有法师认为：香港天坛大佛（当时已经建成）一般大家都认可，但也有人说佛像面容女性化。天坛大佛的最初形象依据的是河南龙门石库的毗卢遮那佛①。毗卢遮那佛建造时，武则天亲自主持，要求

---

① 《华严经》言佛有十种佛身。佛身是法身，每一身分别表示不同的法，要问佛到底有几身，佛有无量无边身。《华严经》的十身则是对无量无边身的一种概括，分别为：正觉佛、愿佛、业报佛、住持佛、化佛、法界佛（涅槃佛）、心佛、三昧佛、性佛（本性佛）、如意佛。正觉佛就是释迦牟尼本师公开所现之佛身。

300多名工匠"吃素""沐浴"。这尊像被誉为"东方维纳斯",看后确实让人有一种无法言语（"妙""通"）的感觉。不过，到目前为止，无论是天坛大佛还是灵山大佛，那种感觉没有找到。建南山海上观音像应该将观音的慈悲、那种悲心救苦的感觉表达出来。现代材料科学很发达，经济条件亦好，但目前国内很多佛像一味复古，仿唐风格很多；唐代人以丰满、圆肩、面如满月为美，可现代人与唐代人的审美观并不完全相同，现代人讲究以瘦为美，这里就有一个继承与发展的问题，而不应该一味复古、仿古。另一方面，南山海上观音要表达三尊一体化、大慈大悲等丰富内涵，用什么样形象表现、如何表现？金玉大佛特别华丽、堆金砌玉，但将来要得到佛教徒的认可，作为历史性的文化瑰宝保存下来，还是很难的。所以，作为一种参考，必须有一个核心意见。每个人审美观不同，意见多了对具体造像的人特别难处理，但唯一的标准就是佛像要得到佛教徒认可，在满足艺术上要求的同时，要让信仰佛教的信众从观音菩萨像上，读出或体察观音的慈悲和观音法门修行，要以这个内容为核心，这样才可能被历史所承认。

有法师评说：观音样稿端庄有余，手势太规矩，解脱感不足。观音像的背景是广阔的大海，观音像应给百姓一种清新、赏心悦目的解脱感。具体说，飘逸感不足，衣纹太细，衣纹细了远看就太模糊了；衣袍、衣带不应该自然下垂，要给人一种随风飘动的感觉，这样可以增加观音像的立体感，很远看就能给人以美的感觉。当然，也不能做成与仙女、宫女相类似的，要把端庄与飘逸、温雅与灵动有机结合起来。此外，面部表情过于严肃，亲近感不够，不是跟人民群众打成一片，像一个教书先生在训斥别人，从神态上必须修正。

有法师提出：莲座与周围景观不协调。20世纪90年代回归信仰、回归自然是主题，即便跨过 21 世纪，这样的主题也是不可或缺的，所以在景观上人文的东西尽量可少上点，不能成为一种多余的累赘，而应当多考虑与大自然融为一体，不然的话，失去三亚南山海景的特色，而应该扬己之长。样稿的观音底座造型与海岸不协调，人工的痕迹太重。像九华山的地藏王菩萨底座基本是照无锡灵山大佛，而灵山大佛底座与香港天坛大佛大同小异，只是个别地方改了一下，在这些地方，都没有体现出时代特征，没有"创新""出新"的感觉。

有法师直言：观音有多种化身，四面、八面、三面观音都符合佛教教义。而南山寺建在一个滑坡体上，所以整个南山寺地形位置似乎不太稳定；南山海上观音设计成三面观音像造型，解决了抗台风、抗地震的问题，结合了现场的地理条件，三角形的稳定性比较好，所以，南山海上观音既符合佛教教义，又结合了当地环境、现实条件，比较理想。早在 1000 多年前，佛教造像艺术伴随着佛教一起传入我国，各种传神入化、日臻完美的佛像不胜枚举，而目前在建和建成的大佛铜像，称得上十全十美的还没有，不少佛像的造型、形态、动作等没有把握住佛教造像的基本要求，很多地方不符合佛教教义，这是在南山海上观音像设计、建造时需要注意和克服的。南山海上观音像样稿对慈悲的感觉把握得较好，但有两个问题：一是手持经卷，两手垂下握着卷起的经书，按佛教教义是不能把经书卷起来，这样对法不敬；二是璎珞的造型太复杂，没有这个必要。

有专家建议：三尊一体化的整体设计构想非常好，既符合当地的自然条件，而且亦解决背光圈的问题，并且符合佛学思想，三面观音在海上可以提供 360° 的视觉范围。但难度显然而见，按正面看是单尊像、侧面看是二尊像的设计原则，制作难度很大；若再要求衣纹飘逸，没法做。再者，佛像的处理，一是庄严，即男性美；二是慈祥，更多的是接近女性美，两者要结合起来，反映在造像上这就比较困难，可以以此要求设计者，观音菩萨更多地还是要给人一种慈祥、亲切的感觉，现在是 1:100 的样稿，若放大成 1:10 或者 1:1，太瘦弱了，头部比例太小就不协调，虽然庄严的感觉多一些，但女性化、慈祥感就太弱了。经过再三讨论，专家的意见是：要求制作者进一步追求艺术上的成就。我国有 1000 多年的造佛像史，成就很多，如现在在北京历史博物馆的山东青州石像雕刻展览（道教），主要是北朝时期的，处理得很精美，与北魏、北齐、北周的都不同，但各有各的特点。所以，专家要求现在造像要具有时代感，但首先要符合佛教教义要求，不能做出个现代人物，要体现出其庄严、慈祥相结合的特点。南山海上观音可以考虑在佛像下或佛身内藏经，但头部设置观光项目给人的感觉不好，毕竟中国的佛像与美国的自由女神像不同，亦反映人类文化、信仰是多元的问题。

有行家论道：现在所发动的专业人才的面及所依据的佛教经典和观音造型资料，是周全而完整的，阵容强，又专业，加上齐心协力，具有很大优势；如果不懂佛教教义，而凭空想象造像，就不可能是真正的佛像，充其量是艺术品和一般性的观音像，这对营造佛教文化苑区、造出世界级、世纪级的观音像，以及打造国际化、海南特色自然风光的旅游景观是一道坎，跨过这难点就会变亮点。

时任中国佛教协会肖秘书长总结道：通过讨论，对南山海上观音像的三尊一体造型设计，都有了一致的看法，对三面观音像的造像艺术，总体上看大家都比较满意，有些意见可供创作小组参考。比如，主张佛像"素"，中间的衣纹比较好，花边的纹路很复杂，铸造后远处看不见，效果不一定好；佛像脸部造型亦同样存在一定问题，总之，大家意见一点点靠拢，就某一个问题、某一局部，大家有不同的看法，很正常，集思广益，群策群力，都需要从整体上进行全盘考虑。

如今想来让人哑然失笑，在那次海南省民政厅、合作厅的论证会上，起先有人画上样稿是在宣纸上画的艺术图，民政厅某些领导对工程总指挥、总策划季素福等人说："我们对这个没有要求，你只要竖起来是尊佛就行了。"这像一盆冷水从头浇到脚，用简单的话来说，意思是"你只要竖起来，108米竖不起来，几十米竖起来，也是一尊佛，大家都知道是佛就行了"。这次论证会上，时任海南省负责该项目的合作厅厅长萧策能很有远见，他在会上说"还是要有定位，还是要按照系统工程来做"，萧策能毕竟见多识广，考察过国外，他的意思还是要按照科学的方法，他说到航天，提及季素福"他们是航天出来的"，萧策能的话有分量，一锤定音。至今印象深刻的是，萧策能态度明朗，支持观音苑的创作理念，赞同"世界级、世纪级"的提法，说是这样的项目工程是要留给后人的，要成为一个标志、一个象征。赵丽莎副厅长也发表同样观点，表示赞同。如此一说，其他人再没有声音了，也为观音像的建造定位、定向、定调了。

……

像这样对观音像样稿的讨论、论证乃至争论，是"过堂会审"中的九牛一毛，正是有这样的细心、严谨，才会有建设者的充满信心、攻坚克难，如果说从事"两弹一星"研发而形成"系统工程学"，那么建造南山海上观音正是娴熟地运用这套"系统工程学"理论与实践，既大胆，又细致，有科学依据，又有真知灼见，不是优柔寡断而是果敢决定，不是不知所措而是心有主见，不是贸然行事而是未雨绸缪。

观音像的样稿设计、修改、会审，当然是最重要的一环，可以说是观音像建造在海上的一大缘起或者说是一个起因，俗话说"真理越辩越明"，观音像的样稿就是在"横挑鼻子竖挑眼"中一步步地想出办法、达成共识。而对选址海上，又是"重中之重"的一环。

古名鳌山的南山，相传是观音出巡南海的坐骑金鳌所化而成。当地百姓一直有这样的传说：观音出巡南海，见风浪险恶，海潮汹涌，毁堤决岸，为使百姓免遭灭顶之灾，遂从昆仑山挑土来此填海造堤，后有两筐泥沙坠落海中，形成了现今的东瑁岛、西瑁岛。《观音赞》云："观音大士，悉号圆通，十二大愿誓弘深，苦海度迷津，救苦寻声，无刹不现身。"即佛经中所说"于此南方有山名补怛洛迦，彼有菩萨，名观自在"。由此可见，在南海建造观音像，无疑是相助观音偿愿的功德之事，更有信众认为，这是"给观音了其愿安其家"。这是观音选址海上不能不说及的缘愿。

说起海上观音的选址，有一段故事：原省政协副主席洪寿祥曾经作为南山项目的总监，他告知笔者说，当时从地图上看，这里水位较浅，选址点恰好有一礁石，可作为观音底座，有利于降低工程造价，降低工程难度。而前边是深海，后边是烂泥，都不适合。定址后发现，此处恰恰是两个山峰和两个山谷连线的交叉点。

观音选址在此，是以离岸320米为中心的地带，为保证工程质量，1999年在选址之时，由地理勘测专家组成的选址小组对该海域地下岩层进行了钻探取样，发现这地块下面有一块近40亩的未风化岩层，是优良的承重岩层，亦是之前各方选定的位置；而在这40亩之外，恰恰是风化岩层，不能承载观音岛建造。

真是不可思议。这一精妙巧合，连参与规划的美国设计师观测后如此开玩笑地说道："这是上帝安排的。"大概天意所在，天赐宝地，无怪乎赵朴初曾说此地为风水绝佳之地，千年不变。

要将观音像建造在海上，就涉及一系列的建设工程。根据规划，南山海上观音项目由海上工程、陆地工程及观音像主体建造安装工程三部分构成。在设计观音像的样稿一稿又一稿、一波又一波地向前推进，精心推敲、精细琢磨之时，海上工程——建造观音人工岛（又名金刚洲）填筑工程、观音人工岛上的圆通宝殿，以及连接岛岸的长280米的跨海栈桥（命名普济桥）建筑工程，同步进入构思、设计中；而陆地工程——由面积达6万平方米的观音广场、园林灯光音乐喷泉以及其他配套工程设施构成，也紧锣密鼓地开展前期准备。可以这样说，整个项目一环扣一环，你中有我，我中有你，虽是独立成项，却是环环相扣。四个国家一级企业承担工程建设。一流的设计，一流的施工，一流的速度，一流的管理，一流的水平，整个项目得到了历任省市领导的支持关心。

在开建前，人们想象：在瑰丽缤纷、绰约多姿的海面上，气势不凡的观音岛、108米高的观音像以及莲花宝座将巍然屹立，俯瞰南山胜景，既成为景观焦点，同时也多角度、多层次地展示出周围景观的特色。通往观音岛的路径为一条跨海栈桥，回首可见南山绿影婆娑、琉璃溢彩。进入苑区，旅客更能领略一个别开生面的"南山"天地。当夜幕降临，在乐声和激光效果的烘托下，观音款款凌波海上，意境深邃。在变幻的云光雾霭中，在莲花形喷泉的簇拥下，观音若隐若现，创造出一种使人精神净化和升华的超然怡得的氛围，让人顿生飘然出世，直入南山仙境之感。在观音塔座内，游人如入圣界之中，通过演示和展出，观览与了解观音的历史与文化。万佛堂里陈列着成千上万尊小佛像，供人们供拜、缅怀、祭奠、参禅。

大海，历来让人类充满神秘感。观音，却给人们带来安详、平

1999年10月27日，观音文化苑开工典礼暨洒净大法会

和、慈悲的人生之悟。此时此刻，人们沿着海边信步而走，不时瞻仰观音，不知不觉地靠近她，想得到她的佑护。尤其傍晚时分，海边腾浮一层层茫茫雾气，伴随着一簇簇白色的浪花，念想是那么纯净。当一轮弯月升起，月光反射着白衣观音，无论伫立，还是端坐，瞭望这片景色，心里会变得格外安静。

也许正因为有这样的选址，才有不一样的效应。美丽的景色，美好的想象，美妙的情愫，尽在建设者的蓝图中。

1999 年 10 月 27 日（农历九月十九），海上观音工程正式开工。

历史铭记着这一天。

第四章 规划定址

到过三亚南山的人们，如今可欣赏到一尊耸立海上的观音巨像，她头上是蓝天白云，脚下是湛蓝碧波，无论身披金色的霞光，还是映照夕阳的余晖，她总是那样高大、慈祥，脸上闪现盈盈笑意，身段显出娇美丰采，她像在环顾四周，又像是凝视西北角的南山寺庙。而从香烟缭绕、松林簇拥的南山寺庙向东南眺望，但见蔚蓝的海面上，观音凌波而来……这成了两个绝佳的景致，呈现一幅庄严肃穆的图像。

如此场景效果，不能不提到当初建设者别具一格的匠心，更不能忘怀当初建设者富有远见的决心。

第一节 建设中的"南山现象"

上文已述，1993 年 4 月，全国人大开会期间，为南山寺的筹建问题，阮崇武专门拜会了全国佛教协会会长赵朴初，得到了赵朴初的积极支持。赵朴初特地于 4 月 26 日给阮崇武写信：

两会期间您向我谈及海南修建寺庙，弘扬佛教文化一事，兹奉商如下：

海南是我国南疆大门，在历史上佛教就有重要影响，鉴真和尚东渡日本途中，曾被飓风吹到海南的三亚。当今海南省为改革开放的经济特区，大批的海外投资者接踵而至，其中有不少是信仰佛教的华侨。因此，在海南修建一些寺庙，这对宣传党的宗教政策，满足国内外信徒的朝拜愿望，推动海南的改革开放和经贸工作的发展有重要意义……我建议贵省在海口和三亚各建一座寺庙……一定要把寺庙建成弘扬佛教正信的清净庄严的佛教道场。这方能体现宗教政策，吸引海内外信众，促进海内外交往和旅游事业的发展，充分发挥贵省南疆大门的优势。

南山寺的筹建，遂于 1993 年 6 月进入实际操作。7 月 6 日，三亚市专题讨论了南山寺的筹建工作，决定成立筹备小组，由三亚市委常委、副市长潘家君任组长，负责落实有关事项；洪寿祥（历任三亚市委书记，海南省委统战部常委副部长，省委宣传部长，省政协副主席等）任总监，负责对省里领导意图的督办；垫资 300 万元作为启动经费。会后三亚市正式向省里报送了《关于拟定〈南山寺兴建规划大纲〉的情况汇报》。7 月 24 日，省里正式批准《规划大纲》。7 月 26 日，洪寿祥等七人专程进京，向中央有关部门汇报了南山寺的筹建情况。中央统战部、国家宗教事务局、中国佛教协会，均表示完全同意南山寺项目及筹建方案，赵朴初会长和国家宗教事务局领导此后一直给予了大力支持。

1994 年 2 月在评审修改规划设计时，国家宗教事务管理局和海南省正式将"海上观音"列入规划，佛像高108米，建成后将是一大世界级景观。1995年10月正式确定了"南山佛教文化苑"的设计规划。1997年6月1日国家宗教事务局正式批准了"海上观音"项目。

由于早期的筹建开发初见成效，有了一定知名度，吸引来一些项目合作的投资商。1995年6月，南山真正开始了大规模的开发建设。三亚市成立了南山文化区管理委员会，由三亚市委常委、副市长潘家君任主任，行使该地区的政府职能，具体的开发经营由三亚南山实业发展有限公司负责，同年11月11日举行了隆重的奠基典礼，南山观音苑景区建设由此拉开了序幕。

南山观音苑建设从一开始就明确了"环境优先"的原则。庙宇本身尚未竣工，整个苑区的花草树木已经颇具规模，成为一个别具特色的公园。正是由于生态环境的优越，才能边开放、边建设，吸引了国内外大批游客和香客前来游览、进香。为了不破坏环境，从一开始就不搞那些急功近利的商业化操作，不管当时多么困难，坚决不乱筹资，不乱建房屋，不乱设摊点，一切按规划办事，从而保证了苑区的高品位。苑区尤其特别注意清洁卫生，注意生态环境的保护，是全国首家取得了ISO14000认证的旅游点，是国家生态示范区。

建设者从一开始就坚持"规划管理"的原则。首先要把管理体制理顺；南山地区的管理委员会负责工商、税收、治安、民政等政府职能；寺庙的佛事活动由和尚自己管理；整个苑区的开发经营由公司负责，各项收入都要严格按照财务制度执行，由企业和庙方共同监督。由各方人员与法学专家共同制定了严格的管理规章，政府、企业与僧众分工明确，权利与义务按条例认定，以避免矛盾扯皮，这种办法在国内尚不多见。苑区内部管理十分严格，各项工作井井有条，工程进展迅速，这是全体建设者、管理者、施工者共同努力工作的结果。他们想：整个南山观音苑工程的规模相当大，建设周期会很长，今后不管碰到什么困难，但对上述的三条原则要矢志不渝地认真执行下去，保持"南山特色"，把南山观音苑建成国际知名的文化旅游胜地。

笔者查阅三亚南山实业发展有限公司（筹）于 1995 年 10 月 16 日内部出版的《南山建设》试刊，其中刊登着这样的资料：南山佛教文化游览区位于南山的东半部，东至海岭西坡，西至鼻子岭西麓，北至南山岭南坡 50 米等高线以下，南至沿海岸线向南延伸一海里，包括整个冬瓜岭。该项目主要内容有占地 400 亩的南国佛教圣地南山寺，总高度 93.6 米的铜塑观音雕像①，"华藏世界"莲花喷泉群，南山拜寿区，十方塔林和归根园，佛教名胜景观区，黎寨风情区，和平广场，素斋和旅游购物街以及神话漫游世界，黄道婆纪念馆，环幕电影，水上世界，长寿宫度假酒店，月湾别墅……建成后的游览区汇集各种海南热带植物、水果、珍稀花卉和各种鸟类，把整个游览区点缀得如同一个"花鸟天堂"。规划当然壮观美哉，但毕竟停留在一纸之上，需要具体实施、建设，有着漫长、崎岖的路要走，更有许多困难、障碍等待后来者去克服、闯关。所幸的是，该项目工程完成节点标得清楚：1998 年 6 月完成第一期工程并对外开放；第二期工程暨"南山海上观音"于 1999 年开工。

南山寺（南山佛教文化苑）作为第一期工程建设，前期工作历经艰辛，三亚南山公司自是马不停蹄、连轴转，但又是井然有序、忙而不乱地开展，在此，笔者根据资料记下南山寺设计主要人员名录：郭黛姮（清华大学建筑学院古建筑专业教授）、杨鸿勋（中国社科院考古研究所研究员）、杜仙洲（国家文物局古建筑专家）、邓其生（华

---

① 这为原规划，审定时修改。

南理工大学建筑学教授）、布正伟（中房集团建筑设计事务所总建筑师）、贾洪栋（中房集团建筑设计事务所高级工程师）、申国全（中房集团建筑设计事务所古建园林工程设计部主任、古建筑师），以及专业负责人杨雁行（总图，高级工程师）、郑平（结构，高级工程师）、王励成（水，高级工程师）、王云福（电，高级工程师）、浦中修（南山项目总工程师）。

1995年11月11日，南山寺奠基暨南山佛教文化苑开工典礼。赵朴初在奠基仪式时发来贺电，由衷表达对筹划者、佛教界以及社会各界有识之士的衷心祝愿：

圆融大小乘，圆融显密教，圆融世出世法的根本道场。
祝贺南山寺建成为道风严净，法务昌盛，四众所归，教化一方，贯彻执行宗教政策的模范宗教场所。
祝贺南山佛教文化区建成为弘扬佛教文化事业，促进精神文明建设，启迪智慧，净化人心的文化乐园。

需要提及的是，如此规划是由"四大理念"引领，进而促进旅游文化、佛教文化的品牌提升。

南山观音苑初具规模时，国内旅游业也发生了巨大的变化，各地不同类型、不同层次的人造景观蜂拥而上，甚至有人提出引进、建设迪士尼乐园[1] 等。面对诱惑，南山建设者冷静分析认为：国际旅游发展的态势已初露端倪，生态旅游、文化旅游渐将成为未来旅游发展的

---

[1] 美国游乐园，在洛杉矶东南的阿纳海姆，由美国电影制片人、动画片制作者迪士尼创设。1955年建成，占地约30万平方米，设有六个主要游览区。1971年，在奥兰多附近又建成第二个游乐园"迪士尼世界"，对各国游乐园颇有影响。香港迪士尼乐园于2005年建成后，上海在2010年动工兴建中国境内第二个迪士尼乐园。

方向，而南山十分完备地兼具这两种资源优势。只有将优美的生态环境和富于历史因缘的文化积淀相互嫁接，才是上溯五千年华夏古老文明，直逼 21 世纪国际生态旅游主题的明智抉择。

从 1995 年项目运作伊始，南山就提出了"大生态、大文化、大教育、大旅游"四大理念，全程贯穿于项目的规划、建设和发展。这四大理念，也令每年数百万游客印象深刻，笔者如下分别叙述：

大生态。这是南山"四大理念"之首，旨在通过景区的表率作用向游客倡导一种新的消费模式，在消费伦理、价值取向、行为准则、道德规范上以保护生态环境、崇尚人类与自然和谐共生为要旨。基于此，南山的开发和建设始终坚持了"环境优先"原则，将几近荒凉的丘陵变成了鸟语花香、树木成林的绿色南山。

大文化。文化是南山的灵魂，南山公司奉行"文化精品"原则，提出"今天的精品，明天的文物"。一个典型的例子就是，南山寺并不仅仅是宗教道场，而是佛教文化、东方义化的载体。

大教育。生态的和谐，文化的熏陶，使人们在游历山水之时既受到潜移默化，陶冶心灵的教育，又能满足拓展精神世界的需求，激励人们追求进步的价值标向。

大旅游。南山人倡导的"大旅游"理念，则是致力于创造一个精品的文化旅游景区，使中国传统文化之精髓汇集展现于此，并成为世界游人关注的焦点之一。

与国内很多宗教性旅游景区比，南山"四大理念"的积极实践，有力提升了南山的资源吸引力和市场影响力，创造了亮丽的品牌。

1998 年 4 月 12 日，三亚南山文化旅游区一期开园迎宾。当年，入园游客不到 9 万人次。但到 2008 年，南山实现游客接待量接近240 万人次，年营业收入 31183 万元。可以说，南山已成为海南旅游当之无愧的象征。据2009年统计，南山累计投资20多亿元，建成了观音苑核心景观区。除南山海上观音外，南山还有金玉观世音、天下第一龙凤砚等"世界之最"级景点。

在历史的长河中，10余年仅是短暂的瞬间。但南山却书写了一部鸿篇巨制——1995年11月11日，当南山的奠基者们背对大海、面朝南山，俯身铲起第一块土时，很少有人想到未来的南山将会是个怎样的景象。

如今的南山，已具备游览观光、休闲度假、接待会议所需的食、住、行、游、购、娱全部服务功能。从一片不毛之地，到几乎每一个来三亚的游客必去之地，南山凭借着厚重的中华文化和佛教文化底蕴，成功创造了一个又一个南山现象、南山奇迹。

纪念海南建省办经济特区20周年，南山免费开放。

20余年后，南山的建设者极其感慨：南山现象，经海南和各方不懈奋斗而出现，凸显国家在新形势下的新思维、新战略。

研究南山现象可以发现，海南建省办经济特区30年中，在海南所有的景点景区中，南山的急速增长是唯一的。这也表明，从海南到中央各部门，鼎力支持中华文化、佛教文化嫁接旅游产业的决策和建设方向对、思路清、干劲足、管得好、做得实。

南山现象的一个具体体现是：在纪念海南建省办经济特区20周年时，南山对三亚市民免费开放一天，当日迎来创纪录的18万人次。排队入园者长达4000米，导致手机通信网络一度"堵塞"。

南山之美，南山之奇，已被越来越多的人们所关注。在这里，人们既能领略热带滨海阳光、碧海、沙滩、鲜花、绿树的美景，更能获得佛教文化所带来的心灵慰藉，体味回归自然、天人合一的乐趣。毋庸置疑，南山已成为中国佛教文化新圣地。但话还得说回来，与中国"四大佛教名山"相比，南山还太年轻。诚如台湾佛光山开山宗长星云大和尚所说：南山不是中国四大佛教名山，应该努力成为中国乃至世界佛教文化第一山。佛教文化已有近两千年的历史，其内涵包罗万象，博大精深，佛教历史资源浩如烟海，值得挖掘的东西太多。

南山的资源是不可多得的。景区50平方千米规划区域内蕴含的佛、道、儒及福寿、生态文化元素，蓝与绿美妙融合的山海天然景观，世界罕见的海岸沙坝及沙坝内原始状态的酸豆林，沙坝外有形状物的奇礁怪石等，尤其是在这些自然资源基础上拓展出的"八大主题公园"，在中国都是独一无二的。

南山的文化营造逐步深厚。儒、释、道、福寿、生态文化等已深深根植于每个项目与景观之中，成为精髓。新开设的南海佛学院于2017年9月23日举行开学典礼，学院首批学生227名，学院东起南山寺，西至大小洞天，规划用地618.18亩，由佛学研究区、文化交流区、汉传佛教区、居士修行区以及其他功能区等七大区域组成，其教学、研究、交流、禅修设施设备一应俱全，能满足佛教学子的学历教育、进修培训、研究交流、真参实修，佛学院建有五系一所，涵盖汉传佛学系、佛教音乐系、佛教美术系、佛教管理系、佛教建筑系等五个系别及佛教研究所，学院二期工程计划于2018年12月全部完工。诸如此类，都将以更加浓厚的学术空气，进一步营造出南山的文化氛围，提升其文化品位。

南山的优势、南山的价值，决定了它在海南旅游业中举足轻重的地位——可为海南旅游的发展提供一个现成的操作平台，并为其创造出良好的腾跃契机。

伴随着中国迈向世界旅游强国和海南建设国际旅游岛、自贸区、贸易港口等历史性机遇，南山提出二次创业，并制定了新的战略发展目标：建中国佛教文化名山、创世界现代文化遗产。

未来的南山，绝不只是供人们前来礼佛祈愿的场所，而是世界佛教文化交流的平台，是放飞心灵的潮音花雨世界。仁立在南海之滨的108米南山海上观音像，不仅仅是一尊世界级、世纪级观音像的崛起，更昭示着海南在世界旅游产业中的强势崛起。

第二节　建造塑像巧合"五缘"

如今的南山，已成为海南的地标性旅游景区，成为海南文化旅游的扛鼎之作。然而，回想当年，对南山文化旅游区尤其观音苑佛教文化旅游区的建设并非一下就明晰，而是在深入调研、逐步探讨中一点点积累、修正，使总体规划不断提升，又切合实际。在决策层，其"四大理念"的形成、引领，对总目标的要求非常明确，态度坚决。在执行层，由于涉及许多实际问题的"重重关山"，免不了要"转弯子"，最后悟感、感佩决策层的正确及真正用意。如果当一回"事后诸葛亮"，回望所走过的历程，总规划如总开关，正是贯彻了这样的思路、规划，才有今日之南山的兴旺、茂盛。

历经 20 余年建设，观音苑从无到有，从雏形到规模，应该说，大体按这个总体规划在开展，虽然也有不尽如人意的地方，甚至还有遗缺之处，但至少在观音像建造过程中，这个总体规划起着"灵魂"作用。有了这样的底色，观音苑区才渐渐变得红绿相映、葱茏清雅，而观音像亦营造出浓浓的庄严肃穆、娴静亲和的佛教文化氛围。

为规划建设观音苑、建造观音像，不少人殚精竭虑、废寝忘食，甚至有的奉供自己最宝贵的年华。这里，不妨介绍一位"造像迷"——南海观音圣像敬造工程指挥部总指挥、南山观音苑建设发展有限公司总经理季素福。

说起来，季素福很有佛缘，初听他的名字，"素福"与"塑佛"谐音，他原是空军某部机械师，复员后到航天部某大型研究所从事计划调度工作。改革开放后，最早参与建造上海希尔顿大酒店和地铁一号线等工程建设，他的人生经历为他建造观音像做了铺垫。而痴迷于造观音像，则是他接手南山项目，渐渐入门，深入钻研，全身投入该项目中，虽近"知天命"之年，才悟到他的"观音缘"，醉心与痴迷于营造工程的各环节、各细节，也许有过一段部队生涯，以及富有航天人的"系统工程"的思维，具有"特别能吃苦、特别能战斗、特别能攻关、特别能奉献"的精神，在困难面前百折不挠，在道道难关面前决不退缩，以惊人的毅力和勇气，战胜了各种难以想象的困难，要说"痴迷"并不为过，当然，并非他个人，他还带出一支团队，在他身先士卒、勇于担当的感召下，这支队伍以开拓创新的精神，将世上仅有的这尊108米海上观音像竖立起来，同时亦在各自心目中铭刻"真、善、美"的印痕。

笔者在向季素福采访中，他似乎没有过多地谈及自己，而是先介绍公司领导、公司本部彭哲勇、吴懋功、陈大力、李飞、沈方瑜等以及整个团队的功劳，进而侧重地讲及观音苑项目——观音像建造工程，是整个南山佛教文化园区规划的重要组成部分，也是南山文化旅游区二期工程中的重点工程。观音像与南山寺共同构成了统一的佛学、佛教文化苑的整体。项目包括：观音像、观音广场、人工岛、普济桥、展厅、观景台、公共设施等，其中观音像为三面观音连体塑像。三面观音像融建筑艺术、雕塑艺术、佛教教义以及与周边环境的协调统一为一体，在艺术上极富创造性，产生震撼性的渲染效果。能参与这项目的建设，或者说能具体指挥这项目的实际营造，也是自己一生的荣幸，相信各位建设者都会有这样的荣耀感。

对于建造观音像，海南省和三亚市态度明确，再三重申和要求，除了在南山建设观音铜像外——请特别注意，当时是计划采用铜质材料，后面会叙述怎么更换成合金钢等建造材料的，省内各地不再审批建设露天佛教大型像，并就观音像项目，严格遵照国家宗教事务局于1994年分别发出的"国宗发〔1994〕116号"文件和"国家发〔1994〕123号"文件精神，办理申报审批手续。这样的举措，既体现了对佛教文化设施建设管理上的严格而有序，同时也带来一定的疏导意义。对于国内外宣传中国政府开明的宗教政策，满足广大信众的愿望，有着积极的意义，也是宗教文化与社会主义相适应的一个有益尝试。

那么，如何会想到建造观音像，在佛教文化里自有许多题材，而偏偏倾向于观音？其实也很好理解，在我国南海竖立一尊观音巨像，不仅有我国主权意识、政治考量等含义，而且包含弘扬中华文化之意。人们常说，佛教中最讲究的就是"缘"，季素福解释道，观音常居南海便有着五缘聚合、还愿的说法。一缘：社会发展、国强民富，国家开始修佛建庙，正是为了提高当地老百姓的文化素质和修养，需要一种信仰文化支撑，便于渗透到老百姓中间又能让执政党接受，所以省里、市里觉得有必要修建一个庙宇、竖一尊观音。起初想到发展文化旅游，当时阮崇武拿了军用地图，把这个地方选在了南山，但随着建设的发展，其思考的含义深究细想，发觉南山的地理位置、文化意义、未来发展都有不可估量的深远意义，这项建设的推进就富有文化含量和科技分量。话得说回来，生活在现实中的人们毕竟不是神仙，当时想建但谁来建，心里还没有数。有个企业给了300万元，但没有一个远大目标，没有财力再造下去，前期工作做了，但后面没办法做下去，后来转到另外的老板，是愿望未遂。二缘：佛教界当时以富有声望地位的高僧为代表的一批大和尚来此视察，在地上画了一个圈就确定了这个地方，当初画的时候也不知道是哪里，有人建议在小月湾，但觉得不行，所以不知不觉地移到天涯海角往西处，最后到了三亚最南端——南山湾，事后查阅佛教史与观音的"常居南海愿"不谋而合，说明有缘。最后，赵朴初先生也去了那里，当时此处是荒山茅草，但走到了一个叫南山的地方，听到海浪，发现此地离海不远，穿过遍地灌木丛茅草就是海了，但那时那里一片荒芜，什么都没有，后来他觉得这是一个很好的道场，画了一个圈确定下来。然后省主政者代表政府也画上圈，所以佛教界和政府所画的圈不谋而合。时任三亚市委书记洪寿祥专门负责这项工程，他懂政治对佛教造诣也很深，虽然没有到现场，但在图纸上也在同样的位置画了一个圈，又是一个不谋而合。三缘：当时请美国设计迪士尼乐园的UI设计单位从文化旅游的角度来挑选一个地方，他们做了总体规划，勘察地形，根据旅游的理念，结果选择地点与中方不谋而合。四缘：当时南山观音苑建设发展有限公司也到此处，因为从事建筑建设，我国自古就有建筑风水学，即察天观地、避风聚水，水动风生、风生水起，是一门有关"生气"的学科，所以又请了众风水大师来勘察，结果他们也认为这个地方可以。说起来有个真实故事：有个泰国大德要捐玉佛，想要看看风水，因为他认为如果这个地方风水不好就会折寿折财，重要的是，是他自己主动提出来看的而不是花钱请来的，突然有消息说第二天大师要来看，于是这位80来岁的老人在这里兜了一大圈，结果他在一块石头上用拐杖敲了几下说："这是千年一回的好风水！"人们提出质疑：不是人们常说风水轮流转吗，谁说以后就会风水好呢？老先生说，"这里的风水从现在开始要好一千年"。五缘：因为规划里观音像要建在海上——这个后面会继续讲到，所以要看地质。看观音像的最佳区域是1:2.3，也就是离岛220—330米之间，结果勘察发现，在离岛280米有一块40亩（约2万多平方米）大的磐石正好符合要求，而再远处就是地震带，就不适合了；再近一些的，是深风化的地带，也不适合建佛像底座。所以，这又是一个巧合，最终敲定了海上观音建立的地方就在这块磐石上。

这是季素福的亲身经历，他工作严谨细密，决不虚浮，若不是亲口叙述，人们难以想象这样的事实真相。究竟是天意巧合，还是缘分临门，笔者继续把故事讲下去。

第三节　建造海上观音像难题

事实上，观音像建造并非如画一个圈这样简单，其涉及具体建造的各种环节、细节比总体设想、规划要复杂得多。

建造观音像，与南山寺配套，构成整个文化旅游区的两个重头戏，这点在构想中定下来了，但观音像造在哪里、观音像是坐姿还是站姿、观音像是如何的形态、观音像采用什么材质……可谓众说纷纭、各抒己见，引发各种争议。

按常理，我国各地观音像无数，姿态各式，均供奉在陆地寺庙。可总体规划提出，观音像要建在海上，且要达到 108 米高，形态又不能与其他地方雷同……这个决定很关键。

有人说，观音像就建在南山山顶，省时省力，何必大费周折，去弄到什么海上去呢？有人甚至如此言：你们只要把观音像竖起来，就算你们的本事了。决策者认为，如果建在山顶就干脆不建了，为什么？那是因为南山观音与普陀山观音的最大区别就是建在海上。这有什么讲究？因为寓意南山观音是巡海归来，到了海南。巡什么海？巡咱们南中国海，这里面就有我们中国的主权意识在里面。建造观音像，不仅仅是传播和弘扬佛教文化，也是体现中国的文化，祈求世界和平、国泰民安以及捍卫领海领土的主权意识。将观音像建在山上，能起到这样的效应吗？这个想法的提出，可见这种思路不是一般人能有的思路。各方讨论下来，无不赞同这样的意见。

其外，还涉及一个非常重要的理念，就是设计这个观音需要三面像。这亦是难题之一，因为在现实世界没有一尊观音三面的，只有二面、四面、五面，从没听到有三面观音。建设者认为，南山海上观音要做就做三面像，否则南山与其他地方没有什么区别，也没有特色；最重要一个原因，唯有三面观音像，观众和信众从任何一个角度看，都是正面；若不是三面的，那在任何一个角度看，总是看侧面，而三面观音，怎么看都是正面的。那按佛教的"如法如仪"，三面观音的依据在哪里？设计者、建设者经过严密考证、实地考察，终于找到三面观音的来源、依据，追根溯源，建造海上观音便一锤定音。说来亦有意思，当初听说南山要造观音像，各处佛像制作者制作了许多形态不一的各种样品，有如意佛、跨腿佛、打坐佛、站立佛等，他们的巧匠手艺令人惊叹，意在说服将观音像建在山里，领导者、决策者不为所动，全不同意，说就得建在海上，而且就是那块所画圈的指定地方，并且加了一条：观音像高度108米，说一定要按"108"，多了不行，少了也不行，这个是有讲究的，不是随便定的。"108"是佛家很重要的数字，佛教界常言，在家人有108种烦恼，因此，特地以这个数字，表示海上观音意愿为在家人消除108种烦恼。

至于采用什么样的材质，开始定为铜料，后改为不锈钢，最终用合金钢。2008年笔者访问阮崇武，他回忆道，建了这尊观音巨像以后，现在看这个，我觉得每一个步骤应该说是比较可以，建得比较好的。这里头，季素福起了很大作用，我当时还很担心呢，因为金属的东西，在海上很容易腐蚀。阮崇武熟悉材料科学，在决定建造观音像采用铜质材料时，似无把握，在"定案"前，亲自跑到南京晨光机器厂（现为航天晨光股份有限公司）考察，晨光机器厂告知用铜铸是不行的，因为经不住海水腐蚀，要用不锈钢。

改用不锈钢需要焊接，但焊接的焊缝会发生变化，不锈钢是凹进去的，焊缝一加热，"凹质体"就会变成"马氏体"，甚至变成纯铁了，这时焊缝亦经不住腐蚀。怎么办？还须涂刷相关材料，一定要耐腐蚀、耐盐酸的，因为海风含的氯离子很高，会变成盐酸，这个腐蚀性很大；除表面腐蚀外，还有一个防碘腐蚀，因为不同的金属拧在一块还有一个碘腐蚀的问题，这个也要弄好……大型观音像中间有结构、有钢梁什么的，这些并不是不锈钢的，所以这些因素也要考虑进去，这些其实都是很专业的科技。

心有灵犀一点通。季素福对阮崇武的讲解、点拨是深有领会的，而且有着很强的执行力。1998年他上任后，从建造南山海上观音像的理念、规划、设计开始，带领团队艰辛完成建设，举办了划时代的开光大典，其实历经整整八年之多。他回想说，所有的佛像建造的时候，都需要有个标准和定位，从大的方面说就是战略理念；如果是照搬照抄，也就没有如今这尊观音巨像了。当时他也在想，靠什么去吸引人们不远千里来到海南，有什么值得人们来到天涯海角来观瞻、朝拜，这是必须解决的问题。决策者力排众议、视野开阔，所以季素福和他的团队，才能不辱使命、圆满完成。

万事开头难。一开始，他并没有忙着找设计师，多年的航空航天生涯，使他对严谨细致、调查研究、系统工程等有更多的知识了解和经验积累，他和团队进行了充分的调查研究，花了很久的时间，考察了中国主要的佛教圣地。筹建初期，季素福和团队进行考察不敢用单位款项，而靠自费、自捐。经费不够的时候，大家就自己捐钱，1997年的时候，季素福个人捐了2万多元，井欣、张辉、李森海、周斌各捐了10万元，还有5万元的，大家认为，造菩萨要有一颗菩萨心，舍得，是有舍才有得。1998年8月，调研人员从西藏回来最终结束了调查，到了1999年9月，一份论述翔实、说明有力的调查报告和方案做了出来，同时对佛学、佛教文化、佛像开了眼界，长了知识。而一体化三尊观音，正是从西藏考察回来所获得的启示和灵感。

尽管曾有过参与航天工程建设的经历，但对观音像的建造，季素福还是"大姑娘上轿——头一回"。在考察、调研各地佛教圣地、佛界名胜、佛像塑像时，亦阅读佛典、佛学，他逐步感受中华文化的源远流长、佛教文化的博大精深。比如，对佛教的各教派，他粗学了各宗派的来历、渊源及故事，了解到天台宗、三论宗、禅宗、净土宗、法相宗、华严宗、律宗、密宗、汉地密宗、日本密宗、藏地密教等相关知识，深感其中的学问博大精深，造观音像是一个重新学习的机会。

　　也许知晓这些佛典、佛学、佛史对建造者过于苛严，但掌握这些知识背景，对建造观音像大有裨益。在完成调查报告、总体方案之时，他对观音巨像的建造总结出了六字的定位目标："世界级、世纪级。"在考察、调研中，他和他团队成员深刻了解到观世音代表慈悲——不仅要自己好，而且要大家都好，所以不仅视野、眼界要高度超过，并且在社会影响方面也要超过，更重要的是，我们这代人不能仅为造个大型佛像，更主要的是要留给后人一个新的世界文化遗产。他如此表达自己当时的想法：若干年观音像建成了，就是功德无量的企业家；倘若建不成，那就成了恶名远扬的吹牛家。

　　观念、理念统一，争议渐渐平息。但总得拿出自己的实际东西，既与众不同，又切实可行。所以，他和团队成员提出共同认可、赞同的观点：首先要有文化传承的根基，佛教是一个如法如仪的文化产物，不可以胡乱建造，一定要符合要求；其次要有时代感，能够创新，创新是灵魂，不能复古、仿制，要有时代性、新鲜感，要用到高新技术，造出的观音像要符合当下人们的审美观。观音到底长什么样，什么样的造型最能让人们接受、让人们喜欢，这就是时代性、群众性、亲和性、科技性的深度融合。再次就是要它成为经典，其"世界级、世纪级"，是要让人们觉得它有历史价值、文物价值、佛学价值、宗教价值，能让它永久流传下去。

如今想来，当初一步步走来的确步步艰险，而扎实的调查研究开了好头，打牢了基础。对这样一个"系统工程"，不单是竖像风险，资金风险、政策风险也同时存在。对观音像建在海上的争议，询问季素福及团队为什么赞成而有没有考虑各方面的困境，其回应是：造在海上不光有不利之处，也有好的方面，其一，建造速度相对较快；其二，忠实于"南海观音"常居南海愿的故事，其他地方没有这个有利条件；其三，既然要造，就要造出其个性、特殊性、排他性，是独一无二的，且从观瞻朝拜的角度来看，建在海上的视觉更好些。虽然困难大，造价高，但在技术上是有可行性的。最后总体方案得到了佛教界的肯定。

彭哲勇也谈及这点：最早我们去做这尊像，说是一个宗教，但也是一种文化，它是宗教也好，你把它概念化是一种文化也好，总之，这里面是宗教文化，再扩大一点就是东方文化。佛教文化流传到中国已近两千年，成为中国传统文化的重要部分。如果在根本上说宗教这个文化的话，在中国的传统文化中，道教和儒学是中国的原有文化，而佛教的进入，使三者各为体系，又融为一家，流传至今。从流传的时间、空间维度，从地域性、广阔性言，佛教的根是一种文化，最终被中华文化所同化，在我们的中国就是这样，以前我们说这尊观音巨像是佛教建筑，其实说得不准确，应该说是一种文化结晶。

第五章 创新设计

　　观音苑项目筹建伊始，就得到许多佛教界人士的关心和支持，赵朴初、吴立民、胡建宁、李家振、徐勇良等佛教、文化、雕塑、绘画、冶金、工艺界的名家，在中国佛教协会与中国佛教文化研究所的精心指导下，进行了严谨的创作。经过反复调研、论证、修改、完善，前后易稿数十次之多，最终确定了"一体化三尊"的三面造型设计以及采用白色合金材质制作"白衣观音"的方案。

　　"一体化三尊"方案即海上观音分为东、西、北三面像。北面像手持经箧，象征智慧；东面像手持莲花，象征和平；西面像手持佛珠，象征慈悲。定位"一体化三尊"，是因为无论从海上、陆上或哪个角度，都能与观音像形成对视交流。采用合金材质是为了增加观音像抗腐蚀、抗风、抗震能力，而取"白色"则是为了让观音像在蓝色海水的反衬下，更能增强视觉效果。赵朴初居士亲自为这尊像题写了"南山海上观音"。

第一节　人间佛教的设计理念

定址后，海上观音像的设计就成了首要问题。这里，倘若设计的理念、观念、思路没有理顺的话，观音像的设计就缺乏灵魂，成为无本之木、无源之水，少了"人间烟火"味。

曾几何时，不少人对待宗教视作唯心、迷信，采取逃避、躲闪的心理，但不少科学家、人文学者却视佛学、佛教为文化，在他们眼里，千百年来，佛学、佛教之所以能够在中国社会打下深厚的基础，成为中国人生活的一个组成部分，都必须归功于佛学、佛教对人间的长期奉献包括有些朝代的惨淡经营。也许只有这样，佛学、佛教才能够在中国社会取得生存与发展的空间。简略地说，佛学、佛教传布中国的成功之处，是以其积极入世的态度成功地影响、改善了中国的许多方面。同时我们也应该深刻地认识到，佛学、佛教能够取得这种成就，是因为在其传入中国不久，佛学、佛教已成功地改造了自己，从"注重僧尼个人修行解脱的印度佛教蜕变为积极服务人间的中国佛教"。

唐代慧能大师的"佛法在世间，不离世间觉，离世觅菩提，恰如求兔角"，百丈禅师的"一日不作，一日不食"，宋代大慧宗杲禅师的"世间法即佛法，佛法即世间法"，近代中国佛教领袖太虚大师的"仰止为佛陀，完成在人格，人成即佛成，是名真现实"，弘一大师的"念佛不忘救国，救国不忘念佛"，乃至当代中国佛教协会前会长赵朴初居士极力倡导的"人间佛教"的思想，从某种意义上说，无一不是在诠释着古往今来中国佛教徒介入社会并奉献人生的行为。

站在当时 20 世纪末的平台上，以快捷方式浏览整个佛教的层面，人们会惊奇地发现，佛教界正面临着东西方科学、哲学、政治、经济、文化等方面的冲撞。同时，也存在着自身建设的严峻挑战，21世纪的佛教如何定位，将是佛教界不容忽视的重要问题……从某种意义上讲，佛教能否适应未来社会的发展与需要，就看佛教能否服务人类自身。因此以人为本的佛教，将是未来佛教理论领域研究的一大课题。以人为本的人间佛教，势必将成为21世纪佛教的主流[1]。

基于这种思想观念，决策者、建设者自然还有设计者，将观音像总体展示和表达观音"大慈与一切众生乐、大悲拔一切众生苦"的大慈大悲形象。从精神层面而言，从文化角度细究，东西方文化存在相异，但人类社会的发展中，却亦有不谋而合的相同。

有个"曼达拉"文化现象，是指在人类文化史上的一种图形，这种图形的外围或是一圆形圈，或是一方形圈，中央部分或作对称的"十"字形，或作对称的"米"字形。中国民间艺人做菩萨像时不知道"曼达拉"，他们常靠前辈、祖上所传授的设计制作，当然他们可能信仰佛教，或者粗通佛学、佛理。但佛教文化研究者及美学工作者，他们研究的视角就不同一般，常常从中西文化比较中产生新的解读、新的阐述、新的构作。他们更重视对"曼达拉"做深入的研究。

观音像将如何构思、创作，对这类知识都进行了考量，由此生发设计者所考虑的重点，且需"如法如仪"，需要佛教教义、依据的支撑。也许有前期多方调研、考察的经验，特别是在藏传佛教文化中，观览到其中广泛流行着一幅"世界之轮"图画。图像表现为一个阎罗（或谓神灵）抱着的轮子。这个轮子的最中心是一个点，点的周围由四重圆圈构成。由内向外的第三圈为6条向外的辐射线，第四圈是

---

① 参阅学诚：《建设人间佛教》，《法音》1999第1期。

12条辐射线。它所展现的也是世界不断丰富发展的过程。从结构形式看，具有类似"内十字、外方圈"的特征。这给观音像建设者、设计者无限启示。

文化与人类活动有着密切关系，是人类社会的产物。如何看待宗教和文化的关系，这是每一个民族在发展文化过程中必然会遇到的问题。佛学、佛教对中国文化产生过很大影响和作用，在中国历史上留下了灿烂辉煌的文化遗产。例如，我国古代建筑保存最多的是佛教寺塔，都是研究我国古代建筑史的宝贵实物，许多佛教建筑已成为我国各地风景轮廓线突出的标志。而敦煌、云冈、龙门等石窟，则作为古代雕刻美术的宝库举世闻名，具有中国民族风格的造像艺术，是我国伟大的文化遗产。佛教文化并不是故步自封、泥古不化，而是与时俱进，适应人们生活，构成"人间佛教"。所以，观音像设计者设计思想是坚定不移的，即首先是中国自己来设计观音像的样子，再就是如何现代化，也须有一个标准化的样子，观音像的成功设计，至少让人们一看就是南海观音，而不同于其他观音。

笔者访问中，上海佛教协会副会长、中国佛教文化研究所特约研究员胡建宁居士详细讲述了《法界源流图》的故事：

南宋淳熙七年（1180年），中国西南大理国产生一部佛教艺术巨作——《大理国梵像卷》，由一位名不见经传的描工张胜温奉大理国利贞皇帝段智于之命而绘成，时当南宋末年。这画经历宋、元、明、清500余年，至清乾隆年间（1736—1796）进入皇宫内府。笃信佛教的乾隆皇帝对《大理国梵像卷》极为爱惜，命当时宫廷画家高手丁观鹏，在四大活佛之一的佛学专家章嘉国师指导下，重新整理和临摹。这项集佛学、艺术、历史及民俗研究的重大工程，历时数载，至乾隆三十二年（1767年）完成，题为《法界源流图》，堪称佛教图像学百科全书，成为佛教艺术中的御赏极品，也是研究佛学的重要参考。

丁观鹏当年将张胜温所画的《梵像图》摹成两卷，第一卷名为《蛮王礼佛图》，第二卷为《法界源流图卷》。图里面共绘制典故98组，千手观音、财神、形态各异的十八罗汉、神像630多尊，每一尊都有一重福佑，以及龙凤虎狮等吉祥神兽50多种、亭台楼阁、山水花草等，展现了富贵吉祥、福寿安康的美景。乾隆皇帝亲笔题写图名、手书《心经》。其艺术价值堪与北宋名画《清明上河图》媲美，被誉为佛教文化、绘画艺术巅峰之作，世界无价之宝。

该卷中所描绘的形象非常多，既有佛界诸宗派的人物形象，也有各种动植物和各种佛具法器，均描绘精细，不仅比例准确，而且神态生动。这些形象的汇集与成功的描绘，不由得使人对该画的作者产生由衷敬佩。虽然他的生平事迹不见任何记载，他这件辉煌作品就足以使他在美术史乃至佛教史上永远放射着巨大的光芒。

综观此图，场面宏大，人物众多，气势磅礴。内容主要描绘的是诸佛菩萨、天龙八部、法会、禅宗六祖和十八罗汉等形象。每个人物无论从装束、姿态、大小还是表情上都各具特色。佛祖释迦牟尼居于画面的中心，他坐卧于佛案上，身穿宽大的佛袍，面向观者，代表着佛界的最高权威。他神态平和而威严，似乎世间的一些都在其掌控之中。他身后的佛光照亮了天地万物，作者巧妙地运用放射性的波纹线条来表现背景，正好与佛光的发射性结合起来。运用这种表现手法正是作者的高明之处，这些线条穿过树木，透过腾腾的云气，一直延展下去，也许正在向世人暗示佛法的无边。周围人物各居两边，有的为侧面，有的为正面；有的呈坐姿，有的呈立姿；有的宽袍长衣，佛带飘逸，有的祖胸露腹，盔甲满身；有的面容俊逸，温和慈善，有的瞪目立眉，叱咤狰狞。表现手法真是多种多样，但无论怎样变化，他们都是聚集在佛祖身边，手拿法器，各居其位，时刻待命。观此景象，也许你会感受到一种无穷的力量在感召着你，那普照的佛光会一直射进你的心中，与你的心灵产生一种完美的契合。

采用"一体化三尊"这个思路很有突破性、发散性，在佛教文化元素框架里让思维"打开一扇窗"。佛像设计集思广益，于是想象与现实、构思与佛典融合一起，大家心往一处想、劲往一处使，定要将南山海上观音的造型设计，集中各个时代造像艺术的经典之处，并将其巧妙地结合起来，构成极富有美感的艺术形象。特别在细节处，其衣袂飘飘似举、其面相慈悲庄严，犹如踏海而来，欲度众生脱离苦厄，整体形象令人一见而生崇敬之心。可以说，南山海上观音造型设计构思，既符合佛教教义，又顺应时代之变，既有佛义，又走新路，创建"人间佛教"和"佛教人间"的典范。

第二节 "袭旧"还是"创新"

由于南山海上观音像高 108 米，为雕塑中的巨作，所以大家认为，南山海上观音只有在传承传统佛教造像的基础上，进行大胆的创新，才能创造出具有震撼力的艺术形象，在国内外佛教信众及社会各界人士心目中树立起独一无二的地位。诚如前面所叙，南山海上观音的设计创作理念，最终落到六个字：传承、创新、经典；概括之，要做到"世界级、世纪级"。

这意味着要在传承的基础上和创新的过程中，根据具体情况加以完善，千锤百炼，精益求精，把决心化成实际行动，精心打造精品，精心创作精品，成为时代的经典之作，着实代表 21 世纪中国的先进文化和人民的精神风貌，让世界的目光投注这里。

为使项目顺利进行，专门成立了南山海上观音建造筹备组，由前文已经提到的成员组成。随着项目的深入，之后又注册建立南海观音像建造工程指挥部、南山观音苑建设发展有限公司，总指挥、总经理由季素福担任，公司副总经理由彭哲勇等担任，吴国松任总顾问，南山海上观音像由徐勇良主创设计，这些都得到中国佛教协会、中国佛教文化研究所、中国佛学院、上海佛教协会、中国佛教艺术研究所、中国美术家协会、中央美院雕塑创作室等领导、学者、专家、美术家大力支持。

2008 年夏至 2009 年春，笔者与曾任教于上海美术专科学校和任职于上海油画雕塑院、国家一级美术师徐勇良教授进行过访谈，这位 1935 年生于浙江海宁、1960 年毕业于浙江美术学院（今中国美术学院）的美术家十分谦和，在温良恭俭让的访谈中，不失独到的美学观点，尽显学院派风采。也许是长期的创作实践，他不囿于书本知识，回望这段历史，他既像是回忆，又像是总结，笔者实录他的一些谈话，以便读者对南山海上观音创作中的创新有所了解。

南山海上观音 108 米的高度，为雕刻中的巨作，可供借鉴的前人经验并不多，是需要在实践中不断求索的一件事。首先是三面像的组合，创作特别艰辛。因大家一般想到的都是三尊佛像完成后，将他们背靠背地自然靠拢。这样的组合方式是宽度很大，其外形犹如一个水缸。而建筑师对这尊海上三面观音的高与宽比例要求是 5:1。

为达到 5:1 这种要求，有一次我偶尔看到敦煌窟藻井中三只旋转飞奔追逐的兔子才有所悟。三只兔子不是六个耳朵而共用三个长长的耳朵，但它给人的视觉依然是每只兔子有一对耳朵，我似乎感到"众里寻他千百度。蓦然回首，那人却在，灯火阑珊处"，何不也来尝试一下三佛共一肩呢，固然这个改动除了高度比例有所解决外，还给人一种简洁、明快之感，也很新颖。隋朝这位兔子画像作者的卓越才智，给了我很大的帮助，第一个构图终于在1998年10月这个金秋的日子中赶出来了。

　　1999年夏天，北京骄阳如火，我们就在这个时候到首都听取对稿子的意见。在宗教界和雕刻界的两次会议和个别交谈中，各界朋友纷纷发言，提出了许多主意和忠告，中国佛学院的年育法师提出了观音像既要有历史感，又要有时代感，还要与环境相协调；王克庆、张德华、时宜、赵瑞英等10余位知名雕刻家，毫不吝啬地介绍了自己的经验和对雕像的意见。其中张德华老师的经验尚未见之于前人的著述，她说室外大型雕刻比例之拉长，应是渐进的，也就是说小腿拉长些，大腿次之，躯干再次之。我在此后的实践中深感此经验之难得。会上许多好的经验和意见，至今我们还在使用中。最感人的是，许多雕刻家都把这件作品当作自己的作品那样严肃认真地对待，都希望能将这件旷世之作做成功，从而能总结一下大型雕刻的造型规律和经验；以后我又在南京、杭州，听取了许多同行的意见；上海油画雕塑院的领导和艺术家们自始至终与我站在一起，为我提供各种资料和参与讨论、研究；各界朋友精诚之感人实是难得，使我们有一种感觉——这是中国雕刻家共同的事业，我不过是其中的代刀者而已。

对传承与创新，季素福则更有体悟，其压力或许更多，但他有个信念，即建成后的南山海上观音有望成为国内外旅客旅游观瞻、东南亚佛教信众朝拜的中心和世界佛教文化旅游胜地。就广大佛教信众的情感而言，这无疑是了慰观音的一大心愿，而比美国自由女神像高16米的南山海上观音，无论艺术性、创造性和观赏性，都将对弘扬佛教文化、促进海南旅游产业发展产生深远影响。

性格稳重、做事严谨、刚柔并济、决策果断的季总对这尊观音像深有感情，视如自己的孩子一般。虽然遇到许许多多的艰难困苦，但是没有埋怨，没有悔恨。他说人生能做许多事，但一生能做成功一件就非常了不起；他个人的作用是有限的，主要靠大家，靠上级领导的支持与配合，靠员工们的自觉奉献、努力奋斗。他回顾道，南山海上观音工程项目1997年6月获国家宗教事务局批准，1999年10月正式动工。为了创建国内外独一无二的南山海上观音，在深入考察的基础上，确定"传承、创新、经典"的建设方针，以及"世界级、世纪级"的定位，体现传统佛教文化与现代艺术及高科技结合的设计理念，于1997年初确定了"一体化三尊"观音像造型方案。该造型结构既能有效抵御台风、地震侵袭，同时也解决了巨像的朝向和信众的朝拜问题，得到佛教界高僧和国家宗教局领导的高度评价。

季素福不无自豪地说，南山海上观音像工程建设理念定位，决定了它的历史地位和世界地位。无论是外观形态还是内涵意义，都将成为海南省乃至亚洲地区的标志性建筑物。他的想法，其实与南山海上观音建设者们不谋而合、趋向一致，许多事例后文会补述。在此，笔者再引用徐勇良教授的回想，他的叙述也许偏重艺术，其实亦道出项目工程的艰辛历程。

徐勇良教授说，中国的佛教源自汉明帝永平七年的一个梦，然后访得了佛像经卷。近两千年来，它吸收了中华文化的精华，形成了中华佛教文化。每个朝代的盛世都有精品留下来，造像的繁荣离不开经济的繁荣。南山海上观音最早的倡议者是当时海南省领导阮崇武，他提供了南宋大理国画家张胜温画的观音像画稿，这给后来创作三面像的思想提供了巨大的空间。

他说，负责这个工程的总指挥是季素福（如今被称作季塑佛先生），1998年6月在上海龙华寺的方丈室召开了一个佛教界与建筑雕塑界的会议，确定了造像的日程安排。会上有人主张造在南山上，季素福认为历史上还没有海上的造像，想要有特色，就必须造在海上。华东建筑设计院的副总工程师管式勤第一个提出海上观音要有海上特色，应该与海风、沙滩、蓝天互相呼应。

1998年7月2日，由彭哲勇带一支小分队来到南山，徐勇良作为创作人员随行。选址工作是比较顺利的，南山这块地方与观音、鉴真和尚有着历史渊源，因而选址很快就定了下来。

第二件要做的事，是观音造型。这件事比较困难，几年前已经有安徽等地的雕刻家做过，从一面到四面都有，但都是机械地并拢，所以都没有新意。高与宽的比例也难为建筑部门所接受，形式上搬用古代雕刻金铜像，因而不大气，比较保守。要是没有季素福的一席话，这个像也可能夭折，他提出"传承、创新、经典"，可以说是开启了今天三面观音像艺术形象的成功之门。因为徐勇良理解这三点的核心问题是"时代感"。

造佛像强调时代感似乎前人未提及，可是确实有。在《世说新语》一书中就记载有，当时的高士雕塑家戴逵，就被当时的镇江官员庾道季说成"神明太俗，由卿世情未尽"，当即被戴逵反驳"唯务光当免卿此语耳"。务光是夏朝人，汤伐桀后沉水自溺，这就是反对保守的一个例子。历来不同的时代不同的地域使用不同的材质，就有不同的风格。早期的佛像朴素、粗犷，但也存在拘谨的一面。随着唐代文化艺术的兴盛，造像发生巨大变化，进入了自由王国，题材更加广泛，并具有鲜明的民族特点，其造型的菩萨如宫娃，真可以说是生活的再现、时代的写真。和唐代当时流传下来的绘画十分相似，风格优美壮丽，造型准确。龙门奉先寺大佛卢舍那像高17米，神态超凡容颜俊美，可说是造像的鼎盛时期，已达顶峰。唐以后随着造像的普及，技法由熟而烂，战乱频仍，国力衰退，国家无力新开大石窟，技术和创造精神均日趋颓态，造像除了新兴的罗汉一项，其余均只存躯壳和平庸。

徐勇良说，今天我们必须在吸收前人的经验上再按时代的需要来加以塑造。我们是旅游地，佛像须符合佛学、佛教理念，有佛学、佛教内涵，又必须是一件可供人们欣赏的艺术品。要有佛的特征，又要有民的特征。同时我也认为应该吸取国外的经验，意大利米开朗基罗的作品"坐在圣母膝盖上的耶稣"，这个耶稣已经有胡须。因为耶稣受难的时候已经33岁。圣母照理也应50多岁，但我们见到的是年轻姑娘，米开朗基罗说圣母是永远年轻的。这道理同样符合塑造观音。

徐勇良陷入回忆，顿了口气补充说道，我在改革开放后塑过上海龙华寺的菩萨，后来又塑过多尊观音像，都是追求年轻美貌。金庸先生曾对我的一件作品评价为"融中外古今于一炉"。的确，我在塑造观音时也是这样做的，并要求务必达到形象的感化力。季素福要求人物比例做得长，他说人们欣赏服装模特儿的，不就是她们的长度吗！创作从一面像到四面像是逐渐成熟的，最后采用三面像是考虑在海上，一个三角形可以避开各方吹来的大风。三尊佛像六个肩膀变成三个肩膀是受了隋代藻井画三个兔子三个耳朵的启发。如今人们从任何一个正面角度都只能看到一尊像，达到外观轮廓单纯清晰，比例修长。

徐勇良不无感慨地说，经过两次10.8米观音像的塑造，又改正了许多不足，包括颜色定位在白色，一方面观音在中国又称白衣大士，另一方面是为了突出于海天。经过6年零10个月的努力，观音像达到如期效果。这中间无一不倾注着季总的心血。他是一个能人，他从保护营造自然环境，继承佛教传统文化艺术，提供优良的旅游景点几个方面，都回归到一个朴素的命题，从符合人性需要出发。他大智大勇，高瞻远瞩，运筹帷幄，为民造福，功德无量。从物力、财力、人力各方面保证了工程的完成。今天公司已经用我的名字申请了专利，今后留下来的工作将是如原三亚市委书记于迅所说的"如何保护好精品"的问题，这一点我想有政府的加入与推进，必将顺利达到功德圆满。

这番话出自肺腑，也符合事实，真正能够举世闻名流传甚久的，能够成为世界文化遗产的宗教建筑，都是在艺术上达到了某种境界的，海上观音也是几年磨一剑才慢慢建造起来的，相当不容易。

确实，南山海上观音作为南山文化旅游区佛教文化苑的主题及灵魂，成为海南的标志性建筑景点，并由此波及规模宏大的三亚南山旅游文化区。这座位于中国唯一的热带滨海城市三亚市西部的旅游文化区，是全国罕见的超大型文化和生态旅游苑区。苑区规划面积50平方千米，其中海域面积10多平方千米，被授予"海南省生态建设示范工程""海南省生态旅游示范景区"。海上观音的建成填补了海南历史文化旅游的空白，进一步凸现海南大生态旅游的优势，极大地弘扬中华文化影响力，启迪智慧，为中国旅游增光添彩。

建设者们亦如此说，概念这东西是开始时没有的，当时实际上只是一种文化的推广，就比如现代社会传播的思想一样，对传统对现在对未来都是这样，当时它的核心是观音文化，整个观音文化我们可以看到有很多，在这里所体现的也就是我们在当时做的时候，诚如许多人就说过的，我们建造观音的过程，就是我们队伍培养的过程，就是一个对外宣传的过程，当然它也是一个市场，带动了旅游等方面发展，在后期比较多的说法是"文化遗产"，对于这个名词，我们考察了很多，不论是完好的还是曾遭破坏的，只要是现在还保留着的，只要是有特色有个性又有价值的值得保留的文化艺术，并且是经过数百上千年历史洗礼的，我们对于这些东西，不是将它抹去，而是要完整地比较好地保存下来，这个就成为了当代的历史文化遗产。

文化遗产有几个必需的特点：它需要有当初那个时代的烙印，也就是特征，要成为那个时代的精华，只有这样你才能把它称为历史文化遗产。比如龙门石窟、敦煌石窟等，它们已经成为了尽人皆知的一种精华，会使后人前赴后继，为这些文化遗产来牺牲自己的财富，贡献自己的力量，竭尽自己的能力去把它完好地保留下去，给自己的后人了解我们的过去！

第三节　造型设计的样稿比例

清晨，一轮朝阳冉冉升起，南山佛教文化苑呈现苍松茂竹、繁花压枝的景象，不时聆听周围鸟啼蜂喧、闻到花海阵阵幽香，在这个以实见虚、以虚见实的意境中，眺望远处，观音像静默屹立，口衔笑意。朝着观音像信步走去，或在栈桥上，或在沙滩边，但见潮涨潮落，云起云飞，猛然，你会发现，在阳光的映照下，南山海上观音身披五彩衣，顿现神奇光晕天象……

这纯属偶然发现，还是意境所致，人们心头不免挂上疑问。但有一点可以肯定，这与当初的设计很有关联，也是迄今国内最大观音巨像构图塑造产生浑然天成、典雅含蓄的效果。

在这点上，徐勇良教授或许有比别人更不同的体验，在设计上所花的心血更非同其他作品的创作，他和其他建设者们一样，倾其心力，花其心思，一丝不苟、精益求精地扑在佛像设计的各个细节、环节上。

根据项目的总体规划、设计及观音像造型方案的审核所定，南山海上观音是一尊108米高的三面像，并不是通常见到的一个身体几个头部的佛像，而是三个身体、三个头和三个肩膀的观音像。在每个正面朝上只能见到一尊像。现代著名古文字学家、考古学家、诗人陈梦家（1911—1966）在这方面曾有过自己的见解，他说："画画，人的比例要站七、坐五、盘三，人站着的比例是七个头颅高矮，坐着是五个头颅高矮，盘腿是三个头颅高矮。"[①] 他虽然喜欢古典诗词，也爱写新诗，又擅长古文字学，研究考古学，但他兴趣广博，对画画进行过实践探索，他的此番论说，与雕塑家、设计师们"英雄所见略同"。

徐勇良对此深有体验，因为这是不可违背的艺术创作规律之一。艺术理论来自实践，而创作实践并非一成不变，尚须"高看一眼，深看一层"。正如著名建筑学家梁思成所说："建筑师比一般人更幸福，

---

① 参阅赵珩：《逝者如斯——六十年知见学人侧记》，中华书局2017年版，第41页。

因为他比别人更多地看到美的作品。建筑师又比一般人更苦恼，因为他比别人更多地看到丑的作品。"作为雕塑家的徐勇良在设计之时，心境与语境恐怕也是如此，但他是谦谦君子，他眼中的"丑"或许能从中借鉴，获取有益养分，让它变美起来。对此，徐勇良这样回顾说，这尊像是1998年开始创作的，前后共花了6年零10个月，实际从前期构思、运作到建造、开光历时8年之多，比美国自由女神的10年要短些，比之通常的制作时间来说是长了一点，但正由于有较宽裕的时间，所以可以反复研究推敲，并向传统和有经验的雕塑界、佛教界人士讨教。大型像制作和小像有一些地方不同，最突出的不同点就是比例问题。于是，徐勇良教授向笔者分别从全身、头部与肩3个方面，来谈他的一点心得，他期望能够抛砖引玉，向同行请教，在雕塑界、美术界、佛教界以及制作界，达到大家来共同探讨一个大像制作规律的目的[①]。他写道：

一、大尺寸雕像制作中的比例关系

中国历史上对大尺寸雕像制作中全身与头的比例关系并未见记载，民间一般比例就是"蹲三、坐五、立七"，而做到大像则是头反而比平常尺寸要更大，否则会说是"看不清眉目"。部分记述东晋戴逵父子造像的《世说新语》中，也未谈及比例；其他《洛阳伽蓝记》等书，虽然都是谈庙宇与佛像，但比例一项亦都是空白；《造像仪规》一书虽具体介绍了尺寸，可是除了西藏地区在使用外，在中原等地区却不受其限制，所以在现在能看到的石窟造像中各种比例都有。以龙门石窟为例，北魏的宾阳三洞造像身体阔大，比例偏矮。而一些唐朝的小窟，菩萨形象亭亭玉立，身材都很修长，并且制作者将莲花座上

---

① 参阅徐勇良：《大型雕像中的比例问题——108米南山海上观音制作的一点体会》，《雕塑》杂志，2005年第3期。

的平面后部上抬，使菩萨立在一个斜面上，菩萨倾斜的脚背有一点像踮起脚的芭蕾舞演员，增加了人的高度。

其他石窟就比例而言，情况也差不多。在雕塑界搞创作向来用的比例是男子7.5∶1、女子7∶1，没有专门的大像比例一说。但20世纪50年代苏联的经验传了进来，说在苏联室外雕塑的比例最大的有用到9∶1的，当时对徐勇良他们从事雕塑创作听来很不可思议。

1960年，徐勇良从浙江美术学院毕业后分配到上海美术专科学校[①]教书，他听一位早年留学欧洲的老先生说，苏联的这种方法是瞎搞，说是雕刻人体比例没有大型小型之分，没有室内室外之分，"架上雕刻"一词更是荒谬，雕刻只有米开朗基罗比例、达·芬奇比例。由于这位老先生不信苏联雕刻界说法，后来他在为上海街头做的一尊肖像雕刻中，明显给人感觉有大头娃娃之嫌。说到这些，徐勇良亦不无感慨：从事艺术、雕塑创作，总有其规律可循，他山之石，可以攻玉嘛。

说起来，开始设计样稿时有争议，这也很正常，目的都是把项目做好。南山海上观音开始做的时候，个别人从佛教角度出发，坚持"造像仪规"一说，但甲方老总却认为这里作为佛教文化旅游景区的观音像应该不同于南山寺庙堂造像，那些服装模特儿、电影演员为什么受人青睐，不就是为一个高度吗？何况现代人追求减肥、身材苗条。对徐勇良而言，因为从事艺术创作跑过不少地方，他非常欣赏与喜欢敦煌壁画中那些姿态婀娜、形体修长的供奉菩萨，认为各个时代造像是有不同的，特别在改革开放后造佛像更应有时代感，其中"修长"也是他要求的时代感中的一条。

---

① 由著名画家、美术教育家刘海粟先生等人于1912年创办，其前身为上海图画美术院，后改称上海美术专科学校；现为上海大学美术学院。

当徐勇良设计做出小稿在北京征求意见的时候，赵朴老说了"如法如仪"。雕塑界许多同行普遍提及未来的巨像的比例一定要拉长，

其中女雕塑家张德华的意见十分珍贵，她说比例的拉长，并不是等比例的拉长，而是渐进的，也就是说小腿要拉得更多一些，大腿少一点，躯干再少些。这个意见对徐勇良富有启示，于是在南山海上观音像的塑造中积极汲取，充分运用了她的这条经典之言，事后证明，她的见地非凡，意见非常正确，徐勇良也获益匪浅。在征询、求教于著名雕塑家钱绍武先生时，钱先生鼓励徐勇良说，比例大胆拉长，不要害怕，你看看雨花台那组主题雕刻，其中的工人形象全身与头的比例是 11∶1……可见，从事创作就是创造新的突破，因循守旧，沿袭旧规，不思革新，死守老套，缺乏创新的精神，是艺术创作包括佛像塑造的大忌，当然亦不是"胡作非为"、自以为是地另搞一套。这方面，得到赵朴初居士的支持，他极力倡导"人间佛教"，主张"解行并重""人成佛成"，成佛在人间，此义深远，意味深长。

1999 年，徐勇良将观音像小样放大 10.8 米高的第一个稿时，他还是谨慎地把比例定位在 8.26∶1，因为他心中还是有点害怕，觉得如果塑的是一个英雄人物，或者是在一组群像当中有各种比例不同的情况下，某一个人物的比例拉得特别长些是可以理解的，而终究观音是一尊佛教造像，中国人及信众熟悉并敬仰，与其他情况不同。当然，按 8.26∶1 这个比例在屋内做的时候，觉得它是合理的，但是当雕像制作结束，安放到室外一个 1 米高的底座上去时，问题暴露出来了，明显地感到观音佛像矮胖，当时徐勇良心中有些发慌，假使用这个像的比例再放大 10 倍时情况会更糟，一定会重蹈社会上已经有的几个大像的覆辙。为此在毫无把握的情况下给业主提出，能不能再做一个 10.8 米的定稿。徐勇良估计不会批准，因为 10.8 米

1999年11月27日，10.8米泥塑原身像在南京晨光机器厂制成

也不能算是一尊普通小像，何况它又是三面体。

当时季素福总经理回答考虑考虑，其实他想再做一尊，但自个儿也不能决定，他要向上级领导汇报，领导在家详细听后，就给了他一句话："资金总数要管住，具体工期要把控，其他由你们去定，我总归支持你们。"领导拍板，季素福心里有底了，他在回办公室的半路上就给徐勇良打去电话，同意再做一个10.8米的定稿。说实在的，这样的好运和优待在雕刻史上很少有过，

徐勇良感到很幸运，立刻着手做一个一米多的套圈稿，并随即放大，这次定位在11∶1，但是在后来的制作中，感到头过小了一点，各方意见也很多，最后是以10∶1比例结束了第二定稿。

如今屹立在南山海上的观音108米巨像就是按10∶1的比例放大的，在2005年的4月结束。从现状看来，这个比例似乎还比较舒适、顺眼。徐勇良对此有所总结，说这个结果可能源自各种因素，但业主

2000年5月20日，10∶1比例的10.8米不锈钢原身像

方的信任、支持起了很大作用。徐勇良幽默地说道，有位雕刻家曾对他说，将来有机会谈到雕塑的比例问题时，你一定要说一说，所谓"不破不立"，蕴含塑像创作的真理；某些已做成的矮比例像是"长官意志"或"和尚意志"的结果。话虽然如此说，但徐勇良道出心里话："的确，取得甲方的同情和配合，是一件十分重要的事。"

二、头部的自身比例问题

任何艺术创作以及雕塑作品，都离不开创作者自身积累的过往经历和实践经验，对徐勇良教授也是如此。

1959年秋冬之际，为了毕业创作和写作古代雕刻史的论文，徐勇良在洛阳龙门石窟住了40多天，日日与佛像为伴，天未亮就起身，在温泉洗刷，晚间在温泉濯足，这段时间，虽然饮食上困难些，但由于有好的环境，精神上很自在。洛阳龙门是个好地方，伊水河静静地在山下流过，河边有一条路南北贯通，但只有不多的几个农民偶尔在那里走过，在这样的环境中研究和学习可说是一种享受。徐勇良曾爬到山上，仔仔细细分析卢舍那大佛的形象和地面上看到的是否一样，结果地面看到的是圆脸，山上看到的是长脸，两个眼睛有高低，但阳光照在脸上时，就看不出这个缺陷，特别在圆月的晚上，朦胧中一张圆圆的脸朝向你微笑，在万籁寂静中，哪能想得到上下观察有如此大的不同呢？

徐勇良还曾观摩过位于重庆的大足石刻，这是唐末、宋初时期宗教摩崖石刻，以佛教题材为主，儒、道教造像并陈，是著名的艺术瑰宝、历史宝库和佛教圣地，有"东方艺术明珠"之称。大足石刻群有75处，5万余尊宗教石刻造像，总计10万多躯，铭文10万余字，其中以宝顶山和北山摩崖石刻最为著名，其以佛教造像为主，是中国晚期石窟造像艺术的典范。与敦煌莫高窟、云冈石窟、龙门石窟、麦积山石窟等中国四大石窟齐名，是古代中国劳动人民卓越才能和艺术创造力的体现。徐勇良细细观察过大足石刻中的日月观音，这个像的位置处在洞口，它首先沐浴早上升起的阳光，当第一束光线照到脸上时，人们能看到一个健康的、青春美丽的少女，平静的身子加上有动感的六条手臂，容光焕发的青春活力可以让人久久不能离去，这是一种特殊地理位置上的光彩效果所造成的。因为有一次他爬上一个脚手架，看到的则是一个老太太的脸，这又是一个上下观察得到不同结果的例子。这好比看大楼的窗子，其顶部的窗总比底下的窗尺寸矮一些，通常人们称这是透视问题，高与宽尚可以经过努力做到预期效果，但一些倾斜的五官，例如眼、眉毛、鼻翼、嘴角等，要设想到将来的效果，在地面上制作，依然是一个难以捉摸的课题。

拜佛台上1：1足尺放样

由于"文革"后有了一个宽松的环境，徐勇良带着这些问题做了一尊观音像，他把脸部做得很长很尖，可以说是瓜子脸，塑造的时候，他一直下蹲观察，做完后又把它置于高处，这就比平视舒服了好多。所以在做108米观音像时，基本上搬用了这个脸部，在放大前，又做了一个试验，把一口大大的铝锅搬上钢结构骨架的顶端，肉眼见到的是一个扁锅子，所以下定决心将脸拉得长长的，看上去实在不像观音脸相。为解决这个问题，钱绍武先生建议将头部放到山上去做，但没有这样的环境，最后只好放在一个高出地面9米的平台上放大，这已经很难了，因为18米高的头部（自风斗到锁骨）本身自重和吃风，在海边都是大问题，最后拉了不少缆绳，再在平台下用钢管密密地搭上脚手架支撑着。徐勇良感慨道，总算没有出事故。

钱绍武先生还建议每隔一段距离拍一张照片来研究分析透视变化，但是因头部的高大，当你靠近雕像时镜头已无法拍摄到整个头部，还有横线的变化也不容易在照片上见到效果。最后基本上按预定的设想塑完头部，当后期锻造完头部，安装结束后又进行了调整，特别是朝北的脸，将后脑后仰16厘米，使脸部素描关系提亮。眼睛的横线条，地面所塑没有达到预期效果，所以又将上眼皮的高度割去一条边，最大的尺寸达到6厘米，下眼皮割去1厘米。说来当今人们观看观音像肉眼看得到的距离，脸部的效果是圆的，和原先在平台上做的已经完全不是一码事了，要是在地面上做成正常的脸部，那么最后高处的效果一定是扁宽的脸。徐勇良这样总结说。

三、关于佛像肩部高低问题

肩的高低是容易被人忽视的，因为颈长颈短是常见不怪的，大型雕像肩峰轮廓线由于视线前后移动的关系，在低处看到的未必是真正的肩峰，靠近了看到的是前移的轮廓线，这个时候就会觉得颈子长。

徐勇良回顾道，"文革"以后，上海油画雕塑院负责做上海龙华寺的菩萨，本尊毗卢遮那佛定稿经审定比例正常，但当按足尺放大后肩部特低，后来在原尺寸的基础上又加了20多簸箕的泥巴，才觉得比例合理。再有另一个例子，是石湾的陶瓷雕塑家刘泽棉为安徽做了一尊老子像，其稿子从形象、表情到比例都非常动人。由于借上海油画雕塑院大厅场地放大，他本人有事无法来上海，委托徐勇良替他监制，应该说定稿的肩部是够高的，但一经放大，肩部明显低了。于是加土，以达到定稿的效果，但尺寸却比原稿放大应有的尺寸高了近60厘米。

做观音像，由于有这两个教训，所以做稿子时有意加高肩部，但锻造吊装完毕拆下脚手架时，看到的肩部还是低，一个原因是预计还是不足，另一个原因是背光由于抗风关系临时加厚，总尺寸已定，只好牺牲肩部厚度，切割削薄了肩部，原来的肩峰失去了，与背光交接的轮廓线前移了，这样一来肩部就更低了。作为一个真挚热爱艺术、热爱生活的雕塑家，徐勇良坦诚道，这是大型观音像的一个缺憾，只好有待今后改进了。其实，任何艺术创作都不会十全十美，何况，南山海上观音像是史无前例，没有任何比照、参考，其创作难度非一般人所想象的。作为主创设计师的徐勇良，他以科学的态度、严谨的作风、认真做事的精神，正是南山观音苑建设者的一个缩影。

通过观音像的塑造创作，徐勇良教授由此及彼，思考和总结创作大型塑像的比例关系：其实做大像还有许多问题，例如主体以外的形体比例问题。"文革"中毛泽东主席雕像的大招手，常常感到手有问题，横的手和垂直的手是不是必须一个尺寸，都可以研究。最重要的问题是五官。著名戏剧家盖叫天先生当年上课时说一个亮相，头要上抬，眼睛要拼命睁大，可以让后排和高处包厢看到你的形象，

著名雕塑家钱绍武教授在南京晨光机器厂指导工作

这点道理，是不是也适用于大型雕刻，徐勇良教授认为都需大家今后研究探讨。可见，设计创新，制作创新，思维创新，都离不开实践，从事艺术创作、佛像制作尤其如此，"实践出真知"，这是一条颠扑不破的真理。

说到这段历史，季总进行了补充回顾，他说，其实10.8米的做了两尊，后来做面像16米的，即做头部面像宽8-10米，高16米，有五层楼那么高，我们也做了两尊，下面的脚手架要搭上去，模子是泥塑跟石膏浇上去，都是人工的。为什么要这样，因为那个时候做时总觉得不是很过瘾，总有点欠缺。做两尊不是重复，一尊是从西往东看的；一尊是从北往南看的，就看实际效果。就像照相技术，你拍照什么方位，看是几点钟看，放几点钟放，拍几点钟拍，要跟当时的情景、光线要完全保持一致，差一点点都不行，必须最佳距离、最佳角度，包括考虑光线，能做到最完美、最出神，那时候没有这样的数据，完全靠实践，靠现场，不像现在有计算机可以模拟，所以徐勇良教授心里发慌，季总想到一个权威人选，即著名雕塑家钱绍武教授，问徐教授能不能请他来指导，徐教授说："他是我老师，应该请得出来。"果真钱绍武教授到了现场，提出改进意见，重做一尊面像。季总回想说道，其实是如何确定比例关系，这是科学艺术比例关系，讲公式可能很简单，就是一比几什么的，但实际做的时候并非如此，打个比方说宽度比例，头部与身长比例，是几比几，并不是光理论上可以解决的，我们这个不是一段一段，把身材切断，它是一段段放大，越到上面放大比例越小，还是要放大。当然，这方面以前没有这种数据，现在有这个数据，跟放样一样，电脑里一计算马上给出最佳方案，那时候全靠实践做出来。钱绍武教授毕竟是大师，他真心说道："你们不改，我就不写，我也不要报酬。""你们要做，我写一个东西就有分量，历史就把它记录下来了。"结果，我们内部算算，单单这项，一要多三个月工期，二是至少要增加 300 万元，为了百年大计，最终又请示了领导，竟意外获得了批准，采纳两位教授的意见。

第六章　精心施工

笔者在南山观音苑访问期间，听得不少建造观音像的故事，其自觉奉献、不怕艰难的事迹，感人至深。也许观音是我国民间顶礼膜拜的偶像，这些故事、事迹渐渐演化成美丽的传说，进而表现出对超能力的崇拜和对理想追求的想象。

第一节　神奇的填石打桩故事

在翻阅观音像建设者的材料里，发现有建设者写了这样的故事：

清光绪六年，一个孤僻的官家少女随兄长举家远走孤岛。弃船后，来到该岛最南端的一个叫崖州地方。此地三面环山，南临大海，山岭绵延起伏。满怀着虚幻心思女孩穿着极普通的紫色衣裙，素色的缎带轻挽长发，佩着一柄雕刻莲花的古剑径自走向南山山谷深处。出鞘的剑带着寒光偎在臂侧，三棱雕花的剑鞘响应着山风，低吟无韵之啸音。

女孩沉醉在椰风海韵中，旅尘尽浣，忘却孤旅的寂寞，忘却独步山林的恐惧，甚至隐约生出奇遇的心境。走进一片原始沙坝的酸豆林，女孩的心里升起一阵莫名熟稔的感觉。一群紫色的小蝴蝶翩翩飞来，竟在女孩子明眸中编排成一幅幅动人、魔幻般的奇特造型，久久不散。酸豆树下，紫蝶摆下的阵列是个无法抗拒的诱惑，变化无穷的紫色图案把女孩带到一个布满奇花异草、令人神往的紫湖。湖水很清，周围的景致很美，湖中却一草不生，迷迷离离地给人一种无法言喻的感受。

女孩走近湖边，用手中的剑轻轻拨动着湖水，可是一个失手，剑竟然沉入紫湖。女孩心中很是不舍，这柄剑她自幼就随身佩带。其实它另有一段离奇的来历。原来女孩生下来就有点痴疑，父母为解她这个症状，求遍天下名医，竟是无药可治。后来，一个前来化缘的大和尚，送了一柄三棱莲花剑给女孩，女孩爱不释手，自此剑不离手，那痴疑之症竟慢慢消失了。

女孩惶然失措地立在湖边，湖边的一株酸豆树竟传来木门轻启的吱嘎声，伴随着飘落的阵阵落英，一个慈祥的老婆婆从木梯缓缓而下。原来，酸豆树上竟搭建了一个精致古朴的木屋，屋内住着老婆婆。老婆婆把手臂伸向女孩，双唇吐出的声音极是柔和。她说，姑娘，我在这南山东南麓等你好久了。老婆婆的真实年龄无从判断，但是她的步履很轻盈，眼睛更是有种安定人心的作用，女孩从最初的惊骇中慢慢平静下来。

在紫蝶环绕的酸豆木屋下，女孩被告知只有紫湖开满莲花的时候，三棱莲花剑的下落才能获悉。她沉吟片刻，向老婆婆提出在紫湖住下的要求。老婆婆淡然一笑，于是女孩在南山东南麓留了下来。女孩慢慢知道老婆婆隐居于此是为了等待修筑南海观音圣像的机缘。在紫湖的生活很平淡，有空的时候，老婆婆就让女孩看一些佛学典籍，女孩的悟性很好，几个月后竟如脱胎换骨一般，见解不凡。

一日晚上，女孩梦见观音菩萨把三棱剑掷向紫湖。第二天竟发现紫湖开满了莲花，108 支高低错落的莲花极像梦中观音的莲花座。女孩由惊异到兴奋，转而沉思起来。老婆婆不知何时走到女孩的身旁，与她会心一笑。女孩再没提起莲花剑，起名妙然，从此留在紫湖。

莲花一开，三年不败，光绪八年，紫湖的莲花始谢。直至光绪二十三年，紫湖的莲花再度盛开，老婆婆叫过妙然说："莲开二度，观音安家南海机缘已定。二与十五都是有缘数字，合而可得……"妙然一经推算，就了然于怀。自光绪八年算起，历经二百一十五年或二百二十五年，观音菩萨就能圆了身居南海愿。老婆婆脸上溢满笑容，坐化而去。自此，妙然独自在紫湖守护着莲花，莲花也越开越盛，长开不败，延至今日。

后记：《崖州志》载："光绪六年（1880 年），三亚南山东南麓忽自产莲花，叶甚茂，三年乃谢。光绪二十三年，复产，愈甚，至今愈茂。"莲自开东南麓成就这边陲之地的一段佳话，可是百年来竟无人知此前因后果。1995 年，恰是215 年后，三亚南山观音苑公司始在南山踏勘选址，再度历经 10 年沧桑，2005 年，一尊 108 米的白衣观音脚踏 108 瓣莲花伫立在南山之侧、南海之上。莲开东南麓，自是因缘而起，妙然师徒洞悉先机，丝毫不差，当是观音暗中庇护，冥冥中早已注定。

这篇像是文学，又像是笔记，记录着一位年轻女性建设者的心迹，叙述着她的向往，自然不能用现代科学知识来抹杀她的这种美好想象。何止此篇，再阅一位建设者的文章：

在遥远的昔日，自盘古开天辟地后，一缕紫气在南海上袅袅升起。自此，这道紫气环绕着南山深谷，守护着南海海湾，一任千万载岁月流淌而过，历尽沧海桑田，终成一段因果。

在中国这一古老的国度里，灿烂的观音文化不时出现于偏远的地区，照亮每一处荒蛮角落。观音菩萨曾立下十二大愿，其中第二愿为"常居南海愿"，然数千年来，菩萨的意念一直回旋。直至 2005 年，一尊脚踏 108 瓣莲花、高达 108 米的一体化三尊观音像凌波矗立于南海碧波之时，观音菩萨长达千年的心愿才得以了却。

硕大、圣美绝伦的三面观音缘何坐落于南海之上、南山之畔，一直是个备受关注的话题。其选址的神奇渊源更让世人津津乐道。

众所周知，唐朝高僧鉴真曾六次东渡日本传道，前五次均以失败而告终，第五次更是在海上遭遇台风，所幸观音菩萨护佑，才安然地漂流到南山。而后，第六次东渡才得以成功。无独有偶，日本遣唐使空海和尚也是在观音菩萨的护持下，历尽波折辗转至南山后才顺抵中原。南山无疑是个因缘殊胜、福泽深厚之地，于是在充满牟尼之光的南山之畔，在碧波万顷的南海之上敬造观音圣像，实为立足契理、契机之上。

尽管如此，在南山的海域中寻一席之地伫立起重约数千万吨的观音像绝非易事。1995年，湖南长沙地质勘测院连日数次在南海勘探，然结果均不理想。中国佛教协会前会长赵朴初和南海海上观音工程指挥部负责人几度至南山视察，见诸事俱备，唯选址一事未定，心念一动，按佛家仪规，启动佛家的占卜，结果显示，该址落在妙金山以南、天涯海角以西、崖城以东的一片海域中。众人即驾着小船，寻找与之相契的地点。

当船至妙金山正南方时，天空顿时散发柔和的光辉，澄清又缥缈，似有曼妙的音乐渗透在天地间，又仿若钟声降落，更有缥缈、氤氲的云烟，而一股紫气在这时腾起，最终在某一位置回旋。大伙愕然，待缓过神来，紫气已消散。众人疑有神助，纷纷礼拜。

不谋而合，大家立即决定召集勘测队前来勘探。这时竟收到久盼不至的勘测队勘探的消息——妙金山正南方距海岸线300米的地方为最佳位置。这是紫气回旋的地方，也是施工效果最好的方位。原来，这里深入32米的海中，竟有一条西北走向的海底岩石构成长形山脉。该岩石坚固无比，承载数千万吨观音的问题迎刃而解，实在是让人拍案叫绝。由此一来，工程的难度和资金的投入也大大地减小了。

这一缕紫气千百度盘桓在南海之上，日磋月琢地孕育一股清莹的意念，蛰伏千年之下意念回旋，只为了这一段因果。正是，因缘所生的一切事物，固然是生灭无常，却又是相续不断，正如南海海上观音圣像选址的缘起缘落……

莫以为这是建设者妙笔生花的文学描写，显得惬意轻松。其实在建造观音像底座小岛时，所遇到的重重困难，决非如此这般地挥写，若不是坚韧不拔、硬是咬牙不松劲，后果自然不堪设想。当然这是成功后建设者的想象，充满建设者必胜的信念。

实际情况是，当时围海填石造岛屿时，还没有先进的技术而采取填海的传统工艺，即把巨石——扭王块①装到车子上，再从车上装到海上，再将其抛到海里，费力费时，甚至有人冷言冷语地说，几乎每天要白白地扔下多少彩色电视机——个别人是反对将观音像建在海上，其只看到现在而没有想到未来！决策者、指挥者不是没看到这些，但付出最大代价就是为了美好的未来，所以心不为所动，而是积极地想办法去克服，其间还要考虑到天气的因素，天气不好的时候船是根本不能运作的。怎么办？后来通过招投标，葛洲坝集团提出一个方案：做个坝，用石头慢慢地把周围围起来向前推，不仅工作量小，时间还快，而且普通的方案造价 2 亿多元，但采用这个方案只要 1/3 的价钱，加上当时资金确实有限，最终确定了这个方案。

不妨插段精彩的故事，如今听来惊心动魄。在围岛筑坝做基础时，观音苑作为业主方请来几家施工单位，其中有上海航道局、葛洲坝集团所属单位，各家都有自家"一招鲜"，在河道海中筑坝打基桩

---

① 结构方案中所需抛石棱体——改型扭王块体，是1995年美国提出的一种优化的人工护面块体形式，既可定点随机安放，也可规则安放，形成多孔稳定的护面层。

2000年2月22日，金刚洲围堤合龙

都有他们的强项与经验，可当时在南山海边进行筑岛打桩大家都没有先例，施工方各执一词，"公说公有理，婆说婆有理"，业主方一时拿不定主意。季总毕竟从航天部门出来，梳理头绪，听出点道道，大致是一个从陆地运输到海边抛扭王块，从陆场推进就是几千万元，石头加人工费等。一个是直接从开山处将开好的石头装到车子上，开到现场用翻斗车翻到船上，再翻到海里，船里面多少就往海里面一扔，一船就是2000多万元；季总心想我们尽管是管这个工程的，但其中的工艺操作、技术要求都得听他们"上课"，如何抛开我们不管，关键基础打桩工艺制作要准足、牢靠。虽然一时定不下来，那时候招投标毕竟是业主方说了算，在争执中葛洲坝集团方案渐渐败下阵，说不过上海航道局。尽管双方都熟悉，但施工是"硬碰硬"的，此刻的季总也不知道怎么会想出一句话来，说道"葛洲坝的品牌就是投标的资本"，说完后他顿悟：葛洲坝他们在做，我们去操这么多心干什么？这块牌子还不够吗？这个资质还不够吗？怎么投，怎么抛，是他们的事情，我们怎么选择是我们的事情，当然若真出了什么事情得由我们负责。后来观音苑找了一个清华大学毕业、专门做海洋工程的王总，这个人懂行，觉得方案可行，由此敲定。季总由此感慨：关键是选人，自己不懂没关系，你选择能干的行家帮助把好关，选好人用好人，基础工程能做好。

　　"那时我们给他们进场，声势先造起来，各项工作准备就绪，现场16吨一块重的扭王块，一排排像庞大的兵营般的，这个阵势很壮观"，大约至九十月份，扭王块再船抛，每块标准是一两百千克以上的石头，都是直接从开山地方采石而来，用三四十吨载重车子运送，直接抛投，没两个星期就推进到220米，但到11月份，一个寒流一打，全部没了，葛洲坝总工吓死了，这个怎么算？观音苑也紧张，毕竟不懂这项专门技术，在寒流来的时候，你是看不出来的，因为石头

2000年2月，观音净苑扭王块施工现场

上面高出海平面七八十厘米到一米之间，结果这样一打，全都打没了，观音苑连忙叫总工来，商量怎样办，这涉及葛洲坝施工队工程做下去还是不做下去，若做下去这个办法不对了，要叫人家航道局港务公司来。季总赶紧过去看的时候，他们的总工也在，走到一块尚未全打掉冒出头的石头那里，又一个浪打来，在场其他人迅速躲避，葛洲坝总工却被卷到海里去了，于是赶紧救人，此时"奇迹"出现了，这位总工被卷下去的时候，他脚下面半米深的地方却没被打掉，也就是说海平面上露出的石头被打掉，但延体地基还在，所幸这位总工被拉起来，没有造成事故。这位总工被拉起来以后，第二天走人了，说是"家里老母亲生病了"，其实是辞职不干了，他回去后他们的大领导来了，来看的时候却风平浪静，可他们也蛮急，因为山上的石头开采了，场面也已摆开了，工棚什么的都搭好了，工地前期费用也付了。那位总工走后大家才发现，这海平面因为浑浊看不出，再仔细看，赤着脚往前走走，全是半米或一米以下的地基，约有一百三四十米基础还在，怎么办？季总说："做啊，怎么不做呢？"他心想天冷了，没有台风了，海底基础还在嘛，那位总工上面的领导看了以后，向季总说"您给100万元，我就做"，要知道当时的100万元不是小数目，季总反应亦灵敏，说道"您能做，就给100万元"，季总事后觉得也有点好笑，两个"二杆子"就这样友好地"干"起来。后来再开会，观音苑本来没有保护施工长堤的重三吨半的扭王块，可王总在三亚那边发现别的工地有三吨半的扭王块模子，便买了回来，以后严格按照工艺，观音苑把关，这是一，第二就是石头要挑大的，二三百千克以上的，若用稍微小一点就沉下去，质量要受到严重影响；季总还马上叫他们用三吨半扭王块，马上把施工坝给护起来，特别是东南方向也给它护起来——这个角每次台风都是最薄弱环节，总要受到影响。

观音苑苗根好副总工程师也回忆道：2012年那次台风特别厉害，人工岛东南被台风掀掉一只角，惨不忍睹，由于不断补救，如今人工岛东南向慢慢"胀"出去。季总说道：台风来时把所有的石头打得像被炸弹炸过似的，其实那时我们的施工队伍、施工力量很强的。有关部门来检测，说"你们这个质量呀"，像是责备口气。我们对这184根桩，很有信心的，我们在海里一直打到三十几米以下，说真的，我们那时精心施工，因为是百年大计，开不得玩笑。岛上面修修拆拆容易，下面的桩基是"硬功夫"，丝毫不能含糊，这方面也是华东建筑设计院的优势。苗副总说：巧了，这事情之后，季总派我们过去，不管以前是不是经我们手上弄的，不管什么目的，总要去关心。于是只好找人，正好华东建筑设计院院长、总工程师全部在海南旅游，一个电话打过去，他们全部过来到实地查看，检查下来，受台风侵袭的基础，没什么问题，没影响到基桩。

以上措施一采取，三四百万元就花没了，但是见效，春节未到，扭王块全部围起来了，一下子就成功。季总说，我现在想起来也是运气好，总算大吉大利！虽然追加了100万元，工程继续下去，工艺改革了，在黏性小的时候一定要推上300千克的石头堆上，总共花了十几吨扭王块，结果这个方案定完后一气呵成，当时这条延体就要四五百万元，所以，大家都为了不让这个工程前功尽弃，在春节不到的时候，填海造岛工程就差不多完成了，旁边的人造池也造好了，最后把3000多块16吨的扭王块围上。如果没有这样的决心，没有得体的方案，恐怕代价更大。

岛围成了，后来没几个月就来了一次12级的台风，两个巨大的扭王块给浪打碎了，浪有十几米高，但这个工程还是经受住了考验。巧的是，正好在这两个月中风平浪静，这给工程的进展留出了

2000年2月25日，金刚洲护堤合龙

充分的时间，总算是首战告捷。

　　岛建完了需要打桩，因为108米高的观音像及底座要承受几万吨的压力，千丈高楼平地起，基础打桩是必须的，何况是在海上。通过计算，必须打184根桩。

　　河流总是绿波轻泛，波澜不惊地向前流淌；溪流则是水清而浅，轻盈地在大石细沙间流过；浩瀚的南海却截然不同，锐气张扬的浪涛一波未平一波乍起。2000年11月16日上午10时整，南山海上观音工程建设队伍开始在三亚南海上举行184根桩的开钻仪式。此时，距离海岸线320米的海上填岛作业刚刚结束。由于这184根每根直径为80厘米的桩需要承载数万吨的观音像重量，因此每根均须打入海底三四十米处未风化的岩层。工程极度艰巨。

　　第一批打下六根桩，打得很顺利，一个星期达到33—36米。打桩工程一如既往地顺利进行。两个月后，已经成桩30根；四个月后，成桩100根。直至2001年3月11日，有根编号为C43#的桩在开钻过程中发生了在科学领域无法解释的异常现象，此桩任凭千锤万击，都无法将桩钻进海底岩层。建筑专家费尽心力，启用各种领先技术和机械，依旧徒然。

自打桩之日起，历经六个月，共成桩183根，唯独此桩未成，此时临近台风季节，无可奈何之下只得废去此桩，用编号为C43#A的桩取而代之。出乎意料，该桩进行开钻后也遭遇同样的窘境，众人终于一筹莫展。有人说，因为是要建观音像，所以有一套在打桩前人们一直约定俗成的仪式，即要敬奉土地公公，至少要放些鞭炮、敬些酒来表达虔诚之意，但工程队当时不懂就直接开始打桩了，而且认为是迷信，结果偏偏这根桩就是打不下去，换了很

2000年10月18日，金刚洲鸟瞰

多的钻头都不行，后来又有一次打桩机钻头居然卡在地下了，打不下去也拉不出来。

在工程会议中，现场负责人向总指挥季素福汇报了工期被迫延长的原因，并详细地诉明原委。总指挥季素福听完，联想到上海延安东路建造高架时，也有这样"异曲同工"的情形。这里，插叙一下延安东路与成都路交会口立有一根巨大的不锈钢雕塑龙柱的"传说"。

那是 20 世纪 90 年代中期，上海高架路建设是申城重振雄风、跻身世界一流都市的前奏曲，继内环线建成并通车以后，贯穿市区的成都路高架和延安路高架先后上马，形成贯穿上海市东西南北中的"申"字形格局。工程之初，由于上海市各级领导重视、上海市民的支持、工程技术队伍的拼搏，工程进展神速。沿途街景，一天一个样，半个月找不到旧街旧弄。没料到，当工程进行到关键的延安东路高架与成都路南北高架交叉连接接口时，作为高架路主柱的基础地桩怎么也打不下去，工程受阻。

眼前时间不等人，有人出主意，不妨请"风水先生"或者"高僧大德"来一试，即使不成也没什么大的伤害。主管领导思想也终于出现了松动，经过一番暗访，请来了上海龙华寺的一位高僧。这位高僧来到交叉连接现场工地细细察看后，闭目合掌，久久不语。众人问可有办法？高僧沉思良久，然后开口说，已找到问题的症结。解决的办法也是有的，但要行一番法事，请动神明灵物让出打桩之地，建成后要在这里竖一根"龙柱"。

这个"传说"版本多种，流传很广，亦越传越玄乎，之后由该工程某技术负责人在报纸上辟谣说"全无此事"，并申明"龙形的纹饰纯为市容美观而装置的"。被誉为"造桥明星""造桥大王"的张耿耿则现身说法："那根桩是我带队打下去的。"张耿耿带着队伍，在施工时采取了三项措施：一是用 8 吨重锤打桩；二是打桩时不间断地灌水，起润滑作用；三是连续 18 小时锤打，保证桩柱连续深入。变更施工方案后，仅用了 1 个月零 5 天，便将 36 根桩子全部打入，完成了成都路高架的节点施工，确保顺利通车。可见，桩子最终打入，靠的是科学的现代化建设技术，而非"风水""玄学"。

言归正传。当时季总对此也有所耳闻，他沉吟片刻后说："缘法接待部明晨组织人员举行一个观音菩萨朝拜仪式，请香礼佛。"即要求他们请三炷香磕三个头，表达诚意。

翌日清晨，群山竞秀。积翠凝蓝的南山在晨曦中，格外古朴宁静；雾霭笼罩下的观音岛也幻化出万千种迷离之境。当南山寺晨钟响起时，在观音岛上举行别开生面的请香仪式，俨然折射出无尽禅意。袅袅的烟雾在无穷的碧霞中悠然飘散。施工人员开始了当日的钻探工作。这海水依然是昨日走势狂劲直奔海岸的水，那山脉依然是从前青天之外巍然耸立的山，唯独不同的是，这一次 C43#A 桩在海底的山脉上碰出一声清幽回响后，竟然顺利地钻入岩石中。这个经过异常简单爽朗，仿若天然而成，却充满玄机奥妙，留给施工队伍无限遐想。这蕴藏深意且有历史性见证的日子是 2001 年 6 月 9 日，184 根桩全数完工了。

不管解释是否科学、合理，但这个故事是当年建设者亲身经历，并非编造，难以释怀。故事自然不止一个，在 184 根桩上要浇上 3 米厚的混凝土底板，当时 5 月份是太阳最炽热的时候，技术研究出来温度超过 28 摄氏度就得加冰水搅拌，预算下来，仅冰块就需用二三十万元。有一天刚加了两车的冰，岛上的天空中出现了一层薄薄的云彩，气温一下就降下来了。更奇妙的是，这一天云彩都没有移开，后来现场做工程的王总说自己之前又去烧过香磕过头了，节省了很多钱。再有，底板上还要浇一层，从3米到9米也就是人们走的地，当时是到了刮台风天了，结果刚刚浇完，台风就来了。大风大浪的天气十分可怕，但见周围都是狂风暴雨，而这个岛上却下的是毛毛雨，不仅不会对工程带来毁坏，还免去了工人每天浇水的工作，起到了保养路面的作用。

若没有亲身经历，可能以为天方夜谭。实际上，偏偏就遇到这些巧合的故事，留待后人破解。

需要提及的是，承接海上工程的葛洲坝集团克服了风流侵袭和海况复杂等困难，填筑完成了108米观音像海上基座人工岛工程，使整个海上观音建造工程具备了抵御台风大浪侵袭的能力，同时也为整体工程按期全面完工提供了保证。

就在184根桩全部完工这一天，季总在航天工作的同事吴国松，那时他已调至香港航天科技集团工作，因为开董事会，带了一批董事会人员踏上三亚，准备在三亚召开董事会，同时也是为了去三亚看看季总正在建设的项目。季总去接吴总一批人时，讲的第一句话是："告诉你们一个好消息，圆通宝殿打桩，有一根桩基，没有多少时间前刚刚打下去了！"

两年后的8月24日，即周日晚间，季总约吴总和他夫人在上海番禺路办事处相见，简单地介绍了项目的进展情况，要吴总去海南帮忙。还说当前是项目完工前的关键时刻，自己的精力集中在工程上，拨给吴总3000万元资金，设法安排好开光的各项工作。

第二天，季总从海南给吴总打电话说，关于来海南一起工作，已向董事长、二位副总及上海领导班子和上级领导汇报了，同意要其尽快上任。季总和吴总两人相知相交，从此，海南的建设队伍中，又增加了新生力量。

第二节　金刚宝座和圆通宝殿

如今登临观音岛，鸟瞰山色海景，须通过栈桥进入圆通宝殿。经过 10 余年的建设，圆通宝殿金碧辉煌、耀眼夺目，但见殿堂雕梁画栋、飞檐点金，复道回廊，处处玲珑剔透；三檐四簇，层层龙凤翱翔；真是观音居家福地。然而 10 余年前，笔者观瞻观音像、圆通宝殿时，它们只是初具规模、尚未装饰，但整个轮廓显见，非常有气势、很壮观。笔者在季素福、吴国松等公司领导陪同下，仔细观看了整个观音像、观音像底座、金刚宝座乃至整个圆通宝殿，印象深刻。

虽然是观音像的匹配建筑，但对观音主像建筑亦至关重要。比如，金刚宝座的设计和建造中，最突出的也是一种创新。金刚宝座比较特别，上面是立观音的，形式很重要，传统的例如无锡灵山大佛，给人感觉就是一个为了给人上去的地方；而海上观音，外人看上去气势很宏大，高的话看上去空间很压抑，做低了又不美观，建设者们做这件事的时候就有一种"如履薄冰"之感。设计上也很麻烦，外面金刚宝座，里面圆通宝座，上面是观音像，由于像下面有圆通宝殿，如果距离控制不好，圆通宝殿的位置就没有了。最后设计师尽管模型都做好了，但空间到底怎么样还一直在斟酌，需要外面看雄伟，里面看气势也壮观，造出层次感……这在海上是非常困难的，而且观音像高达 108 米建在海上，世界上绝无仅有。

金刚座的形式，本来像下面的莲花座设计成圆状。因为考虑到如果做成又圆又方不对称，但从建筑学上看这样却更加美观，所以最后做的是"天方地圆"，尽管控制对称很难，但效果非常好，而且有层次感，对设计师的要求很高，可谓精雕细琢、匠心独具。

2003年4月25日，基座外观设计专家论证会

　　与设计师聊谈，他们都深有体验地谈到，学习、传承、吸收、消化、创新。这是整个大佛建造过程中始终坚持的理念，也是成功的根源所在。佛教是个性强，而建筑是共性强，要将佛教和建筑学联系起来，也要区分开宗教里佛教的独特性，既有关联，又有个性，决不能混淆、等同，做成"四不像"，所以，将建筑艺术和佛教艺术有机地结合起来，才造就与筑成这座大佛。

　　建设者们回忆，当初金刚宝座做成第一个式版小样时，季素福总经理看了后立马否定掉了，但也打开了他们的思路，颜色要微红不能偏青，效果大不相同，现在的颜色是偏红的，感觉有淡淡的喜庆之气透露出来，如果用的是偏青，看上去很沉闷，其实颜色、色调是会把人的喜怒哀乐附在上面的。

在造像的过程中，从设计到选材都是如履薄冰，做决定的时候一定要谨慎再谨慎，因为很难修改，不允许犯错。其中重要的是，当时的资金不是很够，房地产企业家以前造房子，不是准备好了钱才造，而是造好后来"还债"，这个思想对季素福富有启示、影响挺大。

当然，从事这项工程建筑是国家行为，此项"世界级、世纪级"佛教文化工程建设的主要设计、施工单位，皆为资质优良的著名国家一级企业，其中有华东建筑设计院、建设三峡工程的葛洲坝集团公司、建造上海南浦大桥的远东国际桥梁公司，以及曾建造过香港天坛大佛和无锡灵山大佛的南京晨光集团公司等，但这不是计划经济时代，也需要通过市场运作，需要投资概算、经济效益、风险分析。有利的是，该项目得到了历任海南省市领导的支持，中央有关部门对项目建设提了"四个一流"的要求：一流的设计，一流的速度，一流的管理，一流的水平。省里领导时常关心、过问建设过程，使诸多困难迎刃而解。

方案、主像设计好了，要选好施工队伍，其中佛教的理念管理亦很重要，这毕竟不是一般的普通建筑物，当然管理并不是很难，难在佛教的理念上，首先一定要有品牌意识，企业本身就是品牌，从而再铸辉煌，再创品牌，特别是建造观音像，希望能用佛教的思想来感化、感染建造工程队伍，为社会做贡献，也是一种功德心。

根据规划，南山海上观音项目由海上工程、陆地工程及观音像主体建造安装工程三部分构成。海上工程包括人工岛（金刚洲）填筑工程、人工岛之上的圆通宝殿，以及连接岛岸的长 280 米的跨海栈桥（普济桥）建筑工程。陆地工程由面积达 6 万平方米的观音广场、园林灯光喷泉以及其他配套工程设施构成。

历史正铭记这个时日：1999 年 10 月 27 日，海上观音工程正式开工。2000年1月5日，金刚洲工程施工，当年即成功地经受住了两次12级台风的考验。2000年12月，圆通宝殿工程主体完成。2003年1月，金刚宝座工程主体完工……时间像流水一般淌过，但在当年建设者心目里，难忘那紧张忙碌、如箭在弦同时默契配合、相互体谅的场景。那时，工棚就搭在离海不远的荒原上，无风之夜，万籁俱静，四周一望无际，除了那打不破的寂静外，一无所有；走在那条满是荒草野藤的小山道上，仿佛置身于茫无人烟的洪荒世界。但为了建造观音佛像，他们的心一点点在融化、凝聚，仿佛观音赋予他们仁慈的力量。

各大媒体对此进行了宏观性报道，但新闻中对具体细节未加披露，对金刚宝座、圆通宝殿的具体工程更是丝毫没有落墨。实际情况是，圆通宝殿总面积逾1.5万平方米，高30米，分为地下一层，地上六层，地下层为地藏宫，上层殿则供奉99 999尊观音像。宝殿内的八根金刚护法柱，直接承载着整个观音像的重量，每根直径为1.5米，长21米。工程相当艰巨，仅一只佛脚就高达3米，像体表皮面积约1.2万平方米，重约2500吨。就连观音所持的法器体积也不小，经箧长8.5米、直径1.8米，108颗佛珠每颗直径分别为25-30厘米。在项目建设过程中，建设者们遇到并克服了种种意想不到的困难。

在项目最困难的时期，当时各方人士鼎力相助：澳门的马万祺先生捐款10万元；台湾的南怀瑾先生指派弟子捐赠100万元，并赠送释迦牟尼佛铜像……这些，有效地解决了建设初期的难题。

季素福回忆道，当时专家认为，南山海上观音工程是一项规模宏大的大型主题文化工程，涉及传统文化、佛教教义、绘画、雕塑、铸像、建筑等众多专业领域，运用到合金工艺、高分子、流体力学、海上施工、建筑维护等高科技成果。项目堪称当代佛像作品的代表，具

2002年9月1日，安装圆通宝殿护法柱

有三个世界独创性——海上108米的高度，一体化三尊的白衣观音形象，面积逾1.5万平方米的圆通宝殿。这个评价，当然是对观音像建设者们的肯定，与人们心中的目标是一致的，但当时所经历的，并非一路顺风，遇到许多挠头皮的事。

当时有一个困难，在1995年的时候要造像，季素福及团队已经与晨光机器厂谈过了，因为是航天部门，关系比较密切，也好沟通，而晨光集团公司的董事长很有专业思想，在最困难的时候给了整个工程包括技术、资金上的巨大支持。之后再跟晨光机器厂谈，他们有功绩，而且对他们的技术和工艺非常信任，也有很大的突破。因为要合作，所以显示的不仅是资金，还有设计单位和建筑单位等整个团队的效应。尽管缺钱，晨光机器厂还是同意合作，这样一来，把很多品牌单位的力量聚合起来，就等于站在了巨人的肩膀上来运作这件事，这样底气十足了。季素福迄今回想起来，对兄弟单位的感激之情溢于言表。当然，这中间也有小插曲，中间遇到一家远东公司插进来，他们是想拿下这个钢结构工程，经过协调，问题总算摆平，但始终存在疙瘩，而晨光机器厂并没计较，相信观音苑日后会有效益。

　　季素福是这样认为的，要对谁过不去都可以，但决不能对佛过不去。该项目是造佛像，首先要有一颗佛心，所以要求所有的团队成员，一定要有功德心，不能为了钱来做这件事，钱少就不做，这样绝对是不行的。他对自己公司员工这样强调，对兄弟合作单位也这样要求。因班子换了几轮，由于内部矛盾，第一次现场协调出现了问题，晨光机器厂有很多工程技术人员，技术力量强，但后来施工时要管很多东西，人手完全不够，也来不及去培养。到矛盾闹得最厉害的时候，就开会跟他们几个单位沟通，以好好调节工人的情绪。晨光机器厂与包工单位、包工单位与小工头之间，都有些小矛盾，主要还是为了资金的问题，后来吵起来，包工头还说不做了。季素福听了很生气，最后严厉地批评："生产最核心的是劳动者，如果你工头不做，没有这个功德心，不下命令去着手做，我就取消你的施工资格，我另把工人高价请回！"季素福还补了一句："谁都可以亏待，观音不能亏待，功德不能亏待！"这么一说之后，对方的态度就一下子改变过来了。现在回想起来，这是当时最"惊心动魄"的一件事。工程到了节骨眼上，发生停工事件，后果真难想象。

　　在建造工程中，所遇到的困难自然很多，其中最大的三点就是：一、像体上无法克服颜色的缺陷，因为做的是白玉观音；二、运送建造大型观音材料很困难，工艺要求高，材料重，造价高；三、建造大型观音的资金巨大，要与投资方多次商议。天下无难事，只怕有心人。季素福和他的团队，遇到困难不是绕道走，而是积极想办法，让对方感同身受，互惠互利。在建造观音金刚宝座的时候，遇到了许多"瓶颈"，比如说钢材的使用和选择，由于晨光机器厂这方面的技术资源有限，所以与江南造船厂签订合约，希望通过双方合作，借助他们对此方面技术的了解，来解决锻造这一棘手的问题。晨光机器厂也由此受益。

还有，金刚宝座的空间非常大，并要求中间是无梁结构，而整个佛像是在这个基础上建起来的，设计上看来是可以做出来的，但正式施工时，能否成功还是一个问号。如果建造这个基础设施没有经验的话，恐怕是无法完成这一建筑任务，所以要与有建造技术经验的企业单位合作，比如邀约远东桥梁公司，才使建筑打下坚实的基础。

圆通宝殿做钢结构是重要的一关，当时不懂的话，这件事就做不下去了，因为这都是新技术。之后进度加紧了，工程安全很难保障，

2003年1月，金刚宝座顺利封顶

启动安装更是困难，要临时找其他队伍已不可能了，作为总指挥，季素福找到适合单位，由于一直合作，都知根知底，所以很放心地把工程交给了他们做，果然他们不负众望。整个工程还要讲究质量安全、工程进度、施工廉洁，所以要不断地考察和督查施工单位。

结构全部吊上去之后，现场什么事情都找到了季总，因为各个部门协调方面出了些问题，几千个人在一起运作，本来应该是施工方做好各种方案，然后让季总选择，可到后来，现场什么调度员、材料员也没有等，有事情都一股脑儿地找到季总，季总召集所有负责人，现场开了会，把各个环节全部重新调节好，总算是把事情解决了。

也许季素福等一批人是来自航天部门，长期养成一丝不苟、精益求精的工作作风，尤其"系统工程"需要各道工序细心配合、严格把关，使得心有灵犀、步调一致。在金刚宝座、圆通宝殿施工中，这样的作风、精神得到淋漓尽致的发挥。该工程施工方有六七个单位，所以共同监督安全，安全是第一位的；再就是把好质量关，决不允许偷工减料、马马虎虎，特别是对抗台风的能力，绝对严格要求。幸运的是，在建造过程中老天爷很帮忙，从开始到结束都没有来过台风。

在大佛像完工后，2005 年三亚刮起名为"达维"的台风，16 级大台风以每秒 64 米的风力，在海南地区引起了极大的灾害，但海上观音经受了考验。在中国大陆，16 级台风近几十年一次，108 米海上观音挺住了。更巧的是，在金刚洲岛 5 月份建完，9 月份一场名为"悟空"台风刮来了，很多大树被一劈为二，其他地方也都被破坏，不少遒劲粗壮的大树被连根拔起，而海上观音像安然无恙。为防患于未然，工程指挥部后来又请有关专家将整个佛像给框起来，钢结构提上去，以加固抗台风的能力。自那场 16 级台风过后，当地老百姓传说，现在海上观音像建造起来后，南山这里再也刮不上台风了，正是

"观音娘娘"的保佑。

这里再举点小花絮：诚意造佛像给很多人带来惊喜的回报，观音像快到结束的时候，很巧合的事，建造团队里的人福利彩票的大奖都是中奖了，有人买了2元就中了几千元，有人买奶粉也中了几万元奖，有人来求子、求男求女都求到了，而求财的也求到了。这一切，就看人心诚不诚，而所有人都很诚心地完成了整个工程，故得到了应有的回报。古谚云："善有善报。"虽说建造观音与中奖、中彩等风马牛不相及，但至少符合"心诚则灵"的心理需求吧！

再说安装队伍，最早搭最晚撤，虽然安装技术性要求高，但结构架的风险性更高，每次看到那些年轻的工人在烈日下吊在像体上，受着海风、顶着骄阳，不由觉得很感激他们，因为他们真的很辛苦。不过跟工头谈起来，工头如此说道，他们都说自己其实得到了很大的回报，是物质上还是精神上，工头没有明说，显然他们觉得造如此巨大的观音像，值得！

第三节　祈愿坛及奇异现象

人类社会从野蛮到文明，从未知到已知，总是在不断地总结经验，有所发现，有所发明，有所创造，有所前进。人类社会的发展史，也是一部认识地球、宇宙、文化和自身的历史，但不可否认，自然、宇宙之间存在着我们用现代科学技术手段，或者按照正常的思维逻辑以及推理方法而无法解释的世界未解之谜。在观音佛像建造过程中，同样出现过许多奇遇，准确地说，存在和出现过超出人们认知的

拜佛台承台工程

未解谜团。在这里，我们不妨叙述一二。

在进入施工建设后期，准备开光大典及今后日常运作阶段时，根据工作的需要，公司开始充实、招聘各类人员。其间，园林部吸收了一位四川姑娘叫任欣，她学的是园林、绿化专业，这是园林部第一位小知识分子。白天，她一面向有实践经验的师傅们学习，一方面努力发挥自己的专业特长。一到晚上，这里万籁俱静，没有任何休闲消遣的场所。除了看书，就是和宿舍中的小姐妹们，走上已数不清多少次踏过的沙滩，在皓月下诉说自己的工作、理想，用这种方式，贡献她们的青春。

有一天，她们走过刚建好一半，尚未与普济桥连起来的拜佛台时，突然听到轻微的讲话声音，似乎在前面，又似乎在后面。怀着好奇心，任欣想去找离她们不远的小姐妹，但四处寻找竟没有一个人！奇怪，她有点害怕；再听一次，没有声音了。姐妹们说：回宿舍去吧。这时，怎么又有声音了？

第二天上午，她在工地上碰到吴国松总顾问，他正带领一批人讨论在拜佛台周边镌刻建设者功臣名单。任欣向他讲述了这件事。过后，吴总顾问找到任欣，去看她们晚上听到奇怪声音的地方，但候了多时，除了施工的噪声，什么声音也没有！

吴总顾问决定当天晚上再去听。果然奇迹出现了，就在她们讲述昨天几人如何听到声音时，不知哪个地方，居然也有人在讲话，只是比他们站立地方的声音轻一些，大家以为讲话的人可能远一些，所以传来的声音轻。园林部的几个人，去前后左右都找了，没有人！然后大家分散在几个地方，每一处的人讲话，果然都有声音啊。这是回音！尽管有了初步判断，但这工地面向大海，哪像北京的九龙回音壁？若回音，没有地方"回"啊！真是百思不得其解。

第三天上午，吴总顾问再次来到朝拜台，白天工地的喧闹淹没了回音。正在此时，碰到了副总经理彭哲勇，他们商量，一定要把这奇特现象保存下来。接着又和季素福总经理商议了一次，决定今后一定要不断监测，假如发现某处建筑对回音有影响，要停下来商议。

在几位领导的关心下，直到施工完成，回音依然。朝拜台有了一个新的名称：祈愿坛。每当环境安静时，你在朝拜台开口祈愿，就会听到远处传来的回音。

无独有偶。对祈愿坛的回音现象，也有观音苑建设者记载下来，写出《玄妙的回音祈愿坛》一文，特予摘录：

莫非，这是菩萨在冥冥中的安排？祈愿坛是集十方功德为朝圣的信众而设的，也是距离海上观音最佳的朝拜位置。当奇异现象来临的时候，不能不承认世界的玄妙。

如果您来过这片南海之滨、山势迤逦、琪树丹崖、朝晖夕映的海天佛国，您会毫不迟疑地说："南山是个福泽之地。"常居南海愿，这是观音菩萨许下的第二大愿，其实又何曾不是菩萨为引导我们来到这一祥瑞圣地而撒下的因缘种子！如果您想朝拜菩萨的话，南山观音广场的祈愿坛无疑是世上最好的朝圣之处。当您登上祈愿坛，您将发现许下的心愿异常灵验，在您独闻天籁、陶然忘忧之中，您低沉婉转的声音，顿然洪亮粗犷，久久不绝，袅袅飘向脚踏108瓣莲花的海上三面观音……

有佛学大师说：凡是在建佛建庙如法如仪建的，总归有一个佛和人沟通最灵的地方；发现只不过早晚问题；你们这里还没有建完就发现了，特别幸运。在这里许愿，是最好的。这个地方确是佛与人交流最有灵气的地方，但科学原理至今还没有破解。

其实远非祈愿坛一例，在工程建设中还遇到其他事例。有一位建设者这样回想写道：

说起佛、谈起菩萨，往昔我也像众多的普通市民一样，尽管满怀敬畏之情，心中却隐隐有"佛、菩萨距离我们太远了"的可怀慕而不可接近的遗憾。然而，自从事108米南山海上观音项目工程敬造后，我终于有了"菩萨就在身边，正怀着慈悲之心时时护佑我们"的深切体会。

2000年11月12日，南山海上观音像的奉安仪式日。为了确保奉安活动圆满结束，负责像体安装的我，需做好筹备、策划工作。活动前几天，我对原身像安装所在地附近的基土进行观测时，发现那里土质极为松散，将会影响奉安仪式。因为当时用来安装像体的吊臂长度仅12米，而原身像高达10.8米。这就是说，要保证活动顺利进行，吊车须贴近原身像旁边。可土质松散，人在上面行走都有种要陷下去的感觉，又如何能奉安观音像体呢！

发现问题后，我开始思索各种解决方法。记得那些天，不甘心且怀着侥幸之情的我，对原身像奉安之地旁边的基土进行了一次又一次观测。白天对土质不时考察，晚上对月苦思对策，一次次对所想出的点子给予否定，一次次对土质松散的事实加以确认。在临近观音像安装的前一天，我决定在松散的基土上面垫上木板，以保证吊车安稳停放。尽管这会影响到美观效果，但也不失为一可行方法，我暗自叹息地想。

然而，真是"山重水复疑无路，柳暗花明又一村"般的奇妙，第二天早上，在奉安现场，我突然发现，昨天还松散的基土竟变硬了！那一瞬间，我仿佛感觉到时光凝固，我被当时的玄妙情景所震惊！尽管其中的因缘得益于昨晚上一场突如其来的大雨，然雨水神奇般地及时来临，雨量下降得适而可止……

如今，在万籁俱寂的深夜，我仿佛又一次听到了护佑芸芸众生的观音的慈爱之音。

这是建设者的一段真实经历，似乎没有神秘，但巧合中蕴藏他的不解之谜，正是有这种执着、虔诚，他内心的玄妙、奇遇也变得灵异起来。再说一位建设者所讲的《"小白"的故事》：

这是我所熟悉的关于一只狗的真实故事。

那是2000年6月，我在工地开车。有一天，朋友请我帮忙将一只狗从市区带往工地杀掉。在捉拿它时，无人能靠近，可这只狗当见到我时，却乖乖地让我抱上了前往工地的车。

抵达工地后，我用绳子将它圈在一棵树上，决定下午找人帮忙将其宰杀。可当天，工地办公室接到公司领导电话，称当晚领导需在工地现场办公。由于人手不够，暂时决定不杀这只狗。

不久，我们再次定下杀狗的日期。岂料日子快来临时，却又接到通知，称公司此间将举行放生活动，禁止杀生。

两次欲杀不能，让大家均怀敬畏之心，再没人提起杀狗的话题，小狗就这样在工地上生存下来。久而久之，有了自己的名字——"小白"。

虽然"小白"是一只狗，但它似乎具有灵性。平日里，它喜欢跑到工作人员的床上睡觉，且四脚朝天，俨然把自己当成公司的一员。此外，凡是公司工作人员去工地，无论是初次"相识"，还是见面两三次，它总表现出亲切的姿态。神奇的是，每当它见到与公司在合作上、观点上有分歧的人出现，便急匆匆地冲上去又叫又咬。

"小白"来了一段时间后，工地走廊上建起了一尊观音像首部模型。不知何因，"小白"开始喜欢钻到佛首底下睡觉。

一日，工地一位工作人员看见"小白"进入房间，便踢

161

了它一脚，并将其赶出房间。5分钟后，这位工作人员刚到办公室坐下，一个椅脚突然断裂，他的整个身子向后仰去，头重重地砸在身后的保险柜上，流出血来。

还有一次，工地一位保安在值班时用双手抓住"小白"的头，往墙柱上扔，把"小白"的右眼上角擦破了一块皮。"小白"没哼声，自个儿走开了。不久，值班电话响了起来，这位保安需骑上摩托车去810哨位接人。刚到810哨位，他竟连人带车莫名其妙地摔到地上。这一摔可着实伤得不轻，凑巧的是，右眼上角也破了一块皮。

"小白"，一只大家都很熟悉的白狗，因为我的一个机缘来到了南山工地，也因此有了这么一段令人不解的传奇。

这些建设者所经历的故事可以说上许多，其中的巧合未必违反科学，只是有许多现象暂时未能科学、合理地解释。

其实，整个观音像项目建设，涉及海洋环境影响分析、地形勘测、基座海底初勘、基座选址论证等工程技术的科学性、可行性、优化性。这尊108米高的南山海上观音像从1999年10月底破土动工以来，一直得到了高层、佛教界、艺术界、文化界领导的高度重视，受到了各方关注，其外观造型设计既符合佛教教义，又应信息时代之变，集当今美学、建筑学、雕塑学、佛像艺术、科学技术为一体，极富时代特色，在中国佛教界建筑史上尚属首次。

2001年6月，圆通宝殿底板工程开始施工，以其逾1.5万平方米的总建筑面积，成为目前世界上最大的观音殿堂。2002年12月20日上午，作为三亚南山海上观音像工程主体建筑之一的圆通宝殿正式封顶，标志着备受世人关注的"108米南山海上观音"工程项目已经完成了技术难度最高的基座建设阶段，正式进入主体像建设阶段。

2002年8月，圆通宝殿地宫工程施工

2002年12月20日，圆通宝殿封顶洒净大法会

第七章　安装奇迹

如果把前面的人工岛（金刚洲）、圆通宝殿、金刚宝座等工程开工建设比作"前卫战"，那么观音像主体钢架制作与起吊安装、焊接涂饰等便成为名副其实的"攻坚战"，负责工程施工的是南京晨光集团有限责任公司，犹如一幕幕有声有色、威武雄壮的史剧，此时戏剧高潮渐入佳境，主帅登场，工程建设变得更加惊心动魄、震撼人心。

第一节　精心安装与精品意识

南风吹拂层层泛荡的海波，山野间呈现一片嫩绿，春天在人们不经意中悄悄地降临大地。

2003 年 3 月下旬，在风和景丽、柳绿草长的日子，海上观音像主体钢架开始正式安装。在工地现场，人们在金刚宝座顶上看到，一个成三角型钢盘混凝土台上已竖起了三根同类的钢管柱，分别被安放在钢管框架上，七根同类型的钢管则散布四周，等待高吊机进行起吊作业。负责主体钢架制作与安装施工的正是南京晨光集团有限责任公

2003年7月，主钢架结构工程

司的建设者，他们将观音像主体的钢结构材料在南京制作，共需特制钢材1300多吨；业主方乃为南海观音像建造工程指挥部、南山观音苑建设发展有限公司。

"晨光"与"观音苑"怎样挂上钩、进行长达两年多时间的亲密而友好合作？故事得从头讲起。

前文已述，早在1993年构思和设想建造南山佛教文化旅游区之时，决策者、指挥者、建设者工作思路富有前瞻性、远见性，综合考虑过要建造佛像有地缘、海洋、环境、材料等因素，并到当时南京晨光机器厂与领导、技术人员商讨，先设想用铜铸，但铜不耐海洋腐蚀性，一时难以定下材料。经过业主方、晨光厂等多方商讨，建造观音像采用白色钛合金制成，这样的方案也是经过多次实验、比照，包括成本效益核算。在办公室靠拍脑袋而不到现场观察、反复验证、确保质量，恐怕难有今天巍峨壮观、经得起风吹浪打、受得住时间考验的这尊观音经典之作。

在 2008—2009 年，笔者访问当初承接项目任务和参与工程建设的晨光集团公司的领导、技术、财务、后勤等人员，他们的回顾，为海上观音像的制作增添一段佳话。

他们说道，我们这家公司属于航天企业，在此前做过几个佛像，第一个佛像就是香港天坛大佛。我们航天专业主要目标承担宇宙、星空的飞行器制造，可为什么与做佛像连挂起来？在 20 世纪 80 年代，那时候国内各方面的实力特别是工业制造的实力不像今天这样强。当时香港宗教界的爱国人士提出，希望在香港回归前做一个大佛，而且希望国内有关部门来做，当时选了两个部门，一个是航天；另一个就是造船，以前叫六机部，航天叫七机部。之所以这样选有其道理，第一从造船来讲体积比较大，一艘大船几百米长，而选择航天，因为航天从事火箭、卫星发射，是瘦长的，而佛像尤其是站式佛像都瘦长。航天还有很多特殊方面，航天以有色金属为主，铜、铝等都是有色金属，因金属属性不一样，整个制造的工艺、方法不完全一样。加上航天部门的装备、仪器、设备等相对比较强，当时香港宗教界提出来很多要求，香港在海边，提出"三防"要求：防霉变，防盐雾侵蚀，还要防（抗）14 级台风，因为那边老刮台风。我们晨光厂接受此项任务，做得也挺满意。

做佛像除了宗教信仰文化以外，还需要展示现代高新技术。作为航天单位来讲是有一个优势，航天的火箭、卫星里边有几十万个零件，所以要求进度、质量整个是一个系统工程。在天坛大佛制造中就充分利用了系统工程的经验、优势，搞得比较成功。有了这个基础，在承接无锡灵山大佛的制作安装时，亦功德圆满地完成了。

香港天坛大佛这样的项目，是我们晨光集团公司制像行业第一个作品，因国内建设发展，城市各种雕塑、人像雕塑，包括佛像塑造，有比较大的市场前景，所以集团成立了一个公司，专门做佛像。通过这个项目，培养了一批人，因为整个工艺过程、质量要求、设计制造、现场安装等，是一个系统工程，能够很好协调。

后来海南来谈这个观音像的制作，用的材料不同一般，而且108米高，应该是全国之最了。天坛大佛高28.4米，灵山大佛高88米，还有其他地方的都没有如此高度，而且需要一体三面，对我们来说是一个挑战，但也是机遇。当时在我们集团公司内部是有争议的，主要因这么大的体量，而且需要围岛建在海上，资金风险很大，特别是流动资金，但是最后集团公司高层同意做这个项目。从这个方面来说，晨光集团公司领导当时还是高瞻远瞩的。当时负责这个项目的陈总，党委王书记、总会计师尹总，都很积极。为一个项目做与不做，怎么做，这是唯一一次上董事会讨论的。

有人说，人一辈子就做几件事情，对宗教界来讲是功德无量的佛像，对于我们来讲是一个成就很高的艺术精品。晨光集团公司陈总还说道，我们要有信心，做出的巨像，除了给当代人观瞻、朝拜，也是留给后代的宝物，至少是一个文化遗产。

晨光集团公司承接南山海上观音项目派出的项目总经理撒世国在受访中说，当时南山观音苑的季总，是上海人，也是航天人，精明强干，他专门给我们介绍，讲规划，讲蓝图，让我们去考察。他是一个实干家，尽管都是航天人，相互信任，相互理解，但决不玩虚的，完全靠竞争，靠市场，除了技术、经济实力，还要"货比三家"。招投标也很透明，许多东西跟我们解释清楚，最终是南山方面包括季总等，决定由晨光机器厂来承建。

但具体做起来，前所未曾遇到的困难很多。比如放样，以前的方法首先是测量，然后把它放大 10 倍，肖像测量，传统的就是把模型分割，分割以后再放大。这是一种方法，偏差比较大。第二个方法就是把它整体放大，缺点可能就是排列组合的时候有些偏差，盲区比较多。第一个方法主要步骤就是把观音像的数据准确地测出，根据这些数据才能放大。在这个大项目上，我们第一次采用光学扫描方法，获取 1：10 模型的数据。

第二个就是放大，以前所有的项目，都是 10 倍放大，就是 1：10 的模型。我们做了 1：1 的模型，采用了造型放样，不属于模型。第三个是以前项目采用的钢管和角钢的框架，钢管这种材料实际上时间长了会锈蚀，我们改进为优质合金材料制作。

还有一个就是现场安装，每一块板子高度 6 米，宽度是 4 米，在海边怎么把 100 多米桩准确定位，也很困难。再有就是焊接，材料的焊接是在海上作业，海边风比较大，如何保证质量也是一个难题。材料外面做涂装，内表面也做防腐，内表面涂层很厚，达两三毫米。在作业中，需要经验，平整度怎么样，标准能否达到，完全靠眼光、靠经验。安装测量，采用的是全端定位仪，所有的测量都在上面对照，每一块板的定位，通过测量组装进行。

这个项目的特点，是怎样把它各项工程完美结合起来。质量需要我们把关，实际上很不容易，几方面要形成合力，业主方有他们的要求，我们要靠自己的技术力量、先进设备去保障完成。有时候光靠理论设计是不行的，没法装上去。至于里边强度怎么保证，要业主方来确认。所以我们一直在"反复做，做反复"，当然也不怪业主方，毕竟大家都没有经验，边实践，边摸索，边总结，做这尊观音像没有样子可参照，没有规格、标准型的，像里边的钢结构和身子要保持一定距离。

说实话，做这样项目，也是边施工边修改，有些加工出来，是一个曲面，不是规整的，要做好多试验和修正。我们对质量极为重视，严格要求，航天企业质量意识非常强，上天的东西如果质量不好是要掉下来的。航天企业是这样的，有问题要归零，严格达标，还要评审。我们内心也在想，这样的观音像，小样做得那么好，建成后是最高又是最大的像，我们应该把它做好。加上海南三亚又是旅游地，应该搞出一个不同一般的艺术精品，当时的定位是观音像，我们必须搞成艺术精品。

故事有许多，大部分是从技术层面讲，可能出于谦虚，他们从不提起个人，但有个数据需要人们记住，即从 2003 年 3 月至 2005 年 4 月，参与观音像安装项目者，花费整整 25 个月，其技术难度、工作强度、作业力度，都远远超过他们以前的佛像建造工程。

2003 年 4 月 1 日，南京晨光机器厂进入施工现场后开始观音像的锻造工作。在完成了基础工序后，2003 年 5 月 15 日，观音像主钢架开始安装，而工程的进度也随着主钢架的不断升高越来越快，9 月 8 日，主钢架全部安装结束，同时，高 16 米的观音头像 1：1 石膏放样雕塑也开始施工，1.7 米高的观音佛脚制作已近完成。11 月 18 日，进行观音像的安装。到 2004 年 1 月 30 日时，观音像已安装至 30 米，观音的佛手也已进入安装锻制阶段。2004 年 8 月 4 日，开始进行观音首部的安装，来自北京、上海、广州等地的数千名游客与信众见证了这一时刻。之前观音像的主副钢架全部安装完毕，工程进入像体实际安装阶段，2004年10月底，到南山游玩的游客在南山景区就可以远眺到像体脚部的雏形。

第二节　海上竖巨像功在千秋

当时负责南山海上观音像工程建造的南京晨光股份有限公司副总工程师撒世国曾这样评价，南山海上观音像具有三个世界独创性：一是海上108米的高度，比美国自由女神像高15米；二是三面的"白衣观音"形象；三是拥有总面积1.5万平方米的海上圆通宝殿。对比其他现代佛像的建造，这个评价并不为过，但对季素福个人言，也许他更看重观音像的本身，无论是外在形态还是内在气质，定要以"佛在我心中"的精神，将观音淋漓尽致地塑造出来，不仅有传承，而且有创新，具有时代感、现代感，留给后代的是丰厚的文化遗产。

在南山海上观音建成之前，高88米、被誉为"神州第一大佛"的无锡灵山大佛是最高的，而南山海上观音像建成之后，灵山大佛的高度纪录就被刷新。观音像一面是手拿莲花，另一面是手拿经书，还有一面是手拿佛珠。为正观音的一体化三尊造型，宝相庄严，脚踏108瓣莲花宝座，莲花宝座高10米，共四层，每层有形状相同的27瓣莲花，共108瓣，比灵山大佛底座莲花宝座多出20瓣。莲花座下为金刚宝座，金刚宝座内是面积逾1.5万平方米的圆通宝殿。金刚宝座由长280米的普济桥与陆岸相连，并与面积达6万平方米的观音广场及广场两侧主题公园，共同组成占地面积近30万平方米的观音苑景区。佛教协会副会长兼秘书长圣辉法师表示，在全球来讲，南山海上观音像是首屈一指的，是中国佛教界的骄傲。

南山海上观音被设计为正观音的一体化三尊造型，从每尊的正面看均是一尊观音像，环绕一周方可看清三尊手势各异的观音像全貌。南山海上观音像是观音化身和观音法门的综合体现。海上观音像的造型设计、施工制作集中了各个时代造像艺术的经典之处，并将其巧妙地结合起来，构成极富有美感的艺术形象。

对观音像的释义，建设者们一直是遵循"如法如仪"的原则进行的。在他们看来，佛学、佛教随着时代发展而发展，观音像建造亦不能墨守成规、简单仿制，为此他们也曾有过纠结，但他们在困难面前不低头，在艰苦面前不弯腰，有着独立思考、勇于创新的精神，对"一尊像变三面像"的突破，就是一个生动事例。

建设者回忆，起先考虑是，将一面高 108 米、宽 25—27 米的观音佛像建在海上，但这样背面便显得特别单调，而且从抗风的角度来说，因为海上的风力比陆上大很多，也需要有一定支撑。于是有人提议建两面，还有人提议建四面，但观察下来，观音形象都不理想，后来经过研究，就觉得可以做三面像，这样做，线条、形态都会比较好。但由此也会产生两个问题：第一个是经济成本；第二个是佛脸如何摆放。一般的建筑宽高的比是 1：4 以上，雕塑界佛像的比是 1：8 以上，这样会比较漂亮。经施工实践，采用了"一个背光一个佛手""三个背光"（三角形）的建造形式，于是就按这样的思路去做了模型，得到了很好的"一体化"效果，它既能起到抗风的作用，还能起到抗震的作用，而且造型还很漂亮。最后，在找到了佛教经典的依据后请了专家来评审鉴定，中国的传统雕像写实的比较多，而现在却偏向于抽象，专家提出了三个佛手只造三个肩就够了。后来做了

1.6 米、1.8 米的两尊佛像送到北京审批，基本都肯定了。

这是观音像的外形。而用什么样材料，做什么样的观音，是横亘在建设者面前的又一道难题。在之前的佛像，很多都是用青铜材料制成的，所以它们的结构性能都能改变，可青铜的颜色和背靠三亚南山的山和海不相称。要体现现代文化和时代感，要讲究美化的一面，以此来感化、感染来此观瞻、朝拜的人们，觉得应该舍弃用青铜材质来建造，最好能把观音像建成白玉颜色，与周围环境、景致相配。这是观念、理念上的一种突破。

青铜材质制作塑像在历史上运用相当成熟，但这代价也很大，因为青铜的重量比较重。原先不得不考虑到原本青铜可以做到的抗辐射问题，后来咨询专家，觉得可以解决。但颜色又的确是个难题，亚光的抗辐射性是可以的，要让观音像不能有强烈的金属感，要让人看着有崇敬的感觉，需要找到新的材料。后来南京晨光机器厂研究所做了一次又一次试验，做了一座 10.8 米像，很多问题要从这个小像上解决掉，比如焊接问题如何解决、最后的涂刷怎么弄等。试验了几个月，每一个样板都要经过烘烤，进行抗辐射、抗紫外线等很严格的试验，这一轮试验下来周期是一个星期，都是按照最高的质量标准来做的，但就是不理想，不是亮得刺眼，就是暗得发黑，没有洁白无瑕的白玉感觉。有人劝季素福放弃，因为实在是很难，试了很多次都并不完美，要么不突出，要么其他问题，如果消光不容易掌握好度，让这尊观音像看上去发黑。果然如此，一把观音像拿到暗处，马上就发黑了，感觉很差。这样的试验，季素福与团队以及晨光机器厂工程技术人员反复做，精致周到。有人劝季素福采用青铜，不仅技术成熟还价格便宜，可是季素福仍不放弃。有一次在离开晨光机器厂工场前，他再一次走向观音像施工现场，白玉色的灵感闪入自己的脑海中，又让他充满了信心，提出再试一次，如果再失败，就采用其他方案。

当天他们乘商务车从宁返沪，因为疲劳，季总在车上睡了一觉，半途至一个名叫芳草的地方他突然醒了，此时的季素福天灵感应乍现，原来每次做实样试验配方都是四个方案，这时的他觉得应该在0号方案与1号方案中选择，但要靠近1号方案时（即消光和抗辐射），突然觉得用0.85号方案也许可行，但只是靠近1号方案，却又不完全是，按此方案做，成功了就继续做下去，不成功就准备放弃。这样的思路修正是新的突破，于是大家都朝着这个突破、创新的目标继续开始再试验，一个星期后晨光厂做出来了，真乃苍茫世界，天意玄妙，美哉妙哉，无复可言，这次实样与季素福梦中期盼所造的观音像一模一样，像玉的颜色，天暗不黑黝，天亮不刺眼——要知海南三亚的白天阳光特别明亮，之后，如意之事接踵而来，各种评审都一一通过，季素福事后回想说，这个最后一次目标明确、相信能成，他追补一句说："当初我们的试验是不少的，就像工业上由苯与氯气在紫外线照射下合成的'666'试验一样。"这一切，让整个团队成员都非常振奋、开心。其实这是一条艰辛历程，浸透着他们的呕心沥血、精益求精的精神，正有着这种创业、创造精神，这支创制、建设团队，集中了佛教、历史、文化、绘画、雕塑、冶金诸方面专家智慧，无数次地调研、论证、修改、完善、肯定、否定、再肯定，实现了在我国佛教造像艺术历史上的创举。

再说一个关于观音像改面相的故事。应该说观音像当时做得比较满意，后来在安装过程中移位置、刷涂之前，隐约地觉得不匀称，有些地方稍高，还不太丰满。当时季素福提出，做这尊观音像的核心思想是凸显观音的慈悲精神，即包含观音救苦救难的内涵，年龄看上去50岁左右，因为大家觉得，这尊白衣观音既要姣美，又要慈悲，还要端庄，有力量，表现其性情温和的内涵，太年轻不行，要差不多定位在"知天命"的年纪，这样才有一种成熟、端庄的美丽，而且不失智慧和力量，并且还要考虑到要以唐代的审美观来设计、制造，体态要比较丰满，看上去还需要有富态之形。后来经与著名雕塑家钱绍武先生细加讨论、细致研究，钱绍武先生提了几点意见，他写下《关于观音巨像放大工作的建议》一文：

一、要严格精确放大徐勇良教授之定稿，并由徐教授在放大过程中根据艺术效果做必要的调整。

二、现存在问题：

首先，由于像身高大，而观众观赏之最佳距离应是像身总高度的两倍半，最佳视角度应与头部成45°，因此，观众在观赏中将产生不可避免的透视错觉，也就是说，像身呈直线，在透视中将产生极大的短缩，而像的头部呈圆形，在透视中，当然也会相应地缩小，但远不如直线缩短之明显，所以巨像放大，极易产生头大身矮的现象。无锡灵山大佛即有此病。因此，徐教授在10.8米像的创作时已将全身比例拉长至十个头之多，现在看来似还可加长。南京雨花台烈士像，中间大个子战士像，竟达11个头之多，所以，我们现在应力求缩小头部，使之与直线缩短后的错觉有所适应。

其次，现在脸部似觉过宽，而呈扁平之感，眉间鼻端又似略低，眼睛的纵深度也略觉不足，而造成以上问题之原因，似乎有二：一是现在放大技工均无雕塑放大的经验，因此对造型的空间关系并无把握，只能在工作过程中进行培养；二是受到了工作条件的限制。现在放大像基本上与作者处于平视状态，因此不能从仰视45°、30°、20°加以精确检验其误差（特别是脸部纵深关系之误差）。所以现在从平视角度来看觉得不错，即使略觉扁平，也似并无大碍，可是将来此像将升至百米，上述头部过大、过平、过扁之缺点，将在透视中暴露无遗，即使普通观众也会觉得遗憾。补救之法，经过我们再三研究，建议如下：

一是狠下决心，将放大像移至较高处（10米以上），然后按45°、30°、20°照相，并按此角度同样将定稿照相，再分头部的上、中、下三层进行严格对照、精确纠正。

二是在此基础上，必须由徐勇良教授从10米以下角度，遥控指挥，加以调整，只有从最佳角度，从视觉艺术出发，方能看出问题，自己上去动手往往解决不了问题的要害，必须由训练有素、互相默契的人动手，在像上动手，由徐教授从远处指挥，才能把握从最佳角度所呈现的确切效果，如果光凭教授自己上下操作是好心不得好报的，主要因为在上面操作时所见的效果比在底下所见，有极大的区别，这是再大的艺术家也无能为力的。本人的经验是从远处以激光指示器指挥（阳光太强可选傍晚、清晨时做重要部分的纠正，太远可用报话筒和旅游扩音器）。这些具体琐事似乎极不重要，但只有这样方能使放大工程立于不败之地。

三是进行到每一阶段，都应由徐勇良教授检验合格、签字定局。

最后，我还想对观音像的表情提一点意见，我以为观音菩萨的主旨乃大慈、大悲、救苦救难，因此，应体现庄严、慈祥、大愿力、大智慧，而不宜有丝毫俗气，尤其是微笑的分寸千万不能过分，应强调一种亲切的神情，是一种"怜我世人，忧患实多"的精神状态，所以我觉得嘴角不需过翘，脸颊不需因表现笑意而外鼓，以致形成脸下部偏大偏胖之感。

我和我的工作班子一定要尽到"顾问"的义务，希望在工作的重要阶段由徐勇良教授决定，早一星期左右通知本人，我们当亲到现场进行切实的探讨和协助。

钱绍武于 2003 年 11 月 30 日

专家的建议确实关键、一锤定音，工程指挥部及建设者自然要及时改进，否则造出的观音像会遭到观众与后人的指责乃至唾骂。但工程进展到关键时刻，若立刻改，不仅耗资很大，要多花上 300 多万元，而且还要耗时，工期要拖延三个多月，但不改总会留下遗憾、后遗症，这对决策指挥者来说，左右为难。季素福考虑来考虑去，下了决断，最后让专家还是在纸上把修改的地方都记了下来，而且在 108 米每个角度看，都是不一样的，一定要对正在制造的像、朝向都讲究。最终大家决定，在朝拜的平台上重新加工，一定要与现在的观音像方向一致，后来往下挖地，让人从下看像的角度与真实像的比例相接近，做到基本模拟，现场工地没有其他好方法，只能采取"笨鸟先飞""实地演练"的方法，渐渐地勘误、校正，徐勇良教授亦是极其认真，每天不停地跑上跑下，实时观察纠正，最后才做到今日屹立于海上而呈现在人们面前的这尊巨大观音像的完美效果。

20 余年过去了，也许这个为改面相而多花 300 多万元、多费三个多月的施工期的故事被人们遗忘，但六年多历程，六年多如此一丝不苟、精心建造观音像的场景，迄今深深地印记在建设者心中，这不可磨灭、永远难忘的一幕，也将定格在我国现代塑像建造史上。这个建造的细节过程，也使得钱绍武先生非常感动，他事后写过一篇短文，专门记叙这个细节故事：

108 米海上观音巨像是目前最大的雕像了。徐勇良先生从中标开始，到开光落成，总共花了 6 年多时间，他吸取了领导、群众和专家们的多方面意见，反复推敲，不厌其烦地修改，着实令人钦佩。别的不说，就我参与此事的例子就让我难忘。我第三次到现场考察学习时，发现放大泥稿的现场太小，很难判断远距离观赏时的透视变化，于是提了个小建议。结果是领导下决心，彻底改变了放大环境，我这一句话使放大工作推后了 3 个月，多花了 300 多万元人民币。当然也保证了放大工作的艺术质量。勇良这种精益求精的态度和领导的认真对待给我留下深刻印象。做这种巨像的机会是不多的，很多具体的经验尤其可贵。勇良现在拿来了他的总结，我赞赏他的无私，更赞赏他认真细致地保存了各个放大阶段的第一手资料。我以为这将极大地推动我们新中国的雕塑事业[①]。

历史正在叙说。今天，当人们站立在这尊震撼心灵、壮观完美的观音巨像前时，让我们记住主创设计者的名字：徐勇良教授，上海油画雕塑院资深创作员；胡建宁居士，中国佛教文化研究所特约研究员、上海佛协副会长。

---

① 《雕塑》杂志，2005年第3期。

第三节　建造的梦想变为现实

这里，我们不妨用纪实方法，客观真实地记载以下的安装、制造过程：

2003年3月21日，观音主体钢架开始安装。主钢架具有多种型号、规格不一，共为1300多吨。其制作与安装由南京晨光机器厂负责。由于是在海面上露天高架施工，随着高度的上升，施工现场启用高层防风护网配合施工。

2003年9月8日，南山海上观音像主钢架结构已经安装完毕，副钢架结构安装也紧接着开始进行，月底，主副钢架的焊接可全部完成。与此同时，用麻丝和石膏制作，高16米的观音像头部1∶1石膏放样雕塑也在紧张制作中。观音像外表平面部分面积约1.119万平方米，全部是由优质合金钢板锻制而成，总重量约200吨。脚跟部分有1.7米高的硕大佛脚也将制作完成。至观音像的主副钢架全部安装完毕后，工程即可进入像体实际安装阶段。

2003年12月30日，南山海上观音像16米高的第一尊头部石膏1∶1放样制作完成，观音像手部同比放样工作也已经全部完成。石膏放样制作后，南山海上观音脸部形象匀称、祥和，细微之处更添细腻。

2004年5月，观音像佛手开始安装；5月26日，南山观音苑开始举行佛手安装仪式。南山一体化三尊观音像三组佛手手势各异，每一组佛手分持不同法器，代表南山海上观音的持莲观音、持箧观音和持珠观音三种化身相。观音手部于2003年12月底开始锻制，耗时近三个月。在5月26日佛手安装仪式上吊装的是持箧观音手，其表

观音像主钢架安装

面积约70平方米，重量约2.8吨。7月24日晚，原奉安于南山佛教
文化苑光明广场的南山海上观音原身像，正式迁址南山观音净苑园
区入口广场。需要说明的是，10.8米南山海上观音原身像是108米
南山海上观音像的同比缩小造型，由优质合金钢材制造而成，像体于
2000年5月底开始制作，同年10月建成并奉安于南山佛教文化苑

光明广场中央，接受世人朝拜瞻仰。将观音原身像体迁址观音净苑园区入口广场处，正便于广大游客与信众现场对比观摩，同时也丰富了观音净苑园区景观，优化了整个园区的对外形象。

　　……

2003年9月20日，主钢架工程安装完成

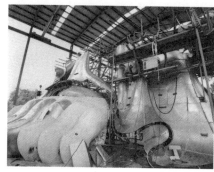

佛足1:1足尺放样

2003年10月14日，佛脚吊装

建设者们回忆，当初施工极其紧张，天天是"高空作业"，有人开玩笑说，"外国的月亮圆"，可到海南来，可说得上"中国的太阳热"，头顶蓝天，满身汗水，但为了保证质量，宁可自己多流汗、多辛苦，不放过每个细节。在工地现场，常常可看到 10 多位工人正攀爬在高高的脚手架上，紧张地用麻丝和石膏制作着 16 米高的观音像头部 1∶1 石膏放样雕塑，而其他工人也正在紧张地打磨着部分像体衣裳边角的蒙皮。

　　若到南山海上观音石膏像制作工场，只见观音头像石膏放样工作井然有序、有条不紊，安装于海上的观音像头部、手部等蒙皮就是在石膏模型的基础上敲制出来的，然后再分别运到现场进行吊装，一丝一毫都不能差，必须准确到位，精准衔接。在 108 米高度，比 20 世纪 30 年代誉称"远东第一高楼"的上海国际饭店 83.8 米还高出 25

2003年12月20日，第一尊头部石膏1∶1放样制作完成

2000年11月12日，新成大和尚主礼原身像奉安大典

2000年11月12日，原身像奉安大典

米，而且又在围成的小海岛上作业，其施工经验、难度以及作业工序可以说是空前绝后、史无前例的。

除了设计师、后勤保障人员，安装工程是多工种协同作业，吊装、材料、工艺、设备、焊接、质量、检测、监理等，每个环节都不可疏忽，做得不好，或者没有达标，决不能打"马虎眼"，必须推翻重来，这些都不是闹着玩的，更不可任意任性，"百年大计""质量第

手部石膏同比放样

2004年5月26日，观音像佛手开始安装

一"，施工人员都紧绷这根弦，一天下来，工地施工人员总是困乏得筋疲力尽，总想早点睡觉休息。

对海上观音像的选材，许多人都表示了这样的疑问：离海水这样近，会不会轻易被腐蚀？针对这一问题，南京晨光机器厂工程技术人员创造性地选取了合金钢锻造工艺。工程技术人员告知笔者，合金钢白亮光洁，较青铜不易氧化变色，是制作"白衣观音"最适合的材料，加上在圣像表面再喷涂了一种高分子薄膜后，还能保证15-20年内膜层不出现粉化、龟裂、脱落等老化现象。只要做定期的保养，便可保证观音像百年的供奉期，观音像的设计还保证抗14级台风。当然，其中还有其他工艺细节，比如焊接问题，就像造船钢板的连接，其焊接方法要求非常高，而钢结构与卫星发射塔有点相似，类似的技术难度一点也不亚于它，甚至比造船的焊接要求还要高、难度还要大。晨光机器厂后来采用新的工艺、新的材料，包括新的焊接法，造就和培养出一批新的人才。如果没有这个项目，很多技术水平难以提升上去，不少人感慨地说，一个好项目可以培养一批优秀的领导和作风踏实、技术过硬的团队，工作经验都可以得到积累，无论对评定技术职称还是对个人前途，都有很大的好处。

施工现场工作人员有着这样的体验，对季素福来讲，更是如此，其承担的压力和思想负担更加重大。虽然在建设之前，他和他的团队做好了充分的准备，但万事并不会如人之所料的那么顺利。做建筑越往上就越困难，既要稳定又要精确，而建造观音巨像就更困难了，因为它是佛学、佛教的象征，也可以说是一件艺术精品，是留给世人和后人景仰的文化地标，准确地说是一笔丰厚的文化遗产，所以在工作中要不断地面对各种接踵而来的问题，比如，要面对当地管理部门的压力、社会的舆论、传统文化与佛教专业人士的认定或者否定，还有各种气候条件影响、地理地质及海洋等专业问题，就像走悬空楼梯，一步一个脚印，层层向上，稍有闪失就前功尽弃了。季素福尽管做事果敢、决策大胆，也很细心细致，可事后想想，好在没有出过大事，顺利大功告成，若万一出点事，如今想来也真捏把汗，不怕一万，只怕万一，不知当初何以有如此胆气、魄力！当然，当年现场施工亦不是蛮干，而是有科学根据、科学方法，吃不准的先试验，逐步形成共识，因此，能完成这一文化遗产是一件多么不容易的事。

从现在眼光看，建造观音像工程进展是顺利的，似乎只是在循序渐进地走完一个个程序，可是，当年在建设工地上的工人们体会到，这一根根水泥柱子是怎么样立起来、一个个沙包又是怎么样填下去的、一根根钢架是如何吊上去……其中，渗透了工人们多少辛苦的汗水，花费了技术员多少攻坚的心血。南京晨光机器厂有位参加观音像安装的工人告知笔者，2003年4月他刚到工地时，基本不能适应这里的气候，在炽热激烈的太阳光下，枯坐着他都感到喘不过气来，更别说在工地上还要干活呢。慢慢的，为了安装工程，他们一点点适应，后来变得都已习惯了，人一个个变黑了变瘦了，但心里却比原来更沉静了。装置巨像时，观音像体外表名义温度高达六七十摄氏度，实际不止，这时候连手都不能直接碰触，站在旁边个个都被烤得汗流浃背，但大家坚持下来，克服了恶劣的施工环境，高品质、高质量地完成了安装工程。在这两年里，为了工程如期竣工完成，他们中有不少人没能顾得上回过一趟家。当然，建设者在施工过程中其所经历的一件件趣事也不少。

有位建设者事后写了一篇回顾文章，实录他的亲身经历：

2005年4月，当宏伟、壮观的108米南山海上观音像安稳矗立于南海之滨时，我不禁惊然觉醒：岁月如流。自投身于海上观音敬造事业以来，不知不觉间，近两年的时光业已飘然而逝。然而，其间发生的点点滴滴却不时浮现于我的脑海，历历在目，难以挥去……

2003年11月28日——我忘不了这一纪念日子。我清楚地记得，那是我加入海上观音像敬建队伍的第四个月。

2003年，由于种种原因，观音像主钢架、副钢架的维修通道不能如期竣工，无形中使得壁板安装工程未能紧随进行，一再拖延。同年底，按照施工计划，海上观音像的壁板起吊、安装已经时不我待，不容推延，经过若干天紧张而有序的安装测量定位工作后，项目工程指挥部决定，采取交叉作业的同步施工方法，三天后，也就是11月28日正式启动紧张的壁板安装工程。

三天后开始壁板安装？听到这一消息后，我不禁喃喃自语、担忧起来。安全是高空作业人员不容忽视的至关重要问题。几天来，海上观音像周围海面一直风大浪高，站在矗立于碧波之上的观音像体钢架上作业，其他不说，安全帽带子不系好，就会被风吹掉。28日进行像体壁板吊装、安装，是否会存在极大的安全隐患呢？

了解我惴惴不安的心情后，同事们不由笑了起来。于是，在忐忑不安中，我带着一丝未解的疑虑，静候安装日子的到来。

说来也奇怪，可以说是个奇迹，11月28日早上，南海海面如神话般地出现令人难以置信的现象，只见风平浪静，海不扬波，天气居然出奇地好，我几天来的担忧，顿时烟消

2004年8月4日，观音像首部开始吊装

2004年9月，莲花宝座安装

2004年9月20日，发髻安装

云散，精神为之一振，兴奋地工作起来。随着塔吊的开动，第一块观音佛脚壁板被稳稳地起吊，安放在指定的位置上，焊接固定……一切安装顺利。

当观音像吊装、安装、焊接、涂漆一道道工序完成后，国内外不少媒体的竞相报道，有位记者富有观察力，分别从观音像的高度、周边的环境、首部的形态做了精确描述，进而笔锋一转，抓重点突出地报道了三点，别具风格，符合实际，请看其中一段文字：

……远处，是水天一色的南海；脚下，是绒毛般细软的草地；身边，是一长排海南岛的标志——椰树。这里便是有着"东方夏威夷"之称的三亚南山。

作为我国南部的南海，南山像是一片世外桃源，宁静而悠远。这片宁静却在（1999年）10月27日这一天被打破了。一清早，就有数千人从各地涌来，他们的目的是相同的：见证一个"世界级、世纪级"工程拔地而起。

这个工程名为"南山观音文化苑"，它的与众不同之处在于它的主题部分：屹立南海之中的高108米的"南山观音像"。这座海上观音像预计三年建造完工，届时将成为世界造像之最，并成为海南标志性的建筑景点。

据介绍，建成后的观音像将干干净净在与岸边遥遥相望的直径120米的金刚洲上，是一座三面望海的一体化三尊观音。这就是说，无论是从正面、左面或右面看，都是一尊完整的手势各异的观音像。观音像下为总面积逾1.5万平方米的圆通宝殿，殿内观音像环布四壁。

由于观音像是建在海岛上的，所以还必须建一条与陆地相连的栈道。根据设计，这条通往观音岛的路径由一系列相互连接的石桥、岛礁和过道组成，长280米。栈道的一头连着岛，另一头则是占地6万平方米的观音广场，三年后，观音像、栈道、观音广场和广场两侧的主题公园将共同构成南海边一处独特的景区。

可目前，海面平滑如缎，观音像所在的洲一点影子都没有。介绍者指点迷津说，其实所谓的金刚洲是用岩石垒起的人工岛，而栈道是人工修筑的。单此两项工程的艰难程度就不亚于围海造田，而承接海上基础工程的是我国在海上建筑方面的专家——葛洲坝集团第一工程有限公司。

除了基础建设外，高达108米的观音像本身就是一个极大的挑战。首先，它的一大敌人就是台风。据说，当地的台风可高达12级，南山湾每年平均有2-3次台风登陆，平时浪潮也大。因此选择的材质和施工方式是否能防震抗风就成了摆在设计者面前的大问题。为此，负责建造观音像的航天工业部南京晨光集团公司进行了严谨的风动实验，他们用相同材质制作一个高度为10.8米的像，模拟台风的环境进行测试。

此外，还有腐蚀风化问题，铸造者除了对观音像外涂上防腐材料外，对内部的结构铸造也引进了国外的先进锻压浇铸技术，至少要求观音像保存100年。

尽管工程本身的技术已使人刮目相看，可最让筹建单位南山观音圣像工程指挥部得意的还是观音像设计中体现出的环保意识。由于观音像是以整个南山文化旅游区为背景的，

2005年1月，观音像主体外围脚手架开始逐步拆除

它的存在必须与环境和谐统一。在这方面建造者可真是煞费苦心。比如说，南山寺是唐朝风格的寺庙建筑，因此观音像也要遵循盛唐遗风，与南山寺保持协调一致。为此他们专门请了雕塑界专家，四处取证，数易其稿，前期的筹备工作就历时五年之久。

由于观音像是以南海为依托的，与一般的室外建筑迥然不同，必须强调回归自然，因此她线条简单、舒服，与自然浑然一体，而决不能突兀、媚俗。从美学上来说，她的尺寸也必须合理。建造者如此精心筹划的目的只有一个：南山观音必须是景区的有机组成，而不能成为人造的视觉污染。

这个报道富有远见，当初还只能用"据介绍""据说"这类新闻词语，至 2004 年下半年，观音像主体工程完工，报道所描绘的均变成事实，建造观音巨像的梦想变成了现实，"奇迹"由此诞生了——当然，它不是个人智慧的体现，而是一个集体智慧的亮相，是一个时代的产物。

第八章 完备配套

"美丽三亚"，是三亚的城市名片。三亚是大自然的产物，也是大自然的宠儿。这里，一年四季如春，拥有充足的阳光、湛蓝的海水、洁白的沙滩、明净的蓝天，被人们誉称为"东方夏威夷"。

自 1995 年 6 月起，三亚南山邀请了国内外著名的建筑、佛学、历史、园艺、美工专家参与规划设计，旨在打造世界级的著名景区，开始了大规模的开发建设，建造南山寺、观音像等，逐渐形成佛教文化氛围。俗话说，红花乃须绿叶扶。观音像作为主体工程，在紧锣密鼓的项目建设中，各种配套工程亦在一丝不苟地展开，整个苑区的配套工程逐步开建，种植花草树木、修建楼台亭阁，其中有迎宾馆、妙金山菩提园、韦陀菩萨像、梵钟等，变成一个独特风格、别具特色的园区，先后获得 ISO14000 认证、国家生态示范区等殊荣。

第一节 文化构建与菩提种植

2003 年 9 月，南山海上观音的主体工程开建时，其他配套工程

跨海栈桥工程

也同时进行，而且进展较为顺利。比如连接人工岛（金刚洲）是长280米的普济桥，在同年8月初已完成配套工程；与此同时，观音广场桩基工程接着开始施工，以营造面积达6万平方米的观音广场及广场两侧宏大的主题公园，共同组成占地面积近30万平方米的观音苑景区。位于观音广场东侧、面积为1万平方米的人工湖也由此开挖。而人工岛（金刚洲）工程建设的同时，配套的观音广场、园林、妙金山、灯光夜景等工程也相继开建，一个集佛教、文化、游览为一体的大型观音文化主题公园逐步形成雏形。

当时不少国内外媒体进行了跟进报道：金刚洲由长280米的普济桥与陆岸相连，并与面积达6万平方米的观音广场及广场两侧主题公园，共同组成观音苑景区。观音苑景区由上海现代设计集团承担总体设计，葛洲坝集团第一工程有限公司承担海上基础工程，上海远东国际桥梁工程有限公司承建圆通宝殿主体工程、普济桥、观音广场等项目，并由具有丰富建造佛像经验的南京晨光集团有限责任公司承担观音像的制作与安装工程……不少媒体都肯定这是多方位、多角度地挖掘海南自身的历史文化要素，多方面、多维度地酿造淳厚的海南文化传统，摆脱单一枯燥、趋于陈旧的自然观光旅游，构建海南旅游的标志性景观。随着各种文化元素添加、融合，人们对建设这个"世界级、世纪级"项目的自信心日益增强。

2004年11月1日，观音像底座金刚外墙大型花岗石浮雕暨南

2004年5月19日，观音广场工程

山海上观音圆通宝殿的外装饰工程开始安装、施工；这项总耗资近千万元的大型花岗石浮雕艺术作品《妙善传奇》，正式奉安在宝殿外墙。

大型花岗石浮雕艺术作品《妙善传奇》，依据《香山宝卷》经典古籍创作，体现南山海上观音"慈悲、智慧、和平"的精神魅力。建设者们回顾说，该作品由八幅故事相连的主题浮雕组成，每幅均高3.8米，宽7.8米，奉安在圆通宝殿外墙即金刚墙面的第一层位置。这是当时国内建造规模最大、工艺精湛的观音文化主题浮雕群，创作几经研证、几易样稿。"作品的主题创作，不仅参考了大量的佛教经典文献，在技术与工艺上都充分吸取了国内外知名佛教雕刻艺术群的精髓。"根据南山观音文化苑区整体项目对装饰工程的要求，项目

2004年11月，金刚外墙大型花岗石浮雕作品《妙善传奇》开始安装

建设在 2002 年初，即提出对圆通宝殿外墙大型浮雕群创作的初步设想。经过众多中国佛教界、艺术界专家、学者的共同研究，形成了《妙善传奇》作品的构思框架。此间，蓝本几易其稿，创作班底几易其人，后由中央美院资深教授李少文亲自落笔绘制样图，并最终得到各方认可。有关专家表示，该构思蓝本既符合印度传统犍陀罗绘画风格，又融合了中国传统绘画艺术形式，整体上与巴基斯坦白沙瓦的佛像壁画有着相近的艺术风格。

项目建设方与创作人员先后实地考察并透析了人民英雄纪念碑、敦煌莫高石窟、洛阳龙门石窟、天水麦积山石窟、重庆大足石刻等富有盛名的壁画、浮雕作品群，从佛教形象艺术展示、雕刻技术运用与整体工艺美感等角度，制定了一整套系统的创作流程。在制作期间，中国艺术研究所宗教艺术研究中心田青教授、中央美术学院钱绍武教授、北京大学娄西晨教授、上海大学美术学院院长汪大伟等国内知名学者、专家给予指导，国家一级美术师徐勇良教授亲自督导，由康利石材公司组织福建等地能工巧匠精心打造，整个作品鲜明体现了自清以来中国壁画雕刻艺术的顶级制作水平。

这组浮雕作品的创作不亚于观音像的创制，集中国佛教界、文化界、雕塑界之大成，体现中国的工匠心智、文化精神，亦加深理解观音大慈大悲的内涵。大型观音文化浮雕艺术作品《妙善公主》，相对既往相似作品同样有着显著的超越。自创意构思到安装完毕，《妙善传奇》浮雕作品耗时四年之久。其中，雕刻工作集中在福建泉州进行，历时一年。此间，建设方在文化调研、蓝本创作、雕刻制作、长途运输方面所投入的相关投资就近 1000 万元。为保障浮雕作品的运输安全，全部作品则均通过汽车直运南山观音苑现场，直到全部奉安完毕。圆通宝殿第 2 层随后奉安"救八难"主题艺术浮雕；第三层

"救八难"主题艺术浮雕

则设置有 38 个大型的佛教文化主题符号、图案。工程建设者说，苑区装饰工程匠心独具，广泛使用石材艺术雕刻这一外装饰手法，既继承中国石雕传统文化，同时又开创现代石雕的新技术、新方法。

2000年6月，妙金山园林早期建设

至于作为园林景观，自然应该有花树环绕，亭轩错落，回廊曲折，假山流水，尤其是倚山而筑的小亭，俯瞰海面的楼阁，喷泉昼夜不息地喷放着水的花朵，潺潺的水声在幽静之中更显得动听，花树排列在公园小道，绿草如毯……这构成人们对观音苑的想象、憧憬。但设计者、建设者并没有按此思路，而是凸显观音苑的佛教文化主题，以种植菩提树为主，形成风味独具的菩提园。缘何如此？传说近 2000 年前，佛祖释迦牟尼是在菩提树下修成正果的，教徒都将菩提树视为"神圣之树"。佛祖既然是在此树下"成道"，此树便被称为菩提树，种植菩提树，不仅蕴含佛教文化，而且对二氧化硫等有害气体净化作用很强，它分枝扩展，树形高大，枝繁叶茂，冠幅广展，是优良的观赏树种，宜做庭院行道的绿化树种，所以配种这树种，富有文化含义和实用价值。缘于此，中国佛教文化研究所所长吴立民特撰《请种菩提树 劝发菩提心——为敬造南海海上观音像者讲一言》一文：

　　植树造林，为中华传统之美德，保护环境，乃人类当前之急务。树茂境美，树寿年丰。植树均有功德，何况植本师释迦成道之圣树，成就敬造南山海上观音圣像之功德。

　　菩提树称为佛树、道树、觉树、道场树、思维树，诸佛成道，同一化仪，故过去未来诸佛之证悟成道，皆如同释尊，而各自有其"菩提树"。如过去七佛毗婆尸佛之树即波波罗树，未来弥勒佛之树即那加树（龙华树）。今日所种之菩提树，他年即为证悟成道之道场树，极有可能就是自己的菩提树。

　　种菩提树之要旨，首在发菩提心。何谓菩提心，旧译菩提为道，那契真道之心，便是菩提心；新译菩提为觉，那契于正觉之心，便是菩提心。浅释为求觉悟之心，深义乃心即菩提，菩提即心。如何才是契于真道、契于正觉，心而菩提耶？菩提心具有行愿、胜义、三摩地三种心相，即三种菩提心，亦即自心具有如下三条行相：

第一条，心要广大——行愿菩提心。必须普度一切众生犹如己身，不复滞于偏小的我见；心量越大，无我利他，心量才大。

第二条，心要深妙——胜义菩提心。必须上求无上佛道深悟法性，不复陷于卑劣的迷情；心容妙理虚空小，道契真如法界宽。

第三条，心要凝定——三摩地菩提心。必须安住真如实相长保圆明，不复驰于散乱的妄念；心光如日，心音如月，心净如莲，心平如水，心明如镜。

果能使心广大而不偏小，深妙而不卑劣，凝定而不散乱，具此三条，可谓契于真道，契于正觉，心即菩提。

……

从横而言，三条乃是一体，不过在一体上有三种行相。应知自心，愈广大便愈深妙愈凝定；愈凝定便愈广大愈深妙；愈深妙便愈凝定愈广大。

此三条实一体相连，同为消长。须得三条具备，不能有所去舍。如说只要深妙不要广大，或说只要广大不要深妙，那是不行，也不可能。

从纵而言，三条也有三步，每步也有三条。学佛之人，不离三学，而三学乃依次渐进。三条虽在同时具备配着三学，但亦须在依次渐进上配着三学。故在第一步戒学中，广大便是饶益有情戒，深妙便是摄律仪戒，凝定便是摄善法戒。《发菩提心论》便明说诸佛菩萨以胜义、行愿、三摩地为戒。在第二步定学中，广大便是观音三摩地，深妙便是文殊三摩地，凝定便是普贤三摩地。在第三步慧学中，广大便是方便般若，深妙便是观照般若，凝定便是实相般若。如说心要深妙，就一定要广大，心能广大必能深妙；心要凝定，就一定要深妙，心能深妙必能凝定。所以心量要大是至关重要的，是第一位的。它就是利他的大悲，是观音三摩地。有利他的大悲，才能使心深妙，那便是文殊大智三摩地。心能深妙，才能使心凝定，那便是普贤大行三摩地。

从上横纵两方来看，可见菩提心三条与观音、文殊、普贤三尊法门的必然联系，也可见菩提心三条与南山三观音的内在联系。种菩提树，发菩提心，学观音法门，做观音功德，行观音加持，证释迦涅三德（般若、解脱、法身）圣果，那也是自心自在，自然而然的大好佛事了。

说劝请偈曰：

身植菩提树　心发菩提因

因生大悲根　缘结观世音

觉树留莲座　只等植者临

一念了三千　观音亲来迎

这是佛家的释义，意味无穷。但对普罗大众也有别一般的见地，当初的建设者们对种菩提树从不解到有悟，在这个园林配套中逐步有自己的体验。有位建设者写下《神奇的妙金山》一文，如今读来依然有新鲜感：

2001年1月5日，中国佛教文化研究所吴立民所长为敬造工程题字

　　一阵微风掠过，仰望着眼前漫山遍野的菩提树，触摸着山中肥沃的泥土，回忆往昔，我不禁对当前这座世界上最大的菩提林——妙金山菩提林的神奇变幻倍感惊叹。

　　还清晰地记得，这座位于海上观音像对面的山峰，海拔54米，恰是南山海上观音像高度的一半。它是在公元2000年时，响应广大善信的需求而开发的。初期的妙金山，荆棘丛生，遍地石头，土质贫瘠，常年不雨。因此，接到需把其开发成为世界上最大的菩提林通知时，我不禁对其中大胆的设想产生质疑。仅凭精良的技艺，就可把常年不雨、近乎不毛之地的原始山峰改造成为适应菩提圣树成长的吉祥乐园？这近乎天方夜谭，我当时想。

有一次考察山上土质时，我说出了心中的忧虑，领导目光坚定地眺望着这座当年还是光秃秃的妙金山，淡然微笑地说："心诚则灵。"心诚则灵？这是我初次对这一激励性话语产生怀疑，只因倍感当时使人气馁的环境。

2001 年 4 月初，接到指示，妙金山要种植 400 棵菩提树。此时，恰值南山高温无雨，气候干燥。接到任务后，我们顶着热辣辣的太阳，来到山上，认准种树的位置、间距，艰辛地将一个个树坑挖好，且将坑内的土壤更换，把菩提树种了下去。

看着那些幼嫩的菩提树，我心里既喜又忧，喜悦的是我们终于将树苗种下去了，却不无担心毒辣辣的太阳会把菩提树晒坏。于是，我们不停地浇水，但菩提树的叶子还是在慢慢变黄。我们均想，要是来一场大雨该多好啊！就在我们默默地祈祷之时，天空突然下起雨来，且持续几天。大转晴时，菩提树已经成活了。

2002 年 6 月，需在妙金山种植千余棵菩提树。这是一次规模更加庞大、时间紧迫的艰辛任务。奇怪的是，在植完菩提树后，天空又下起连天雨来，从而使得菩提树全部成长。令人颇感惊喜的是，在妙金山土质、草皮等环境改善的至要关头，均有一场及时雨帮忙，这让我们无比惊喜。

还有位建设者写过类似题材的经历，其题目是《神奇的种树经历》：

我是来自北京的居士更桑扎西，为国家一级注册建筑师和国家注册城市规划师。2004年2月8日（农历正月十八日），我再次来到了梦寐以求的三亚南山的南山海上观音苑。

我在观音苑入口广场的缘法处请香后，虔诚地礼拜了观音。也许是与佛有缘，由南山海上观音功德基金会缘法接待部的接待员李扬超先生引领，参观了观音阁与南山寺后，来到了规模巨大的妙金山菩提园。一路上，李扬超热情地为我介绍了108米海上观音的施工进展情况。当我在妙金山看到敬造中的108米南山海上观音时，竟莫名地感到似曾相识。这时，天空飘起了蒙蒙细雨，犹如菩萨洒净甘露。

得知菩提园的菩提树可以认植，我当即便为家庭敬植一棵，希望借此善缘，求得家庭美满，事业顺利，且为国家及众生尽一份心力。接着我又想起了年迈的双亲以及岳父、岳母，他们辛苦劳碌一生，我希望菩萨能保佑老人家健康长寿、六时吉祥，于是也为他们敬植了一棵。值得一提的是，在种菩提树时，我发现树根上有一枝新发的绿苗，欣欣向荣，像是在告诉我，我的家庭和事业从此将有全新的篇章。

5月中旬，我的父亲机缘巧合来到南山旅游，并专程去敬拜观音菩萨。在为我们的菩提树浇水后，老人家十分开心地与菩提树留影，他要把满心的快乐带回来与我们一起分享。我在看照片的时候发现，敬植的那棵菩提树的新苗竟然不见了，我立刻就打电话给接待员李扬超先生询问原委。原来，园林管理员为了让树的主干生长，在养护管理时将菩提树的小苗给修剪了。

当我暗自为被修剪掉的小树苗感到遗憾的时候，不料我办公室养的那盆绿宝石却在这时开花了。绿宝石的花朵独特，佛焰苞外褐内红，花萼鲜红，花蕊纯白，凑近一闻，幽幽的清香沁人心脾。自从 5 月 18 日开第一朵花后，接着又从茎叶处顶出小花蕾，这朵花则在 5 月 26 日（农历正好是四月初八，释迦牟尼的圣诞日）开放。听朋友说，绿宝石原产于美洲热带及亚热带地区，学名叫喜林芋，俗称"绿宝石"。这种优美的热带观叶藤蔓植物在北方很难开花，如同铁树开花一样非常难得，我种了好几年都不曾见它开过花，可是现在却接连开了两朵花。

目睹这种罕见的现象，我心情激动万分，满心欢喜地观察这美丽的花朵，突然间发现，它极像 108 米南山海上观音的背光。

像这类造林种树，其实亦是配套工程之一。围绕观音巨像这一主题而辟建的妙金山菩提林园区，如今初具规模，是目前国内最大的菩提园，三年内种植了菩提树 1 万棵。如今菩提树青翠挺拔，连荫成蔽，苑区已显繁花拥翠、一步一景的妙容。妙金山菩提林园区成为南山观音苑新景，成为游人见证观音像工程宏伟全貌的绝佳之地。

第二节　灯光艺术和照明工程

南山海上观音项目的建设是一项前无古人的宏伟艺术创举，堪称目前世界上最大的海上露天观音立像。该项目运用一系列高科技成果，创造了许多世界之最，其配套工程之一的灯光、照明工程位列其中。

如果是白天，人们朝拜或观瞻观音巨像，给予心灵的震撼、感化。而到了夜晚，由于南山的相对偏僻的地理环境，以及佛教文化因素所致，不能有喧哗、吵闹的娱乐活动，所以设计者、建设者就必须充分运用观音形象和观音文化的有利、有益、有节的条件，为观众与信众创造另一种朝拜心理、文化氛围。灯光演示、照明艺术成为设计者、建设者精心考虑、悉心打造的另一个重要工程课题。

以往，游览三亚之夜，到鹿回头山顶欣赏灯光演示已成为许多游人的重要行程。而到 2004 年 12 月，到访三亚的游客晚上增添了另一个好去处——到南山海上观音苑区观赏绚丽的夜景灯光展示。

夜色苍茫，星斗阵列。此刻，月儿偏西，星斗满天，露水浮地，一片凉意。在灯光、月光、星光交映的树荫下、楼台上，但见夜晚显得幽沉、朦胧、迷幻，大地像被轻纱笼罩着。猛然眺望，远处闪现一团白光，观音像屹立着，仿佛在微笑，又仿佛在召唤，远处海面上传来一阵阵梵音……这正是南山海上观音景区夜景灯光展示及灯光演示晚会的精彩一幕。

曾听南山观音苑建设发展有限公司有关负责人介绍，这项定名为"佛光普照"的灯光夜景演示工程，主要分为三个部分，融合了观音菩萨大慈大悲、智慧、和平三大主题思想，在展示上借助于现代音乐思维和作曲方法，同步使用现代科技所提供的音响载体，以反映中国佛教的历史久远和文化的精深，使游客和信众在观看时，对生命的感悟得到洗礼和升华，心灵得到抚慰、安宁与满足。整体设计上也将使观众从不同方位、不同空间均能体验到声光演示的无穷魅力。

对此项目，南山观音苑建设发展有限公司于 2003 年 11 月 28 日邀请来自上海、北京、深圳等地的多位全国资深灯光设计专家组成评审团，经过专家认真评审，灯光演示系统方案最终定稿，从多家设计公司中挑选出珠海泰立灯光音响设计有限公司作为海上观音灯光设计公司，其灯光方案原则上通过评审。

该项目计划其实未雨绸缪，先行一步，因为在108米南山海上观音像开光大典及首届观音文化旅游节举行之时，观音苑灯光夜景及灯光演示晚会将是整个系列活动中的一个重要部分，同时也将成为未来三亚南山夜晚旅游的一个亮点。

12月17日下午，南山海上观音开光大典方案初步评审会在万豪麒麟大酒店举行，三亚市有关领导和市民族宗教局、民政局、工行、中行等相关部门领导和工作人员参加了评审会。会上，三亚南山观音苑领导向与会领导和有关人员汇报了工程进展、开光大典主体设想、组织开光活动面临的一些问题等，同时寻求上级有关部门的支持，并对方案提出宝贵意见。与会人员听取了有关汇报后，对规划设想表示

2003年12月17日，开光大典方案初步评审会

赞许，对工程进展表示极大关注，同时还提出一些具体需要解决的问题，并进行了初步的探讨与协调。

这是项目工程的主管方，工作做得细致、严密，而作为设计、制作单位，他们当时压力亦很大，但在业主方、建设方以及政府部门的协调下，作为配套的灯光、照明工程经过两年多的设计与施工，他们克服种种困难，亦功德圆满地完成。

他们回顾到，对此项目，几乎所有景观照明项目的设计方案，都要经历施工过程的磨合，尽管磨合的是一个艰难的坎，但迈过它又是一个新的层面，因此，他们认为思考与探索是一个必不可少的创新过程。他们总结如下几点：

一、观音头部光芒效果的设计

头部、背冠及手持法器的照明

在最初的设计中，他们是采用美国进口 12V/75W 氙气手电筒来制造观音头部的光芒，设计安装 200 支左右，力争达到光芒万丈的光束效果。但现场测试中发现，该灯光束太细，加之照度有限，在 100 多米的高空中，无论向那个角度照射，都无法得到满意的光束效果；他们也尝试采用 CP60 1000W 窄光束光源的 PAR64 筒灯，还是无法达到设计标准。由此自己研发，最终采用的是 24V/500W 氙气光源，将反光碗进行加工，使光束反射角接近 0°，这种光束投射非常平行的灯具，在现场测试时取得了理想的效果。

在安装固定灯具时遇到的最大问题是每盏灯的方位角测量，以及焊接后的变形移位问题，该公司的做法是：首先在图纸上对观音头部确定一条基准水平线，然后按照实际安装的灯具数量绘出每盏灯的方位角数值，之后在施工现场先测定标出每盏灯的水平线，然后将每盏灯具按照水平方位的不同角数值，一盏一盏地焊接在像体金属面上，灯具底部开孔散热与像体内相通。为了防止雨水、雾水进入像体，灯具边沿与像体金属接触面采用满焊法，但结果热变形比较大，还需用铁锤一只只校正。这个细节不容忽视。

灯具确定后，其日后维护也是一个重要的环节。该灯安装在户外100多米高的观音头部背光位置上整整一圈，为了便于日后检修，公司采用一灯、一线、一控制的方案，进行点对点的灯具设备安装，其目的是当个别灯具出现故障时，不会影响其他灯具的继续使用，即使到户外检修也只是单一更换灯泡，灯具其他附属器件均可在室内进行检修维护。

二、观音头部金色背光的照明设计

最初的设计是在观音像体的头部发根周围布置一圈户外防水型色温3200K的卤钨散光灯，目的是使灯具布光均匀，光照度可根据需要随之调整。金黄色背景采用3200K色温的光源照明，更显其金光灿烂。后依据佛教人士的要求，为了保持观音像体的圣洁与庄严，灯具不能外露安装，主要位置均应看不到任何灯具物体，对此设计上采用了飞机客舱观察窗的原理，但是每盏灯出光圆口直径只有15厘米，在透光钢化玻璃两面采用橡胶圈密封防水，里面安装110V/350W色温3200K的PAR38卤钨密封泡，光束从里向外投射，共安装了62盏灯。其优点是灯具以及光源的维修更换均可在室内完成，比较方便，改变了原先需到户外维修的落后方式。但它的缺点是光照均匀度不如管式散光灯。

三、观音手持法器的照明设计

既然是法物，照度就要有耀眼的光束感觉。最初的设计是采用大功率长焦成像探照灯集中对法器这一局部照明，采用提高照度利用经箧表面反光系数来产生耀眼光芒，然后在经箧周围隐蔽安装部分投光灯，再配合部分效果灯，在经箧周围制造光晕，同时配合调光使照明产生忽明忽暗的效果。但经过现场反复照明试验，找不到既有良好的隐蔽性又要维修方便、更要灯光效果理想的装灯位置，当然即使有几个极佳的灯位却又不能满足整体效果要求。如何实现该法物自身发光的效果呢？根据现场已固定装完的圆桶结构（8米长，1.8米高）与安放位置的反复论证后，他们对此局部设计方案进行了大胆的修改，对经箧进行局部改造，采用由内向外照射的投光方案，让观众直接看出耀眼的光源，为了不影响该法物白天的观看效果，最好的方法是采用LED半导体发光二极管作为照明光源，并立刻与LED生产厂家进行了技术研讨，最终在专业技术人员配合下研发成功。其通过不断调整光源的间隙与孔径的大小，最后实现是在6米长、1米宽的范围内均匀安装3888颗LED，做成一个整块的发光面，完全实现了法器自身发光效果。

四、探照灯的光幕设计

探照灯是南山海上观音灯光演示中最重要的组成部分，最初设计时是想利用海上的水雾与光的相连形成巨大的水幕，让水与光相融。这一点想法虽好，但有三大难题：（一）海中施工难度与防腐问题；（二）工程造价与用电负荷量；（三）高压喷水的声浪与观音文化。

既然不能用海上的水，那么就用海上的天来构造观音演示的天幕吧，这也非常符合项目的主题。如何打开这个天幕？必然选择探照

夜景下的探照灯光幕演示

灯。采用基本无噪声的探照灯，用巨大的光柱排徐徐拉开天幕，更好地显现 108 米观音的体量，这是一个更胜一筹的开幕。各种所需的光束可以像剧院大幕般组合开幕、闭幕，能变幻叠加在海上的金字塔以及各种抽象的几何图案等，其优点是色彩可根据需要变化调整，同时光束动作控制灵活，灯体拆卸保管方便。

为了展现统一的艺术效果，采用圆形莲花座的探照灯及圆形金刚册上安装的探照灯，均将灯具 XY 轴中心方向对准人工岛圆心的中心点上，这样，灯具在复位后，只要启动，向外将是一个扇形扩展开来，向内即可将光束在空中交会到一个点上。而在半圆形观音广场上，该公司安装的灯具特意将 XY 轴统一调整为一个水平轴线上，这样，无论灯具光束向里或向外投射都会保持平行一致的步调，对平面光束的造型编排，起到准确、整齐的阵列。

五、观音像体照明的设计

观音像体是照明的主体，如何展现其背景的氛围，突出观音文化，是观音像体照明要考虑的问题。通过无数次的晚间考察，他们看到，夜幕下远离海岸 300 米外的观音像体，仿佛神游宇宙，浑然天成。黑暗的天体成了一块灵光四溢的调色板，高亮度的巨型探照灯在明与暗、光与影、动与静之间制造色彩，制造节奏，制造梦幻，使夜空天体下的观音充满令人神秘的震撼。为了将高 108 米的观音展现出晶莹剔透的效果，在投光上关键要解决近距离、低光位仰视投光所产生的阴影。为此设计：在距离观音像体两侧 400 米的海边，搭建两座高 24 米的灯光架，共安装了 16 台 7000W 长焦探照灯，作为观音正面照明用灯，为了减少杂光污染观音身后的背景，采用抠像式长焦成像探照灯作为主照灯具。所有探照灯均可调光及配有镀膜换色器，除保证观音面部照明为白光外，观音的衣服色彩可根据表演需求进行实时变幻。观音整体投光多层面的展示实现了主体照明的厚重感觉。

这配套工程的完成，也可以说创造了奇迹，使人惊叹不止，其中"全光纤网络系统""多网合一，联动控制"和"总服务器监控"等技术都达到世界领先水平。其景观灯光控制系统包含 5000 多个回路的各种灯具、LED 灯。该项目已成为国内外网络化主题环境照明的示范工程。其项目特点在于：整个项目中采用网络化智能环境艺术灯光控制系统，同时利用"多网合一"信息管理技术，将项目中的各系统与灯光控制系统进行信息共享，在最低的运营成本下，利用"多网合一"技术将各子系统实现联控，达到方便管理以及灯光效果的同步。在此项目中，还采用了专门为南山海上观音主题景观项目自主研制成功的主题公园专用电脑灯、效果灯控制台，这也将为今后各地大

观音像体照明演示图

型主题公园或景观项目工程提供更为有力的灯控技术手段，即音乐系统、喷泉系统、火焰系统、水雾系统、激光系统、灯光系统构成"多网合一"。对海上观音工程——网络化智能环境艺术照明控制系统的特点，有行家认为在于：（一）控制的距离远。总控室在妙金山上，距离大佛直线距离近1千米。向南边，总控室要控制到佛头的光芒、背光；向东西两侧，要控制到沙坝两边的探照灯；岛上，要控制金箧、莲花瓣、场地电脑灯等；在广场，要控制100只探照灯，以及所有的环境灯光；分布距离超过2平方千米。（二）控制的光路多。由于电脑灯数目多，总的光路数近2048光路，不包括对所有灯具电源开关的控制，路数为384路，还有采用的灯光设备。（三）控制的种类多样。要控制的设备有不同厂家的电脑灯、LED灯、普通调光灯、激光灯、环境灯（庭院灯、地角灯）、美国大功率激光灯等。（四）控制方式独特。在工程交给业主方后，不可能请专业灯光师来进行经常演出，要求控制系统自动完成。（五）系统的监视。由于范围大，如何保证演出时每个设备都正常工作，并且在某个设备或某个灯出问题的情况下，能够保证演出的顺利进行，必须有反馈信号。

技术人员、专家、行家从具体方案着手，解决这个看似配套实质亦是难度极高的创新工程，设计方、施工方最后宣称，南山海上观音主题景观项目的复杂程度可以说是空前绝后，整个工程涉及多个领域的合作，其难度可想而知，仅控制距离就达 2 千米以上，目前成功实现了全光纤控制网络、声光电同步、控制设备备份、设备工作状态报告、出错预警等"多网合一"技术，这宣告了一个时代的来临：中国主题照明灯光控制已进入网络化时代。这个宣示恰如其分，可见，一个难度极高的项目会带来其他难度同样高的子项目，也意味着一个"特别能战斗"的团队会带来另一支"战斗能特别"的队伍。

第三节　南海放生及推介活动

如果说建造观音像中有不少配套项目，属于"硬实力"，那么在建设过程中举办了海南椰子节、南山长寿文化节、世界太极拳健康大会、全国围棋六强对抗赛、圆通宝殿封顶洒净法会、莲池海会传灯法事、南海放生、种植菩提树、捐赠善款、志愿者服务、南山观览、市场营销、海外宣传推荐等一系列社会活动，当属"软实力"，从而扩大了观音像的社会知名度和影响力。

不少建设者对一些奇异现象有过自己的体验和见证，有位建设者事后写下《莲花祥云》的文字：

> 2003 年 10 月 14 日，观音菩萨出家日，南山观音苑举行观音圣像像体安装仪式。清晨，我早早地跟同事集合，共同赶往现场做好筹备工作。
>
> 汽车在"椰梦长廊"上飞驶，一丝丝寒冷的晨风不时透

过车窗侵袭，令睡眠不足的我昏昏欲睡。一路上，同事们欢乐的笑语断断续续地传入我的耳中。突然，我听到司机一声大喊："你们快看，那是什么？"睁开迷迷糊糊的双眼，我顺着司机所示的方向望去。只见一个巨大的金红色莲花祥云，在天空中散发出万丈光芒，红、蓝、黄、紫等颜色，时强时弱，耀眼非常。

我们赶紧下车，跃入我眼中的美好画面令我异常震撼。就在金色莲花祥云右侧，有一道紫色光芒正由天际边直射而上，而祥光的发射方向明显就是海上观音圣像伫立之处。

目睹这突如其来的奇特景观，就在那时，我感觉全身清爽凉快，疲惫、烦恼均消失得无影无踪，身心宁静如水。

还有一位建设者写下《缘，妙不可言》的文章，其中写道：

屈指数春来，弹指惊春去。一晃10年。大学毕业后我和学友一起在广州创业，在那段波澜不惊的日子里，久违的梦境又突如其来，所不同的是，我见到手持不同法器的唐装观音。

直至，在一次招聘会中我见到了三亚南海三面观音像，沉寂的心灵才猛然绽出一道灵光，竟然有种云开见月明的豁然，缠绕我多年的疑惑在那一瞬间顿时冰然而释。我明白了南海与观音的意义，也了然为何会于久违的梦中出现手持不同法器的观音。

于是，我毅然放弃大都市的高薪工作，告别患难与共的好友，背起行囊，孤身来到三亚南山，投身到海上观音的建设队伍中。亲友总是不放心，也不理解我一个女孩只身单影远走海岛，我便把故事的原委——解释。

　　每当在观音苑祈愿台虔诚地朝拜象征着"和平、慈悲、智慧"的三面观音像时，总觉得菩萨身上有种化解人生百苦、超度一切魔障的独特魅力。整个身心如汲取了青山绿水间流淌的清泉，同时也到达对人生悟道的极致。

项目开工以来，内地的佛教文化慢慢渗透到曾是闭塞的海岛，各方游众捐赠不断，不少信众馈赠渐多，比如无私地捐出善款、物品，自愿在观音苑种植菩提树，出现许多感人的事迹，其中有一位偶尔到南山游玩的客人一次性就捐赠了 100 万元人民币，而且他还不愿意留下姓名，在苑区工作人员的一再邀请下，他最后仅留下了他母亲的名字。这些，对当地民众、海岛文化产生不小影响。

2003 年 12 月 4 日下午，三亚举行 108 米南山海上观音项目现场捐赠仪式，由三亚市民宗局代表第十一世班禅向南山海上观音项目捐赠人民币 15 118 元；由海南王俊琼居士代表马来西亚、文莱，以及国内新疆、海南等地信众捐赠，计人民币 146 万元。当然人们忘不了 1993 年 2 月至 1995 年 6 月期间是项目建设资金最困难的时期，海内外各方人士纷纷慷慨解囊，有效地解决了建设初期的难题。

话归正传。那天晚上，在南山光明广场上举行了盛大的"慧炬千传"传莲灯法会，近千名群众把灯从观音像传至不二法门前，摆成一个巨大莲花形状⋯⋯

生态旅游是三亚乃至整个海南的热点，佛教文化旅游是南山的亮点。佛教以放生为第一功德，在兴建中的 108 米南山海上观音像旁放生，既符合佛教尊重自然生命的传统理念，又契合环保意识的发

敬造108米南山海上观音捐赠支票
收款：海南三亚南海海上观音功德基金会
人民币 壹佰肆拾陆万元整 ￥146000000
马来西亚国·汶莱国·中国新疆·中国海南 捐

敬造108米南山海上观音捐赠支票
收款：海南三亚南海海上观音功德基金会
人民币 壹万五仟壹佰壹拾捌元整 ￥1511800
第十一世班禅赖尔德尼·确吉杰布 捐

2003年12月4日，第十一世班禅、王俊琼居士捐赠仪式

展，既有趣又庄严，是生态保护与佛教文化完美的结合。正是在这一创意思想的指导下，2001年初开始，由南山海上观音功德基金会率先倡议，各界环保人士协作，开始筹建"南山观音岛南海放生点"的工作。在三亚市林业局、三亚市海洋局的大力支持下，该放生点于2001年下半年正式挂牌。从此，拉开了南山观音岛生态放生游序幕。

南海放生活动筹办之初，建设者和组织者们就清晰地认识到，只有利用各种组织形式与宣传手段，通过别开生面的旅游内容，将南海观光旅游、南山观音文化、佛教放生养生理念相结合，以主题旅游的形式发展，才能在更大更广的范围内宣传环保、护生理念，才能实现"南海放生游"的主旨。在"开放、开拓、重合"这一理念的指导下，"南海放生主题游"自创办之初，即着眼于向外传播。南海海上观音功德基金会利用在北京、上海、广州、温州、杭州等地的联络机构，广泛开展宣传工作，组织以佛教信众和热爱生态环保的游客为主的专题旅游团队参与放生活动。

放生活动将佛教"放生仪式"与环保活动结合操作，形象而又别致地展开生态保护、放生护生宣传，不仅教授了各种环保知识，也将三亚及海南人民浓厚的自然生态保护意识广为传播，并且开创出了一条"到南海观光，到南海放生"的主题旅游线路。该线路的推出，符合旅游业由传统观光向文化旅游、专题旅游转变的趋势，受到了国内外佛教信众与各界环保人士的普遍关注。

从 2001 年 6 月至 2006 年 2 月，组织的各类放生法会活动就有 25 次之多，先后有来自北京、上海、广州、温州等地的近 100 支放生主题旅游团队远道而来现场参加，加上海南省本地参与者，累计达数万人次现场参与，而个别旅游团队自发的小型放生活动则还不计其内。这推动了环保、生态理念的深入人心，同时也推进了观音苑园区的建设力度，扩大观音像的社会知名度，以及佛教文化的影响力。

当然，任何事情不可能一帆风顺。起先，由于缺乏环保护生意识，在放生活动中，主动放生的人们在海边释放野生动物，可附近村落的渔民却在海岸前暗撒渔网捕捞。被渔民捞上来的生物大多被再次贩卖或者直接杀食，以致曾经有媒体标出这样的新闻标题："这边信誓旦旦放生，那边匆匆忙忙杀生。"这种尴尬，不仅是观念、理念的落后，而且是文化、信仰的脱轨。海上观音的建造，对原来的社会旧习、民俗行为是一个冲击、洗礼，"硬实力"带动"软实力"，"软实力"扩充"硬实力"，海上观音的建造，逐步改造或者说改变了原有的生活形态。开始因为屡禁不止，"杀生"持续了相当长一段时

南海放生处揭牌

南山寺住持新成大和尚为南海放生洒净

第一届"金秋南海放生"

间,甚至到后来放生物品改由快艇海上投放后,一些愚昧、顽劣的渔民居然还开着船来捕捞。为了改变这种局面,参与放生点建设的有关方面加大了宣传力度。在当地镇政府的支持配合下,有关方面对附近的渔民进行针对性的宣传。在社会各界共同努力下,在以后的放生活动中,这种不相称的行为有了很大的改观。在观音像建造的几年里,南海放生点投放了海龟、玳瑁、银鱼、鲳鱼、海鳗等不少海洋动物,其中既有执法部门查获的国家各级保护动物,也有参加放生的群众捐资购买的部分,而相当部分还是基金会自筹资金组织购买的。南海放生活动发展至今，影响力持续扩大，不仅在国内享有极高的知名度，及至东南亚各国、各地区的团体、观光客也纷纷组团前来现场参与。通过南海放生活动主题网站，关注、支持活动的受众也持续增长。该项活动的开展，有效地宣传了放生护生、自然环保的主题思想，很大程度上增强了三亚及海南民众的自然生态保护意识。

这些活动与政府有关部门的支持分不开，三亚市工商局、市林业局、市海洋与渔业局和三亚南海海上观音功德基金会等单位在南山景区观音岛共同组织以"放生海洋生物，倡导生态环保""保护生态环境，祈祷世界和平"等主题的南海放生活动，并将其查获的各级海洋保护动物也送到南山观音岛放生点定点放生。这项活动结合佛教传统文化，在国内外华人社群中有着极大影响。

造观音像是做功德，开展放生、保护生态，同样也是功德，这样的"配套"意义非凡。"南海放生"将佛教文化传统、海洋野生动物保护及旅游活动有机地结合在一起，成为观音像建造中又一座丰碑。这项活动，后来逐步发展成自愿参与活动接待的年轻义工队伍——首批参与南山观音苑大型活动的志愿者，是来自三亚卓达旅游学院的30名学生，组织方根据苑区大型活动接待服务的要求，业主方对自愿报名参加义工队伍的学生进行相关知识培训，成为观音文化的播种者、宣传者。

之后在南山海上观音开光大典系列活动，吸引了数十万来自世界各地的信众及游客，为了能更好地做好接待工作，观音苑区再向国内外招募数千名志愿者参与接待工作，引入义工机制，培育与完备接待服务队伍，这成为观音像建造中的又一个无形品牌、又一道亮丽的风景线。

造观音像、放生等系列活动，令不少游客与环保人士对此心生好感。他们说，造观音像是非常好的事情，放生也是非常好的事情，符合环保主题，推动了野生动物保护观念的发展。野生动物的保护工作，不是一个人、一个管理部门的事情，而是与社会大众的生活息息相关的，大众都应该培养起这种意识。"被放生的鱼儿带走人们的祝福，而参加放生的人同时也得到了心灵的净化"，在南海观音现场参与放生活动而看到数千尾（只）海鱼、海龟奔向大海的游客，心里顿时高兴，心生不少感慨。

　　在南海观音建造的同时，配套的旅游产品和对外营销推介也在进行，南山品牌最大的含金量是南山的经营管理和服务。"撒温情花雨，添人间欢乐"，这是南山观音苑的服务方针，他们用诚信、真诚、汗水浇铸着南山观音苑的金字招牌。所属的上海南山苑旅行社（现为吉途旅行社）领导沈春华十分努力，多次组织各方精英到建设现场参观，目睹心目中的观音逐步完善，扩大了观音苑在社会上的知名度，造就了一批忠诚的宣传队伍。

　　最令人津津乐道的是，吴总邀请了一批香港朋友来观看观音佛足安装的"立足之本"，他们曾在航天事业发展的初期，竭力帮助航天部门解决了很多困难，例如航天部门需要很多种类的元器件，但当时受巴黎统筹委员会的限制，不准对中国进口，他们提供资料证明其用于卫星而不是用于导弹武器，通过种种渠道申报和审批，终于在我国发射卫星的初期，解决了国内尚无能力解决的困难。

　　一到现场，他们看到如此宏大的规模，十分动心，以后多次拜谒观音苑区。有一位老总叫秦龙兴，因为名字中有一个"龙"字，特地认捐供奉了一块龙碑，以表自己的心意。更不能忘怀的是，2005年4月24日南山海上观音开光时，他们在第一排席地而坐的红色开光坐垫，至今还珍藏着。

　　吴总顾问工作时，因上海航天厂所调整场地变迁中认识了上海瀛通集团董事长陈伟峰，他时任上海市工商联副主任，还被命名过上海慈善家，曾捐款建造了崇明县（现改为崇明区）寿安寺的财神殿。因为吴总顾问在三亚建设海上观音，陈伟峰带了公司一批人到三亚旅游，到现场一看，如此规模，惊呆了！于是种树时多付几千元，以表心意支持建设，并认捐供奉了一块牛碑，买遍了所有的礼品，有的至今还珍藏在他的办公室内。

六瑞兽浮雕——龙碑　　　　　　　　六瑞兽浮雕——牛碑

　　此外，黑龙江滨才集团供奉的象碑、余应龙全家8人供奉的凤碑、贵州三占集团供奉的麒麟碑、贵州遵义廖元和堂药业供奉的狮碑，都为当年运筹建设资金、传播苑区信息做出了贡献。

　　开光前的营销和宣传，其中一个大动作，是新建了礼品部。礼品部自行设计、制作了以观音苑景点为主题的礼品，大部分是创新，价格从一般的纪念到珍贵的尚品，主管礼品部的公司副总经理沈方瑜也冲在第一线当销售员，为宣传观音苑项目起了很大作用。

除了收益，还有政治上的宣传意义：观音苑项目随着国家旅游宣传去新加坡，这是涉及东南亚很多国家的展览，礼品展示及销售吸引了众多参观者，这个场面引起了主办方的重视，当新加坡总理、新加坡总统来参观时，组织方陪同来到观音苑展台，他们提出了很多问题并互相交流，实际上是宣传了我国的宗教政策，影响极大，事后还得到我们国家高层领导的赞赏。

有一次，领导通知吴总接待一位来访的正部级干部，见面后知道他是中国远洋集团总裁魏家福，在参观中，吴总挑选了一件小礼品给他的太太，她竟爱不释手，吴总适时介绍了观音苑礼品以及设立礼品部的目的。总裁听后说，下次我们开全球领导干部工作会，就来请购你们的礼品。事后公司副总沈方瑜也跟进得很紧，中远集团两次工作

2004年5月19日，吴国松总顾问率团参加新加坡项目推介会

会，都用上了观音苑的礼品。这些礼品，随着中远集团的船队走向世界各国，也为三亚观音苑项目做了宣传。

在国内的两大旅游交易会上，观音苑展区在原国家旅游局的支持下，展示海南的特产，表演民族风格的竹竿舞，特别是观音苑区立体的全景模型，成为最热烈、最吸引眼球的展区，当时有人为此说道：观音压倒群芳，周边展台沾光。

"金杯银杯，不如老百姓的口碑。"品牌是一个多元结合体，除了产品的自身价值和营销创意策划外，观音苑品牌中最大的含金量应该是由诚信和服务构成的叩动人心的"口碑效应"。所以，观音苑的建设者、管理者当初到我国港澳地区，以及马来西亚、新加坡等东南亚各国开展项目推介时，不少信众、游客很感兴趣，以后纷纷组团来朝拜、观瞻，留下深刻印象。

对国内游客、信众也同样如此。有一年在春节黄金周12万游客的超大流量接待中，南山观音苑的规范管理、团队协作、奉献精神更体现了其优势，各部门、各岗位互相配合、团结协调，员工精神振奋，吃苦耐劳，加班加点，努力工作，保证了接待服务工作有条不紊、秩序井然，其优质服务、品牌效应、精神风貌，得到了政府、专家和游客的充分肯定。有位资深旅游专家如此评论南山观音苑：十年磨一剑，功到自然成。在游客对旅游产品体验不断深化、目的性更强的今天，"只有精品才能铸就品牌，只有更好的服务才能赢得市场"。可以说，有形的主体工程和各种配套工程，尤其是团队精神、奋斗作风、品牌意识，为南山观音苑赢得精彩和风采，也为南山"二次创业"的深化打下厚实的基础。

第九章 开光大典

经过 6 年多的艰苦努力，建设者以实干为舟，以奋斗做桨，以一往无前、恪尽职守的精神，终于将观音苑初步建成，迎来规模宏大、气势不凡的落成开光大典。

此时闲庭信步、观摩游览，刚建成的观音岛、108 米高的观音圣像以及莲花宝座屹立海上，移步换景、一步一景。俯瞰南山胜景，只见通往观音岛的是系列相互连接的石桥、岛礁、过道、楼台、亭阁，比如不二法门、八宝莲池、分音亭、白色亭、如意轮石、照见壁、三谛桥、飞响、东去西来……景点雅致，名字有味，绿影婆娑、琉璃溢彩。进入文化苑区，领略到一个别开生面的南山天地。当夜幕降临，在乐声和激光光束的烘托下，观音菩萨款款凌波海面。在变幻的云光雾霭中，在一系列莲花形喷泉的簇拥下，若隐若现，凸显一种使人精神净化和升华的氛围，让人感觉飘然出世，直入南山佳境。在欣赏这巍然壮观景致之时，背后其实一场心弦绷紧、分秒必争、事无巨细、环环相扣的大典准备正在开展。

开光大典现场布置图

第一节　举行大典的前期准备

　　观音像建造科学严谨、一丝不苟，对开光大典同样是事先精心筹划，不打无准备、无把握之仗。其时间节点，定在 2005 年 4 月 24 日（农历三月十六），本着"隆重、热烈、节俭、高效"的原则，遵循"小现场、大媒体、做精品、保圆满"的工作要求，精心策划组织，力求达到主题突出、内容精湛、影响力大的效果，做成三亚有史以来最盛大的活动。这个定位无疑是"高、大、上"的，也与观音圣像的气势规模、观音苑的文化氛围相配。

　　于是，《南山海上观音圣像开光大典系列活动的总体方案》历经数年，几易其稿，精心打磨，不漏细节，主要从活动宗旨及原则、活动名称、活动主题、活动地点、活动时间、活动内容、组织机构、主要工作任务等八个方面，翔实地进行制定。比如在活动内容上，先于 22—23 日召开"海峡两岸及港澳佛教圆桌会"；24 日上午，参加"圆桌会"的全体高僧大德、各界来宾、108 位主礼法师和 10 800 名信众齐聚南山，在海上观音苑举行盛大的圣像开光大典；其间，展览历代观音像雕塑照片和莲花图片等；同日晚上，在南山观音苑广场举办"佛光普照·灯光焰火"晚会，邀请参加"圆桌会"和开光大典的高僧大德、嘉宾和各界人士到场观看；4 月 30 日至 5 月 6 日，在南山佛教文化苑区举办"素斋文化节"。

总体方案涉及方方面面、各个细节，以开光大典相关工作为例，如法务法器的采购、工程验收、活动及功德说明书设计印制、纪念邮品的设计制作、现场功德箱、现场用车和服饰的落实及牌匾制作、开光大典平面图设计和现场布置、开光大典的供品等。活动还涉及极为重要的方面，像接待服务、新闻宣传、安全保卫、应急预案等，每个细节关乎整个开光大典大局，容不得半点疏忽，而强有力的领导和组织协调，是活动的主心骨，更是扎实基础和运作枢纽。像原三亚市委常委、常务副市长张琦是其中一例，大家为南山海上观音建造敢于担当，解决工程建设重要具体困难，无论责任性、事业性，还是决策能力、指挥能力，均受到肯定与好评。再举其一例，像开光时现场安全、秩序问题是一个十分重要又令人头痛的问题，各种意外、预料不到的问题随时都可能发生，怎样防止出乱、怎样制订应急预案，必须周全考虑，且需要几套方案，冷静沉着，应时而变，特别是高僧大德出场，观众、信众会狂热、拥挤，原先是让高僧大德从两侧走向主礼台，这样会导致出现观众、信众纷纷站立，或者挤向两侧。有人提议，不如中间开辟通道，不仅场面气势壮观宏大，而且也让观众、信众人人都能一睹高僧大德风采，在通道两面则动用武警、公安、保卫人员排列，以防不测。方案是可行的，但武警、公安、保卫人员与观众、信众素不相识，万一发生肢体冲突，后果不堪设想。又有人出主意，观音苑员工经常与信众、游客打交道，他们甚至熟悉不少人，懂得他们的心理需求，能不能发动、运用这支队伍力量？一个大胆、稳重的决策在组织者头脑中形成，组织者采纳与完善这个方案，结果非常成功，这支混合型队伍排在两侧起了两道"保护墙"，与观众、信众互动交流，稳定情绪，中间空出一条高僧大德、年轻僧人出场通道，效果极为理想，从中窥见组织者敢于拍板决策，又细心完善细节的指挥能力之一斑。

前期准备工作可以说做得细致严密、滴水不漏。这与观音苑组织方专人专职、各司其职，与他们所付出的艰辛劳动分不开，也与佛教界、社会各界尤其政府部门的配合支持分不开。

在这里，列举一个部门经理的情况，反映出的是观音苑公司运作的成功之道。

吴总顾问开始工作后，到各部门了解情况、讨教学习。他多次到网络部，当时网络部三亚有一批人，海口有一批人，内部还分成采编、技术、网页、网站等功能，但如何为在建的南山海上观音建设服务，结合得并不理想，吴总顾问提出，网络部的主要职能应集中于公司管理、项目发展、社会宣传，一定要有一位领军人物。

有一次，季总对吴总说他有一个朋友姚毅，你看如何，吴总听了急着约他见面，了解情况后，十分满意。姚毅复旦大学计算机专业毕业，基础好；在新浪工作过，见过世面；本人又创业开过公司，当然知道理财的艰辛，但要请他来观音苑公司工作，难于启齿。因为公司员工工资水平每月约两三千元，说是引进高端技术人员开工资每月4000元已撑足了，怎么可能请得动？吴总不想放弃，找姚毅谈了几次，讲发展，讲体现自身价值，讲前景，总算把姚毅请进了公司。

姚毅进公司以后，放开手脚整顿了网络部，使网络部成为公司不可或缺的组成部分。在公司的工作中，利用内部网络，做到无纸化办公。工作效率提高了，相互通报及时了，管理上了一个台阶，还创造了网上拜观音、网上募化，这在佛教系统都是创新，有了一个新概念。

当时还面临着一个悬而未决的问题，说三亚项目是"世界级、世纪级"，那开光也要达到这个目标，提出开光的规模人数也要世界级：8万人，后来商量不行，又提出4万人。这个大问题如此草率，主要是没有经验，但不解决，其他的准备工作很难开展。考虑再三，还是请姚毅来解决，学计算机出身，比较精准、规范。

姚毅接手时说：宣传上几万几万很简单，就是个数字，但对于我们要搞好此次活动，负责接待、安全等具体事宜的工作人员来说，就不是数字，而是面对一个个信众。姚毅请负责基建施工的苗工拿来现场的图纸，根据现场信众处在广场中毫无遮盖，在太阳底下要坚持几个小时，要足量供应饮用水，不能拥挤而且要保持好通风，特别要考虑到大量信众都上了年纪等具体情况，详细地计算现场面积，实事求是地计算出可能接待的人数，领导完全采纳了姚毅的意见。现在想来，开光时震撼的场面，信众在烈日下的有序，还真是不可思议。

在开光大典进行的演练中，尽管不少人累得简直要趴倒在地，但为了成功，为了效果，为了这最后一刻，他们仍不畏艰辛地进行"排除法"，找出其中缺点漏洞，想出良法加以改进。在这里，我们需要提及观音苑的对外宣传，他们极其重视这个信息通道的畅通。早在建设阶段，观音苑就与20余家新闻媒体建立了相当友好的关系，经常以茶话会等形式互相交流，而这些媒体从不同角度报道了项目不同阶段的建设和各类如法如仪的仪式，报道了开光大典的各类信息，同时向世界宣传我国的宗教政策、传播佛教文化，足见观音苑建设者、管理者对信息传播的重视。为了检查项目信息量的实际作用，吴总顾问特地进入海南中部山区拜访，既调查研究，又亲身宣传。当了解到那些偏僻地区人们也知道三亚有个南山海上观音，而且就要开光，才如释重负。而开光大典更是一次大型展示、行动宣传的天赐良机，观音苑的建设者、管理者四处奔波、日夜忙碌。下面以开光大典的一次新闻发布会为例，其中答记者问的答者分别为开光大典法务活动顾问委员会主任释圣辉法师（中国佛教协会常务副会长）、开光大典法务活动顾问委员会副主任释明生法师、开光大典圆桌会组委会主任张琦，以此了解前期准备情况的状况。

问：能否简单介绍南山海上观音像项目？

圣辉：南山海上观音像项目从 1995 年开始筹备，1999 年审定通过并于同年破土动工，总投资达 8 亿元。在全球来讲，南山海上观音圣像是首屈一指的，是中国佛教界的骄傲。

问：请圣辉法师简介观音像开光仪式？

圣辉：因为海南观音菩萨 108 米，在全球来讲是首屈一指的最高的圣像，是中国佛教的骄傲，正因为这样，为了南山观音菩萨的开光，届时，中国佛教协会包括各佛教界的最高领袖以及台湾佛教界比较有代表性的重要领袖人物，香港、澳门佛教界的领袖人物，都会云集三亚参加观音菩萨开光典礼，至于具体来哪些人，刚才我们也讲了，中国大陆和港澳台地区的佛教领袖在开光时要组成 108 位阵营，可见这些领袖人物是非常之多的。

问：为什么选在 4 月 24 日举行开光大典？

圣辉：按照佛教界的说法，4 月 24 日（农历三月十六）是观音菩萨六化身之一的准提菩萨诞辰，在这一天开光因缘十分殊胜，是"千载一时，一时千载"的佛门盛事。

大地回春，万物更新，在这里，在春暖花开的季节，中国佛教协会和海南三亚南山寺定于 2005 年 4 月 24 日准提菩萨诞辰隆重举行南山海上观音像开光大典。届时将邀请海峡两岸 108 位高僧共同组织开光仪式，迎接观音像，祈祷世界和平。

问：请圣辉法师评价这次活动的意义。

圣辉：佛教传入中国近 2000 年来，通过与中国社会的不断适应及与传统文化的深度融合，早已成为中国最重要的宗教之一，佛教文化也成为中华传统文化的重要组成部分。而在中国民间群众的心目中，影响最深入人心、最具感召力的佛教人物莫过于观音菩萨。值此南山海上观音像开光大典之际，海峡两岸的高僧大德齐聚一堂，共叙法门情谊、同胞手足之情，并在观音像前共同为国泰民安、世界和平祈福无疑具有重要和积极的意义。

问：在 4 月 24 日开光，是基于什么样的想法？

明生：海上观音开光，这是一个非常庄严的时刻，南山寺与中国佛教协会共同协商，决定在观音的六化身之一诞生之日进行开光，因为这是"一体化三尊"，通过观音的变化来适应世间万众的祈求，多方面祈求，那是对人道最大的功德，我们选这个时期，适合中国，适合中国要和谐、人民要和谐的目标。

另外一点，我们选择这个日期，各种原因非常多，刚才提到工程的问题，我们每一个日期都按照工程的定量，整个完工的日期也选择在这个时间。

另外，天气、环境非常适宜这个时期来召开，"天时、地利、人和"集合了开光盛典最庄严的时刻，我们欢迎世界各地佛教的信徒凝聚到三亚为我们的开光大典共同祈祷菩萨，给我们的家庭赐予吉祥。

问：仪式怎么体现佛教界的"如法如仪"？

明生：我们会根据佛教的依据，按照整体的部署，邀请 108 位高僧。108 位高僧的邀请，我们基于一个目的就是选择"108"，是因为对佛教非常特殊的意义，观音有十二大愿，三十二化身，世间方面有祈求菩萨给他吉祥，菩萨就往哪方面化身，所以有三十二化身，32 乘于 3 就是 96，加上十二大愿就是 108，所以就请了 108 位高僧聚集在这里，为菩萨开导灵光，为人民祈祷福报。

我们也做了充分的准备，包括千位僧人的要求，都是按照佛教的程序，整个场面的布置用佛教庄严的队列以及迎请的方丈排列，到时候，应该是众人欢喜，大家聚集在这里，见证这一庄严时刻，祈祷菩萨为我们加持。

问：开光前后活动会有什么安排，24 日活动当天又有什么具体的安排？

明生：活动当天，我们有两项工作：第一项就是迎请大和尚进行开光；第二项，当天晚上有一个观音放光的晚会（包括放焰火），用灯光来显示观音的光明，这些灯光我们也制作好了，昨天晚上也有试运作，晚上的观音菩萨放光叫作"佛光普照"。

问：24 日那天 108 位高僧和信众主要的活动区域在哪里？

明生：在主礼台的是请来的所有法师，在大礼台下面有信众，刚才市长也讲了，两边有观礼台，中间有一条大道，迎请我们的 108 位高僧到场。

问：请简介三亚市有关南山海上观音的开光大典情况。

张琦：在国家宗教局，海南省委、省政府，三亚市委、市政府，以及各界的努力下，我们经过五年的艰苦工作，即将迎来南山海上观音的开光大典，这是海内外佛教信众翘首以盼的大喜事，也是海南人民积极支持的一件盛事，南山海上观音聚集了大家的智慧和心血，付出了艰辛的努力，为此，三亚市委、三亚市人民政府对长期以来关心和支持南山海上观音项目建设的各界朋友表示衷心的感谢！

我们一直提倡一个主题"美丽的三亚是我们共同的家园，是人人向往的度假胜地"，三亚是中国的度假天堂，108 米的海上观音项目选址在三亚，是三亚人民、海南人民的福气，也是广大游客的福气，由三亚筹备南山海上观音的服务保障工作，我们深感责任重大。三亚市政府将聚全市之力，全力配合中国佛教协会和南山寺做好海上观音开光大典的服务工作。

三亚是一个开放的大城市，我们曾经举办过各种大型的国际赛事，虽然在举办大型赛事方面，有一定的经验，但是，我们深刻地认识到，此次的活动，意义重大，时间紧迫，任务艰巨，我们要力争做到精心组织，周密部署，确保万无一失，并让广大市民树立东道主意识，为来宾提供一流的接待服务，努力实现"小现场、大媒体，做精品、保圆满"的活动目标，绝不辜负全国人民对我们的期望！

问：南山海上观音是集佛教文化和旅游为一体，这么一个项目的建成，对外接待游客会产生很大的影响力，当地政府怎样使这个经营项目让游客和佛教文化方面可以很好地结合？

张琦：关于这次海上观音开光大典，三亚市政府全力以赴做好服务保障工作。关于时间问题，因为各种因缘聚合在一起，是人皆欢喜的一件大事、好事，三亚市政府将全力以赴做好配合。我们曾经做过一些大的活动，做过一些大的赛事，在这些活动中三亚积累了经验，但我们也感到时间非常紧迫，任务非常艰巨，也相信在全市人民的共同努力下、全省人民的共同努力下，聚全省、全市之力来支持中国佛教协会和南山寺做好这次开光大典的准备工作。

虽然时间很紧，但为了确保这么一个黄道吉日，我们已经把所有能支持、参与、组织、策划的人员都集中在一起为佛教界的"如法如仪"，做好这次开光大典，我们也相信中国佛教协会和南山寺能在"如法如仪"下带领做好这件事情，我们三亚市政府的领导班子会配合工作，做好这件事。

问：根据介绍，开光有 10 800 人参加，三亚市在安全方面采取什么措施来保障？

张琦：这次开光大典的盛事，肯定有来自世界各地和国内的信众。在这里，也希望通过媒体向广大的信众、广大的游客做一点提醒，开光大典的活动以后还有一系列的活动，开光大典的时间大概控制在 40 分钟以内，在这一时间以内，不可能一个地方容纳 3 万、5 万甚至 10 万人。我们希望广大信众根据自己的时间、自己的要求，合理选择。

从安全保障方面，我们市里将支持和配合南山寺做好信众的接待工作。接待分为三部分：第一部分是配合南山寺和中国佛教协会对嘉宾的接待；第二部分是配合中国佛教协会和南山寺对高僧大德的接待；第三部分就是对信众的接待。这三部分的安全保障，都有详细的方案。在之前，我们对安全保障也有演练。时间很紧迫，演练是安排在 20 日左右。

我们希望通过媒体向全国信众以及游客讲一下，支持南山寺，支持中国佛教协会，"如法如仪"地来全力支持他们做好开光大典的这项具体工作。所以，也请媒体朋友告诉大家，不要选择同一时间，这样对安全保障工作和佛教举行活动会产生一些影响。请大家支持他们的工作，也就是支持三亚市政府的工作，所有来的信众和游客，我们会全力以赴做好接待和保障工作。从三亚市接待能力来看，我们有141家星级宾馆，在星级宾馆中五星级有10家，四星级宾馆有25家，全市的宾馆有2.4万间客房，还有一些嘉宾旅馆和住房旅馆，接待没有问题，但是园区内，特别是观音广场的容量有限，希望媒体朋友们对世界的信众做好解释工作。

……

这么大一个工程，又在海上作业，历时8年之多，没有出过一起重大事故，也是奇迹！看开光大典当天就略知奇迹是怎样创造的。

吴国松总顾问对开光大典记忆犹新，他回顾道，2005年3月31日，在接近开光大典的时候，三亚市政府通过并下达了开光大典总体方案。其中，季素福担任副秘书长，又是工程环境部的负责人。这项目历时8年，面临工程收尾，有做不完的工作。加上开光现场布置、舞台搭建，以及越来越多的信众、社会名流、地方政府负责人，开光前两周不到，还有从海外各地奔赴前来的祖国同胞，难题一个接着一个，不得不在原来广场以外，再搭建观礼台。季总开会要求坚持安全，差一分一厘就不能让观礼的各界代表上去。

吴国松负责文化活动部、信众接待部两个部门，这是开光活动中的两个重头戏，特别是涉及佛教仪规，都仰仗明生法师、智陆法师及能照法师，在开光前几天连续做了预演、洒净，每个员工都熟悉了自己的岗位和职责。吴国松又和沈方瑜讨论了开光纪念品、佛教礼品。这些纪念品与观音文化息息相关，又有开光大典衬托，有时代感，来宾爱不释手。有一个销售店，就会围起几层抢购，不得不临时增加销售点。

而信众接待部的工作，压力就更大，来自世界各地、不同层面的信众和来宾，差不多一半是狂热者。而面对这批基本队伍，放在人们面前的未知数太多了。从参加仪式的信众进场、领取纪念品、等待仪式有相当时间，从钟鼓齐鸣开光开始到开光过程中，以及开光结束，108 名高僧及随同人员退场，无一不是难题。开光活动临近几天前，北京、海南的领导来检查工作，指出要全面考虑、万无一失。其实在制订方案时，吴国松和何海、陈力商量，让所有信众和现场值勤人员看的，是我们只有一条路，实际上我们要准备三条路：第二条是撤退，第三条是应对不测事件。因为当时分析，各地开光及大部分宗教活动，进场、等候、开光这三个环节比较容易管理、控制，但开光进行到尾声时，早有不少信众做好了"冲刺"准备，一结束就到开光高僧的周边"抢"，不管什么，镜子、笔等佛教用品，大大小小都会"抢"来以图吉利。为此，何海、陈力差不多有一个多星期，在现场丈量、踏勘，重新在绿化环境中新辟了一条路，使大部分德高望重的高僧大德在诵经开光基本完成后，从容地由电瓶车送回了休息室。他们的贡献，保证了开光没有人被踩踏、挤伤、受害。

开光后一星期，市领导来说开光时有人有一箱翡翠珠宝丢失了，这是一位企业家，几乎是"涕泪交流"。沈方瑜陪他去仓库，那箱子平安地躺在那里，其实有很多单位及人员送来物品要求一起开光，礼品部组织了一批员工，开光一结束就这些物品安全转移了。真是各个环节紧扣，滴水不漏。

还有许多事例，包括许多默默坚守岗位的无名英雄。何海负责办公室，他做事十分缜密，为各级领导协调了各类事务。陈大力负责法务活动部，很多法器、法物都亲自去东南亚国家采购，保证了开光大典的顺利进行。左楠负责新闻宣传部，她在省内参加过几次大型活动，包括博鳌论坛。随着观音苑建设的进展，也不断地召开推介会，组织信众活动，做起来亦是驾轻就熟。陆大江负责礼宾接待部，他原是旅游公司老总，机敏灵活、善于交往，但做事很踏实。开光前一周，组委会领导发现有那么多东南亚国家代表组团，却缺少中国台湾代表团。吴国松对组委会秘书长张萍说，你放心，可从上海请一个人来。其实，上海办事处的徐筱晴是招聘进公司的台湾同胞，早在年前就在台湾组织信众，而陆大江那边也有一部分台湾同胞来观光，他们两人一合计，组成了台湾团。开光那天，广播中发出"我们热烈欢迎台湾同胞来参加这个盛典"的声音，但见台湾同胞穿着统一的黄颜色朝拜服，笑盈盈地列队入苑，全场响起热烈掌声，充分体现了"两岸一家亲"！其实在事前开光现场有多幅锦旗，"家和万事兴"，我们的准备哪会忘记台湾同胞！

吴懋功负责工程环境部，协助季总，他做事细至入微、拾遗补缺，开光前的一个月，每天仅有几小时的休息。徐佳负责安全保卫部，那时他到苑区时间不长，主抓车辆调度，这可难为他了：人头不熟，谁的车可进？所有的道路主要为信众入苑及高僧大德、仪执方便，留给他的路真是不多，手中可用的"资源"又有限，真的是难为他了，但后来工作的结论评价是：出色！还有一个事例至今让人想起很感动、很歉疚。开光大典是一个很大的场面，谁都想参加，甚至公司很多女青年暂时不结婚、不生小孩就是想等开光，她们的梦想就是到现场看看这个百年难遇的盛典。但是开光前，当时有一笔资金交给年轻的女员工、部门副经理姚肖雁看管，因此她就无法到观音苑现场观看开光大典。开光大典等了几年、准备了几年，为它工作了几年，却没有参加，真是不容易。事后回过头看看这些员工，真的很了不得。也许这么多年过去了，有许多事情可能逐步被遗忘了，但如果好好地回想当初，可能会让人想到更多，20 余年过去了，也算是一段历史，历史将不会忘记观音苑建设者！

第二节 典礼场景和法会仪轨

在开光大典的前一日，富有佛教文化意义、促进海峡两岸和港澳佛教界深化交流与合作的"圆桌会"如期举行，新华社以《海峡两岸暨港澳佛教圆桌会在三亚举行》为题，进行了如下报道：

新华网三亚4月23日电（记者张玫 王英诚）来自海峡两岸和港澳佛教界近200位高僧大德23日齐聚海南省三亚市，参加海峡两岸暨港澳佛教圆桌会。会议探讨进一步促进和深化海峡两岸和港澳佛教界的交流与合作，共同参与在大陆举办的"世界佛教论坛"等有关事宜，并达成《三亚共识》。

中国佛教协会副会长嘉木样活佛和圣辉法师主持了圆桌会。中国佛教协会会长一诚法师向大会致辞，大陆的圣辉法师，台湾的星云法师、圣严法师、净良法师、净心法师以及惟觉法师的代表见达法师，香港的觉光法师、绍根法师，澳门的健钊法师等分别做了主题发言。还有九名来自海峡两岸和港澳的高僧大德做了自由发言。

圣辉法师在主题发言中回顾并肯定了自上世纪80年代以来海峡两岸和港澳佛教界频繁交流往来所取得的积极成果。他说，这些友好往来把两岸和港澳佛教界弘法利生、慈悲济世的事业紧紧地联系在一起，也把海峡两岸和港澳佛教兄弟的心紧紧地联系在一起。圣辉法师说，两岸一家亲，家和万事兴。海峡两岸和港澳佛教界应该携起手来，共同发掘和弘扬中华佛教中蕴含着的丰富的"慈悲""智慧""和合"的思想和理念，进一步扩大和深化交流与合作，共同参与举办"世界佛教论坛"，为促进人心和善、家庭和睦、人际和顺、社会和谐、人间和美、世界和平，做出佛教独特的贡献。

与会的海峡两岸和港澳佛教界高僧大德在发言中对圣辉法师的建议表示赞同。

经过深入讨论和充分协商，圆桌会原则通过《三亚共识》，强调两岸和港澳佛教界要共同弘扬佛教缘起、中道、慈悲、智慧的根本理念，共同发展佛教文化和教育，整理编纂佛教的典籍，编写佛学院的教材，培养急需的僧才。共同增进和扩大海峡两岸的交流与合作，推动海峡两岸暨港澳佛教圆桌会不定期举行；共同参与在大陆举办的"世界佛教论坛"，为世界佛教搭建一个平等、多元、开放的高层次对话平台；赞成三亚、无锡、西安、舟山四地成为"世界佛教论坛"的共同会址等。

国家宗教事务局局长叶小文在致辞中表示，海峡两岸的高僧大德通过圆桌会，运用佛法的大智慧，正在两岸佛教间开辟和建立新的交流互动机制，这对促进两岸之间的和谐互动，加深两岸同胞之间的沟通和理解，密切两岸同胞之间的亲情具有重要和积极的意义。他说，作为为宗教界服务的政府部门，国家宗教局将积极支持和帮助两岸和港澳佛教界深化交流与合作，并共同参与举办"世界佛教论坛"。

"圆桌会"正是开光大典的前奏。24日，开光大典的重要一刻到来了，这天早上，来自海内外逾2万名信众纷纷亲临现场，随着时

2005年4月23日，海峡两岸暨港澳佛教圆桌会

间推移，人数日益增多。这里需要先介绍开光大典组委会为保障大典顺利成功举行，内设 10 个工作机构，早已前期准备、有条不紊地开展运行：秘书处，负责开光活动的总体协调、上下沟通、活动报批、对外联络、日常事务、文档管理、后勤保障等；计划财务处，负责整个活动的财务支出和收入管理，包括支出预算的审核，赞助款、捐赠款的管理，合同审核等；"圆桌会"服务部，负责"海峡两岸及港澳佛教圆桌会"的会务服务保障工作、宴会的组织、晚会的策划，与国家宗教事务局的对接等；法务活动部，开光大典及相关法务活动总体策划与实施，与中国佛教协会等有关部门沟通对接，主礼法师的邀请，协助做好高僧大德的接待工作，法器、法物采购等；新闻宣传部，负责按国际惯例实行记者注册制，配合协助国家宗教事务局、国务院新闻办做好媒体记者的接待工作，组建新闻中心并落实相关事宜；礼宾接待部，配合国家宗教事务局做好"圆桌会"高僧大德的接待，协调三亚市委、市政府"两办"做好邀请嘉宾的接待，做好开光

大典主礼法师的接待、协调机场、开通绿色通道等；信众接待部，负责信众入园接待组织、入园引导、餐饮服务、园区秩序维护等服务保障；工程环境部，负责开光大典的工程收尾、美化环境、现场布置、舞台搭建、清洁卫生、公厕设置、灯光音响安装调试、引导标识制作、区域划分与席位布置等；安全保卫部，负责开光活动期间的安全保卫、交通疏导、车辆调度、重要来宾的安全警卫、制订安全保卫预警应急方案、及时有效处理突发事件、防止电视插播，以及确保政治、人身和技术安全；卫生保障部，负责"圆桌会""开光大典"期间政要、嘉宾、高僧大德的食品卫生安全以及活动现场的医疗救护、安排现场医院、抽调骨干医护人员进驻。

中国佛教协会会长一诚大和尚

台湾佛光山星云长老

香港佛教联合会会长觉光长老

澳门佛教总会会长健钊长老

108米海上观音开光大典仪式主礼法师入场

随着游客、信众越聚越多，在此刻，观音苑现场工作人员忙而不乱，沉稳地按原先方案听从指挥，各司其职，相互配合，并不时考虑变通或应急方法，时针分分秒秒地走着，而现场工作人员虽然表面若无其事，其实内心忐忑不安、焦急等待，每个人的神经绷得紧紧的。终于，中国佛教协会的6位长老，台湾佛光山开山大师，香港、澳门佛教联合会长老以及海峡两岸108位高僧安然而至，将共同为观音圣像主礼开光，这是中华人民共和国建立以来佛像开光礼仪最完善最隆重的法会，史无前例，是"千载一时，一时千载"的中国乃至世界佛教界盛会，也正是观音苑建设者们在建设时期不断积累、不断耕耘的硕果。

上午8点30分，108位主礼法师到达位于妙金山西侧草坪，其为开敞式空间、廊柱间用黄布隔离的迎请区，迎请区黄布上装饰佛教吉祥图案和吉祥法语，设有各法师休息座席，座席前设法桌一张，配桌围，上置香花，其他位置设鲜花布置，安排净水供应。9时正，但听维那师呼"迎请和尚"，梵乐起，钟鼓齐鸣，南山海上观音108米观音像开光大典正式开始，由南山寺当家师率三大语系僧团、百人仪仗、大斋主至迎请区迎请主礼法师，主礼法师从观音苑入口六经幢处开始，沿着红地毯铺就的慈航大道前往主礼区，途中每位法师身后由一位经过培训、身着合法礼服的义工以华盖护送缓缓前行，两侧信众双手合十恭敬迎请，现场佛乐四起，中国佛教协会会长一诚、国际佛光会世界总会会长星云等108位高僧来到设在观音文化广场上的主礼台上，108位主礼法师分为四排，其中第一排设于妙音台上，共12位，代表观音十二大愿；后三排各设32位，代表观音三十二化身。但见第一排法师拜垫前设短桌，一字排列，桌面铺就庄严绣品，前挂桌围，每位主礼法师前桌上摆放香盘一个，搭戒定真香；供盘一个，内放置供花、毛笔一支，朱砂碟、镜子一面，毛巾一块，手炉一个，燃香一支。后三排拜垫前设长桌，一字排列，每位主礼法师前桌上摆放供盘一个，内放置供花、毛笔一支，朱砂碟、镜子一面，毛巾一块，手炉一个，燃香一支。在108位主礼法师两侧分设两张小桌，上置中磬、中木鱼各一个，左右两班法师以弧形站立，备红鼓一面。

此时，108位主礼法师面向观音齐声颂诵佛经，开光法会仪轨如下：先礼佛三拜，接着洒净，诵"净水赞"，三称"南无大悲观世音菩萨"，主者说"水文偈"：

　　海震潮音说普门，九莲花里现童真；
　　杨柳一滴真甘露，散作山河大地春。
　　主者绕坛洒净水，三称"甘露王菩萨"，赞"佛偈"：
　　观音菩萨妙难酬，清净庄严累劫修；
　　三十二应周尘刹，百千万劫化阎浮；
　　瓶中甘露常偏洒，手内杨枝不计秋；
　　千处祈求千处应，苦海常作度人舟。
　　……

仪式井井有条地进行着，而观看现场，开光幡旗和五色旗飘扬在广场，既人头攒动、氛围热烈，又秩序井然、庄严肃穆，2万多名游客、信众簇拥其间，醉心其中，场面极其壮观、宏伟，再远眺108米南海观音，宛如踏浪而来，面带庄严与慈祥，凌波而立，身后是蔚蓝的天空和海洋，广阔而没有任何景物，只有无边无际的宇宙天地，在她的面前，人深深地感受一种厚实和温和的力量，顿时产生无以名状的安详与踏实。

整个典礼盛况空前，规模之大、影响之广、安排之稳当，使各界人士、高僧大德为之惊叹，赞美之声不绝于耳，人人都久久难以忘却，不少人赞叹开光大典不仅是一次宗教活动仪式，同时也是一个盛大的文化集会，观瞻观音英姿，浏览开光场面，可谓文化、艺术的最高境界，是一种心灵净化，是一种视觉享受，不但弘扬了传统文化，也体现了现代人民的智慧结晶。当然组织方、管理者亦有时刻担心的地方，现场人满为患，拥挤得水泄不通，万头攒簇，除了坐位者，更多的是各处站立者，虽有预警方案，但有谁能保证此时此刻不出乱子？在工程完成、准备开光之前，北京的领导来检查开光准备和施工建设结尾的情况，对开光大典当天的安全也曾顾虑重重，北京领导说，观音苑这么大项目开光，知名程度又这么高，安全防卫工作一定要做好，在有 2 万多人的现场，倘若拥挤死伤社会负面影响太大，

海峡两岸108位高僧大德主礼开光盛典

海内外信众共襄南山海上观音开光盛典

一定要控制好现场……这时，开光仪式临近尾声，结束后大批信众拥向拜佛台，争先恐后想和高僧大德接触，没料到的是，一上台阶发现竟然已空无一人！怎么回事？原来108位高僧大德，通过事先安排的旁通道，坐车送回休息室了。这开光大典最后的"绝招"，避免了狂热信众与高僧大德的接触，避免了意外，最终确保了安全。后来，进行开光小结时，北京的领导对组织者笑着说："你们把我也蒙在鼓里，我却在心中打鼓。"

值得一提的是，与"圆桌会""开光大典"配套的是，举行了灯光、焰火晚会表演。这是一次新的尝试、新的创造，是运用高科技的现代文化与传统文化的有机结合，并经过了多次严密的观察和讨论，严格的试验和论证，使得现代与传统完美地结合并得以生动展现。

夜幕降临，喻意心地清净光明，照破无名烦恼，命名为"佛光普照"的灯光景观，与梵音缭绕的喷水造型景观，共同演绎《大悲咒——慈悲主题》《东方智慧——智慧主题》《世界大同——和平主题》的东方文化精神。犹似晚风轻拂柳叶，人们在祥和的佛乐声中心神陶醉。其间，包含"S形曲线跑泉""千手观音""鸽式摇摆""拜愿礼佛"内容的大型灯光水景音乐喷泉，营造着梦幻般的佛教氛围，表现观音菩萨普度众生的济世宏愿，也表达出信徒们一心向佛的誓愿。当灯光停止，喷水歇息，南山观音净苑又是一番景致：静谧、安详，如有皓月当空，青淡若水的几株翠竹，在一缕清风吹拂下枝叶摇曳，更显得南山观音净苑清凉、宁静。

"一花一叶都有爱，万水千山总是情。"此刻，人们真正领略：无论是外观形态还是内涵意义，观音苑都具有回归自然、天人合一的意

佛光普照灯光夜景

境，而观音圣像屹立南海，气势恢宏，造型巍峨，形体高雅，其建筑形态可与美国自由女神、埃及金字塔以及罗马教堂相媲美，已成为海南、中国乃至亚洲地区的标志性建筑物之一。开光大典是一个启动，一个宣言，南山海上观音面对东南亚，面对亚洲，面对世界，她吸引了无数双眼睛投往和关注这里，由此，开光大典的蕴含超越自身，其行慈悲路、入智慧海、同胞手足情、两岸一家亲、祈福国泰民安、祈求世界和平的活动主题，凸显出当代中国政治文明、社会进步、经济发展、文化自信的重大意义。

第三节　继往开来的未来愿景

日月经天，江河行地；一代典章，千年法守。开光大典圆满落幕，意味着南海观音横空出世，瞩目世界，标志着这个堪称"世界级、世纪级"的盛世文化工程将传统与现代、工业与艺术、雕塑与制造、造型与灯光的完美结合，无论从光学扫描、三维测量、数据采集、计算机成像、放样数据导出，还是局部细节的精密锻制、大型曲面模夹具弯制成形、工艺技术、加工周期等，烙上"中国智造"标识而处于国际领先地位。与此同时，显示出这项史无前例的巨大工程的建设者一种气吞山河、中流击水的英雄气概和奉献精神，体现了人力资源、设备资源、财务资源、宣传资源的有力结合、"前方"与"后方"的有机集合、各方人员与各路队伍心灵相通的有效组合，"人心乱，一切皆乱；心若清明，万事通达"。施工建设者、管理者面对各类复杂疑难、压力甚大现状，以苦干巧干、用心尽心的精神攻坚克

长280米的跨海栈桥——普济桥

难，一一克服。南山海上观音的竖立铸成，与其说是聚合雨水、汗水、泪水，向困难、苦难、磨难宣战，不如说是建设者用自己的心血写下历史，凝聚而化作一座精神丰碑，留给后代子孙一笔丰厚的宝贵遗产。

根基夯实，基础打牢，南山海上观音苑开启新航程。"荷风送香气，竹露滴清响。"在2005年4月24日开光大典举行三年后，即2008年秋季，笔者有幸前往实地采访，后又多次访问观音苑，有时信步游览，有时驻足观望，有时静坐瞻仰，每每总有非同往常的思绪、不同一般的情愫。

确实，南山观音净苑淋漓尽致地表达着佛教文化的空灵妙境，常使人们获得超脱凡尘的惬意和快感。大门处的6座经幢巍然屹立，高大的八棱柱上，刻有垂幔、佛教图案和佛经，昭示人们进入梵天净土，静心虔诚；观音广场面积6万平方米，分为两层，上层为各类大型活动区域，下层为游客休息区及服务区，可同时容纳5万人，是各类大型佛教、旅游活动的主会场；在会场中心的"妙音台"，游客只要轻轻地鼓掌，就能产生神奇的回音，如同听到来自空中的回声；与金刚洲遥遥相望的妙金山，种满菩提树，一片翠绿，山上的两座

东湖双环亭

亭阁流光溢彩，是在远处拜佛的绝好场地；金刚洲的中心距离海岸320米，周边为环岛通道和富有佛教寓意造像的护栏，菩提树、佛肚树、爪哇木棉树、海南古榕树等植物种植在道旁；游客可通过长280米的普济桥跨海登上金刚洲，也可从桥边的游艇码头乘船到大海中参拜南山海上观音；两个高约10米，面积110平方米的重檐双环亭，展现出独特的建筑艺术魅力，屹立在东面人工湖畔，与湖中的曲桥、拱桥、假山以及周围的园林交相映衬，成为菩提园区的一道风景线。

自然，作为标志性建筑、苑区主景当属于108米的观音像。百姓俚语道："家和万事兴，南海拜观音。"这质朴的语言，道出南海观音在民众心中的地位。开光大典举行之后，到南山观音苑朝拜的游客、信众越来越多。据粗略统计，这里每年接待国内外游客逾200万人次，先后接待了众多党和国家领导人、社会政要、外国首脑等，南山海上观音的名气越来越响，在老百姓口碑中越传越神：自建造海上观音后，这里的台风常"绕道"，怕是惊动观音菩萨；观音像建造

开光后，常常伴随和发生一些无法以科学解释的奇特的天文、自然现象，如观音岛上方天空会出现一圈光环等；游客和信众心中有夙愿在祈愿坛上喊出话，周围会传来其回音，真的达到意想不到的沟通回应（回音）；来往三亚的航班在三亚降落时，绕着海上观音"朝拜"一圈，稳稳地降落在三亚机场上。

其实，人们的信仰、行为潜含一种文化、向往。观世音菩萨弘扬"大慈大悲、自度度人"的大乘思想，修道、修心、修身，贯彻利他主义精神，自我完善、注重情操、升华精神，以博爱和慈悲对待人与人的关系，本质上与社会主义核心价值观不谋而合。当今，为生活和事业而紧张奔波的人们，谒拜观音像，聆听经文诵唱，观摩方丈祈祷，内心不由得平静心理，升华情操，在观音像前生发正义之气、文明之举、儒雅之态，观瞻朝拜观音像，但见她超脱世俗、慈悲双运，

远眺南山海上观音

身披一袭长袍，在蓝天之下、青山之侧、海波之中，她的眉眸慈祥，淡淡的笑容，沉沉的思索，给人以信任，给人以希望。顿时仿佛获得心灵的超脱和放松，心绪平静。在此修身养性，可以提升助人为乐、知足常乐、自得其乐的品格；可以消除非分之想，祛除妄念，从而心平如水，心明如镜，获得无我利他的宽阔胸怀。

"秋水为镜，月穿无痕。"按照世俗的生活习惯崇拜观音菩萨，高层次的做法就是：应当在经济上、学识上、精神上帮助他人；与人谈论要和蔼可亲，使人听之入神，引之入胜；要把自己做的事情使人得到好处；要和社会各阶层的人去共同做事，共同担任工作，共同生活，同甘共苦；人们要有高尚的精神，愿他人得到欢乐，怜悯、同情人们的苦难，为他人脱离苦难而高兴；要胸怀广阔，多看他人的好处和功德，不要看他人的坏处，忘记他的过错，不记冤仇，即使过去某人伤害过自己，现在他遭遇了不幸，也不要幸灾乐祸；要放弃成见，放弃成见就是智慧；做了恶事要赶快自醒、忏悔，做了好事不要让别人知道，助人不求报答。南山海上观音大慈大悲，升华的是人们的情操。它的文化内涵在于：体现出了"慈悲济世、寻声救苦、庄严国土、利乐有情"的佛法精神，反映着人们追求和谐社会美好向善的希望和日常生活安定祥和的氛围，发扬人们一心向上、一心向善的精神面貌。谒拜南山海上观音，给人的心灵带来清幽、寂静、安详、平和，促使人们在尽责中求满足，在义务中求心安，在奉献中求幸福，在无我中求进取。

开光大典不仅仅是一个仪式或者说是佛教特有的一种法事活动，从根本意义上讲，正是光大中华文化、弘扬佛教文化的机缘和途径，诚如 2005 年 4 月 4 日《三亚晨报》所述，108 米南山海上观音像开光大典是"海峡两岸、港澳及东南亚地区 2 万多名佛教信众共同迎来的一个他们盼望已久的，圆满的殊胜盛事"，是迥异于任何世俗工程的竣工大典。

　　事实上，更重要的还蕴含另一层意义：自开光大典举行以来，观音圣像受海内外各界万众瞩目，南山成了众多佛教信徒朝拜圣地，成为港澳台及马来西亚的华侨游客的旅游首选地，加强了与港澳同胞、海外华侨民间文化、佛教文化交流，成为海外华侨、华裔后代寻根祭祖的纽带。比如"两岸一家亲，南海拜观音"暨台湾佛光山信众南海朝圣之旅，便是由台湾佛光山开山宗长星云大师积极促成，在南山观音苑领导的大力支持下，自2005年初成功组织500余人参加朝圣之旅。开光大典后有不少观光朝拜团来到观音苑，每团均有法师带队，来访法师已达近100名，两岸佛教界的互动日渐深入。南山观音苑为此都做了精心的接待准备，从接机到整个行程的安排，做得非常圆满。2005年10月，尤其在观音菩萨出家日（农历九月十九）前后，佛光山佛光会在此月份活动十分频繁，除了南山放生等活动外，10月21日还召开一年一度功德主大会。众多佛光山信众在4月24日参加开光大典后，期望了半年之久，才有机会再次光顾观音苑圣地，心情都十分激动。尽管组团出发公告10月8日才发布，按照常规已无法成团，但佛光山信众在了解观音苑本次活动的重要意义和因缘后，仍不遗余力，积极组织信众前来共同参与，特别是台湾佛光山中华总会秘书长觉培法师、佛光山金光明寺住持、梵呗乐团团长永富法师，在百忙中亲自领导组团工作，为朝圣之旅的持续，为大陆佛教事业的发展尽心尽力。由于办理证件等操作时间上的急迫，有近半客人的台胞证在19日才能拿到，为及时赶上观音苑的活动时间，台湾法师特别改变原日程，10月20日先进入三亚参加法会，后从海口返台。因星云大师的慈悲，佛光山法师的配合，各方信众的参与，观音苑的支持，南海观音朝圣之旅日益发展壮大，如今成为家喻户晓的文化之旅的精品和名牌。

开光大典结束后，新一轮的环境建设、生态保护将进一步启动，落幕意味着新起点开始。南山终极目标是作为5A级景区，融观光游览、佛教建筑参观、休闲度假为一体，丰富的旅游资源、厚重的佛教文化、热带风光将成为中国乃至世界各地游客的最爱，其鲜明主题，丰富内涵，成为最具吸引力的文化旅游拳头产品，用精品名牌的核心竞争力优势占领市场，吸引游客，让南山走向世界，让世界了解南山，而这一南海佛教圣地的南山特色更特，优势更优。想必10年后、20年后、50年后，人们重游南山，环境更美，感觉更好，高高耸立、微微含笑的108米海上观音像将深深地镶嵌在更多的人心中，成为中华儿女的文化坐标、一个精神家园。

南山观音苑建设者认为，"以生态建设为基础，以文化建设为核心，将南山建成文化旅游的示范基地，便成为南山人的共同理念"。旅游是文化和产业的高度融合，生态是自然和人文的深度嫁接，历史为南山积淀了丰富的文化内涵，文化理所当然地应该成为南山景区发展的灵魂。在品牌建设中，南山景区以"文化意识"统领景区发展，高度重视旅游的文化利用、整合、开发和创造，以文化内涵的拓展作为开发旅游产业的基本出发点，立足旅游文化架构的建设与积累，将其作为佛教文化、东方文化的载体来开发。景区内尽可能集中体现相关的历史典故、佛学理论、佛教流派等。南山景区现已创办佛学院、佛学研究所，将来计划开办佛教文化展及论坛，并尽可能运用现代技术，提高其文化层次和品位，使其成为在国内外独具一格的佛教文化中心。

南山人还提出"今天的精品，明天的文物"的理念，为了做到精益求精，景区的规划再经历了一次次修改补充，一次比一次更趋完美。已向游人开放的旅游景观，均体现出高标准、高质量、高格调的精品意识，景区年游客量突破 300 万人次，传统文化在现代化的经营管理理念中得以传承，这无不让中外游客啧啧称赞。

这一切，无不让人想起 20 余年前，一群为着实现观音菩萨常居南海愿的三亚南山观音苑公司有缘人，满怀激情地从五湖四海齐聚于南海之滨，在南山的荒滩之上，搭起了一个个简陋工棚，海风夹杂的咸涩，热带的灼人烈日，没有让这群有志之士有半句怨言，默默地为着这个"世界级、世纪级"的盛世工程添砖加瓦。观音像的造型设计，各界专家学者的无数次论证被确定又被否定，从 10.8 米原身像到最终观音造型的确立，从填海造岛，到岛上建成南山海上观音，这期间经历的台风巨浪，经历的技术难题，经历的非议眼光，没有让这批建造海上观音之人退缩。终经数载耕耘，108 米南山海上观音像于 2004 年底主体工程完工，2005 年 4 月 24 日海上观音开光大典圆满举行，这条漫长的建设之路留下建设者的深深足印。

现在让我们重新行走：从祈愿坛祈祷开始，怀着虔诚的心，一路走过普济桥，来到了圆通宝殿外，聆听观音修成救世真身的传奇。走进金碧辉煌的大殿，随着众生踏级而上，来到三面观音坐莲的平台。当我们仰头观望观音慈祥和蔼的面貌时，满心喜悦，感慨万分。

当走回普济桥时，一种圆满的感觉油然而生。坐上电瓶车，没有人发出声音，都在默默地记忆着这短暂的经历。这时传来一句话语声："请回头再看看观音的慈祥吧！"大家回头，不禁欣喜：观音正款款轻步向我们走来！这是观音在陪着我们出苑啊！出苑时，一段上坡路带来的视觉变化，使我们倍感亲切。其实，只要你有虔诚的心，观音将陪伴你一生。

是的，曾有过艰辛、苦难，但没有悔恨、没有埋怨。还有很多无名英雄，本书无法一笔笔提及。也许建造南山海上观音是建设者一生的幸运和幸福，是的，人们记得，后代更会记住！

南山观音苑建设大事记
（1997—2005 年）

1997 年

6 月 5 日，国务院宗教事务局正式批准海南三亚南山露天观音像的建设项目。

1998 年

2 月 9 日，海南省计划厅批准南山文化旅游区"南山海上观音像"的建设项目。

5 月 13 日，成立南山海上观音建造筹备组，正式启动南山海上观音像的建造工程。

1999 年

1 月 26 日，在上海举行南山海上观音像基座选址审定会和观音塑像样稿讨论会。确认了基座的选址、人工岛的外形及立像中心点位置距岸为 320 米。确认了三面观音像方案。

2 月 24 日，向中国佛教协会、佛教文化研究所领导和专家汇报南山观音建造筹备的主要工作情况以及南山海上观音像从一面、四面到三面的创造过程。

相关内容链接：

观音圣像最早采用的样稿是宋朝大画家张胜温的《法界源流图·梵像篇》（现存台北故宫博物院）中一尊观世音菩萨的画像，那尊佛像正面是手持佛珠、脚踏莲花叶，立于海上。因单尊观音像体的抗台风、抗地震性能较差，而且观音像的朝向将会让信众朝拜、游客观光受到影响和限制，于是创作小组、主创人员做了改进。

4月17日，与葛洲坝集团第一工程有限公司正式签订"南山海上观音"海底基础及基础设施工程项目协议书。

4月18日，吴立民居士为南山海上观音像撰写《南山三面观音释义》。

5月3日，葛洲坝集团广海分公司开始进场施工。

5月17—19日，召开"人工岛、栈桥及观音广场设计方案"审定会。会议广泛听取了各权威专家的意见。

6月2日，完成《观音苑项目方案介绍》。

7月30—31日，在北京举行南山海上观音样稿评审会，中国佛教协会、佛教文化研究所、中国佛学院领导和专家评审"南山海上三面观音"样稿，从佛理上给予充分肯定，并在艺术表现手法上提出相关的改进意见。

8月15—17日，召开由三亚市政府主持的关于"三亚南山文化旅游区南山观音文化苑扩初设计方案审定会"。

9月16日，8.8米石膏像在南京第一次讨论会上赢得了雕塑艺术界权威人士对泥塑样稿艺术性和制作工艺的高度评价。

10月8—9日，葛洲坝集团广海公司工程项目部在三亚召开施工图设计交底及人工岛施工方案审查会。

10月27日，举行南山观音净苑开工典礼新闻介绍。南山观音像建造委员会正式揭牌。

11月27日，10.8米泥塑原身像在南京晨光集团成功制成。

11月30日，与葛洲坝集团第一工程有限公司正式签署"南山观音文化苑人工岛工程"施工合同。

12月12日，与南京晨光集团有限责任公司正式签署《"海南南山观音圣像"工程设计、制造及安装合同书》。

2000 年

1月1日，南山海上观音工程配套项目——菩提功德林辟建，开始认植菩提树。吴立民居士撰写《请种菩提树　劝发菩提心——为敬造南山海上观音者进言》。

1月5日8时，人工岛（金刚洲）动工。

2月3日，开始安放扭王块。

2月7日，观海平台观音缘法处开始工作。

2月25日，金刚洲（人工岛）围岛引堤成功合龙。

3月6日，人工岛防波胸墙工程动工。3月26日，防波胸墙基础全部完成。

3月15日，与上海远东国际桥梁建设有限公司在三亚签订普济桥（栈桥）施工合同。

3月19日，上海远东国际桥梁建设有限公司施工队正式入场施工，开始普济桥的建设。

3月，季素福秘书长在北京向中国佛教协会副会长仁德法师介绍南山观音建造情况。

3月30日，原全国政协副主席、中国佛教协会会长赵朴初居士听取了南山海上观音像建设情况的汇报，并仔细审阅了观音小像和宣传册，称许项目建设"如法如仪"，并为此而"谢谢海南的同志"。

5月13日，普济桥（栈桥）扩初设计评审会在三亚东方大酒店召开，会议审议并通过了普济桥的扩初设计方案，并就细部做出修改。

5月20日，与南京晨光集团公司签订合同，晨光集团公司根据三尊10.8米石膏原身像正式开始制作10.8米不锈钢原身像。

5月24日，南海海上观音功德基金会正式成立，成立大会在三亚东方大酒店召开。

7月6日，菩提功德林由观音广场向妙金山迁移，标志着妙金山菩提功德林正式辟建。

7月12日，人工岛的护胸墙工程和防浪混凝土扭王块安放工程全部完工，共计安放扭王块2332块。标志金刚洲（人工岛）工程全部顺利完工，开始进入圆通宝殿工程的施工准备阶段。

8月14日，签订了圆通宝殿及观音广场工程项目框架协议，工程施工总承包单位为葛洲坝集团第一工程有限公司。

9月9日，金刚洲及施工引堤遭到16号（悟空）强台风的正面袭击，最大浪高达6米，工程完好无损，经受住了考验。

9月18日，为彰显温州善士信众捐助支持建造工程的殊胜功德，特在妙金山菩提园区辟建"温州功德林"，杭州灵隐寺方丈、温州市佛教协会会长木鱼老和尚为功德林题字。

9月20日，圆通宝殿基桩施工完成。

9月25日，妙金山上的妙观亭建设完工。

10月7日，南山海上观音1：10比例原身像在南京晨光集团制作完成。像高 10.8 米，一体化三尊造型，白色材质制造，在工艺、表面处理、色泽效果，以及佛性、协调性、相容性等方面都相当完善。通过了各界专家、学者的评审与认可，为 108 米海上观音像的建造提供了基础和依据。

10 月 13 日，与葛洲坝集团签订《三亚南山海上观音圆通宝殿基桩工程施工合同》。

10 月 15 日，加拿大全国园林设计师协会主席梵申·阿萨兰，在参观了建造工程现场之后赞叹"海上观音像工程，既有传统文化，又有现代文化；既有自然生态内在含义，又有人文主义精神。这是一项极具挑战意义的综合文化工程"。

10 月 18 日，南山海上观音原身像运抵三亚南山。11 月 3 日，原身像正式安装在南山佛教文化苑光明广场，并于第二日通过了双方的验收。

10 月 23 日，澳门海上观音设计者李洁莲女士慕名到建造工程现场参观，为海上观音像主体的设计和建造提出了中肯意见和建议，亦表示愿意无偿为此项"世界级、世纪级"的宏伟工程提供帮助和支持。

11 月 12 日，在南山佛教文化苑光明广场举行盛大的"原身像奉安开光法会"，新成大和尚主持奉安大典。

11 月 16 日，海上人工岛（金刚洲）上的圆通宝殿基桩工程正式开始施工。由葛洲坝集团第一工程有限公司承担工程的施工。

相关内容链接：

南山人工岛工程在非台风季节采用陆上推进的填筑施工方法是正确的，并取得了成功。陆上施工充分发挥了葛洲坝机械化施工的优势，不但避开了风浪影响，大大缩短了施工期，而且陆上施工比用船舶施工更易保证工程质量，如抛石、理坡、定点安放扭王块等。南山人工岛在短短三四个月内填筑完毕，施工速度在国内也是少见的。国内也有陆上推进填筑防波堤的工程实例，如大亚湾核电站防波堤、澳门新机场人工岛防波堤等，那里施工海况条件比南山人工岛好（波高小、有掩护），但施工期很长。

人工岛基桩工程采用国际上较为先进的防海水腐蚀的环氧树脂涂层钢筋，我国也刚开始推广使用。一般海港工程基桩的使用寿命约30年，采用环氧涂层钢筋和其他措施后，使用寿命可延长1倍以上，而所增加的费用占整个工程投资的比例却很小。

2001 年

3月23日，"108米海上观音像"新闻座谈会在三亚东方大酒店举行，来自全国地市报的总编、摄影专家，就南山海上观音像的形象定位等问题，提出了许多建设性的意见。

4月10日，出台圆通宝殿地下室底板施工组织方案，5月，对圆通宝殿地下室底板施工组织方案进行审查，并着手施工前的准备工作。6月，圆通宝殿地下室底板工程开始施工。

4月30日，农历四月初八佛诞日，青海果洛州久治县德合隆寺的丹贝旺旭活佛造访南山海上观音功德基金会，并向南山海上观音功德基金会敬赠了佛教圣物——舍利。

此次向南山海上观音功德基金会敬赠的4枚舍利分别是2枚大迦叶佛舍利和2枚天降花舍利。以后4枚舍利将供奉于海上观音像中。

赠送仪式在妙金山菩提园举行，对于建造中的108米的南山海上观音，丹贝旺旭活佛用"千圣万贤齐拱手，青山绿水皆低头"来赞颂。

5月初，圆通宝殿基桩工程全部完工，共打桩184根，平均深度20—40米。

5月8—13日，广州救捞局潜水队对金刚洲扭王块进行水下录像和水下检查；6月14—16日，海军潜水队进行复查，工程一切正常。

5月22日，在海口燕泰大酒店举行了南山海上观音项目建设汇报会，海南省委宣传部部长洪寿祥、省委常委王守仁、全国人大常委会委员王学萍及省委统战部、省民族宗教厅的领导出席了会议，听取了项目筹备和进度等情况，并进行了指示。

5月23日，在三亚市委会议厅举行了南山海上观音项目建设汇报会，三亚市委书记王富裕、副市长吴文学及市民宗局、海洋局、规划局等领导听取了汇报，提出建设性的建议，给予了指示，并对项目建设表示大力支持。

6月18日，南山海上观音功德基金会第一次南海放生会活动在观音苑观音岛举行。来自四川省色达县洛若寺克王诺波活佛和李蔚昀等四位护法，以及三亚市红沙地区近百名居士参加了这次活动。

6月24日，参加北京国务院华侨事务处举行的"新世纪华侨华人社团联谊大会"的东南亚华侨团到南山参观南山海上观音工程，并表示愿意为工程在东南亚地区进行宣传。

7月5日，由副秘书长李飞带领，基金会苏栩、张艺馨、夏宁一行4人，访问泰国。在泰国期间，海南会馆对访问团的行程起居关照入微，会馆各位首长百忙之中均安排会见并热情款待。访问团拜访了泰国各地有关华侨乡团，并举行了"海南·108米南山海上观音亲情知照会"。通过宣传图片及电视专题片，泰国乡亲全面地了解海上观音工程，广为宣传，并能得到泰国乡亲在多方面特别是从业经验上的指导支持，以使观音像的建设能积聚更多的智慧和能量，真正成为东方世界的文化坐标、传承坐标、精神坐标。

7月5日，基金会组织来自海口、三亚地区200多名佛教信众，怀着慈悲之心，聚集于南山观音岛海边，在南山寺智法法师的主礼下，举行了一场庄严的放生活动（第二次南海放生活动）。

7月13日，泰国国务院政务部部长颂沙（兼旅游部长）及投资商考察团共26人考察南山，基金会工作人员向考察团介绍南山海上观音工程项目。

8月1日，圆通宝殿地下室底板工程顺利完工。

8月8日（农历六月十九日）是观音菩萨成道日。南山海上观音功德基金会借此吉日，在南山举行了第三次南海放生活动。

8月9日，南卡丹真活佛与上海媒体记者到南山海上观音建造工地参观建造中的海上观音工程。

9月16日，基金会在南山观音岛海边举行了第四次南海放生会活动。海口、琼山和三亚等海南市县的300多名信众前来参加放生活动，还有来自全国各地的信众委托本会放生。此次放生活动洒净仪式由四川甲东寺西绕罗登活佛和亚龙寺秋央珠扎活佛主礼。

11月4日，南山海上观音功德基金会首届"金秋南山放生会"在南山观音苑隆重举行，有来自全国各地及海外1000多名信众参加了这次活动（第5次南海放生活动）。

11月14日，南山海上观音功德基金会协助南山寺举办"新成大和尚进院升座庆典"活动。

11月20日，南山海上观音功德基金会响应三亚市委、市政府的号召，帮助三亚市贫困地区人民脱离贫困生活，组织了一次扶贫助捐活动，为三亚市立才乡贫困地区捐款 3 万多元人民币。

11 月 23 日，来自世界各地共 20 个国家和地区的 3000 多名海南乡亲代表，相聚在曼谷的眉特会议中心，共同出席第七届世界海南乡团联谊大会。南山海上观音功德基金会代表团应邀参加。

2002 年

1 月 12 日结束的全国旅游工作会议上，海南三亚南山文化旅游区海上观音园区开发项目被列入国家计委和国家旅游局推荐的中国旅游业优先发展项目。

相关内容链接：

中国旅游业优先发展项目是国家计委和国家旅游局为进一步明确旅游投资方向，更好地引导社会资金的流向而推出的。

优先发展项目均是根据中国旅游业的发展趋势和国家"十五"计划的安排研究确定的，主要目的是通过政府的导向性作用，拉动社会投资，全面提高旅游产业的综合供给能力，从而使旅游业在刺激消费、拉动内需方面发挥更加积极的作用。被选定的优先发展项目，需符合市场需求，具有一定的规模和影响，同时具有开发前景，对当地旅游业的发展具有支撑和带动作用。

1 月 20 日（腊月初八），基金会举行第六次南海放生会活动，有来自海口、三亚地区的 200 多名信众以及自发前来的游客参加了此次活动。放生洒净仪式由南山寺法师主礼。

2 月 4 日，基金会举行第 7 次南海放生会活动。此次活动是为北京小学生冬令营营员举办的一次环保生态教育性活动。

3月31日至4月1日，南山海上观音功德基金会举办"南海清明踏青游活动"。此次活动将佛教文化与旅游活动巧妙地结合在一起，推出"莲池放灯法会""璀璨烟花祝圣""清明南海放生"等活动，吸引了来自北京、上海、广州、杭州、海口、三亚等全国各地及海外2000多信众和游客前来参加（第8次南海放生活动）。

4月4—7日，三亚南山文化旅游区组团赴南京参加2002年中国国内旅游交易会。4月4日，三亚南山文化生态游新闻介绍会在南京天丰大酒店隆重举行。此次介绍会是南山营销委员会自成立以来首次尝试运作，也是南山文化旅游区首次在华东旅游市场开展相关的宣传活动，在季总的领导下，由基金会苏栩、季涛、姚肖雁等人员组成核心操作班子。

以旅交会为契机展开宣传工作，邀请各大旅游机构代表参加，进一步提升了南山文化旅游区及108米海上观音的知名度。更重要的是，尽管准备时间仓促，以及与旅交会布展工作的重叠，本次新闻介绍会完成得较为成功，显示出经过一段时间的锻炼，已经初步培养出一支指挥得当、协调有力、运作有效的队伍。

5月7日，与上海远东国际桥梁建设有限公司草签圆通宝殿施工合同，圆通宝殿施工建设开始进场准备工作。

5月26日，在南山观音苑观音岛再次举行了隆重的南海放生活动，这次活动是南山海上观音功德基金会举办的第9次南海放生活动。活动由北京佛教居士林信众发起，来自北京、海口、三亚等地区的数百名信众参加了放生活动。

6月6日，海上观音像总体方案评审会在海南三亚召开。

7月31日，一批大规格钢柱由上海顺利运抵施工现场，"108米南山海上观音"圆通宝殿土建工程全面动工。

相关内容链接：

圆通宝殿是"108米南山海上观音"项目海上基础工程的重要组成部分，殿高22米，总面积逾1.5万平方米，建成后将成为世界上面积最大的观音殿堂。

运抵南山的钢柱由上海远东国际桥梁工程有限公司承制，直径1.1米，长度不一，最长的7米，是当时海南省所使用的规格最大的钢柱。

这批钢柱将组合成8根护法柱，矗立在圆通宝殿内，成为未来108米南山海上观音像的坚实基础，直接支撑着观音像数千吨的重量。

8月9日，南卡丹真活佛参访南山，并于8月11日早上，在南山休闲会馆亲自主持了宝瓶法会和金刚长寿灌顶仪式。后在基金会人员的陪同下到南山观音岛，举行了庄严的宝瓶安放仪式，按藏传佛教仪规在观音岛四周八方安放了宝瓶。

8月底，圆通宝殿地宫高6米多的工程框架结构完成。

8月25日，跨海栈桥工程正式开工。

相关内容链接：

跨海栈桥也叫普济桥，连接着海上人工岛与观音广场两个部分，长280米，宽12米，可承受总重20吨的汽车通过。该工程由远东国际桥梁工程有限公司负责施工。属于海上施工，且地下岩石地貌复杂，因此施工难度大。

9 月 1 日，最后一根高达 21.08 米的巨大护法柱在金刚洲上安然矗立。

相关内容链接：

圆通宝殿内的巨型护法柱共有 8 根，直接承载着整个观音像的重量，采用的是目前海南最大的钢管，每根直径为 1.5 米，长 21 米。钢管筒体内灌注的 C60 高强度混凝土，在海南省范围内是首次试配成功，而工程主体使用的特种钢材在国内极少生产，在广东、广西、河南三地辗转加工合成。

9 月 1 日（农历七月二十四），适值龙树菩萨圣诞日，借此吉庆之日，南山海上观音功德基金会举行了第 10 次南海放生活动。法会仪式由南山寺能照法师主礼。

10 月 24 日（农历九月十九），正值观音菩萨出家日，为满足广大佛教信徒的宗教活动需求，南山海上观音功德基金会组织了"观音菩萨出家日南山朝圣、南海放生活动"。此次活动主要由本省海口、三亚数百名信众和自发前来的游客参加，其他地区不能到现场参加的信众也通过基金会各地联络处捐助放生善款进行委托放生（第 11 次南海放生活动）。

10 月 24 日，圆通宝殿主体结构已施工至第四层（高 23.5 米），面积 1200 平方米。

11 月 3 日，观音像的钢结构正式出图，并在海上观音建造现场召开了图纸会审，对有关的工程问题做了解答。

11 月 6 日，栈桥首根水中墩桩，即 6#—1 海上施工捣砼完毕。

11 月 13 日，八大护法柱开始浇灌 C60S6 级的混凝土，这是海南最高的标号。

11月21日，圆通宝殿四层结构平面捣砼完毕。

12月5—12日，苏栩、程曼倩赴泰国曼谷参加由泰国海南乡团联谊会及泰国海南会馆举办的第一届世界海南乡团联谊会商品展销会。在展销会场南山海上观音像工程引起众多参展代表及泰国市民的浓厚兴趣，他们不断询问及了解有关观音像建造工程的详细情况，进一步提高了观音像工程在泰国的知名度。

12月19日，圆通宝殿封顶仪式新闻发布会在三亚金银岛大酒店举行，南山观音苑建设发展有限公司领导、上海远东国际桥梁建设有限公司领导及海南各大新闻媒体出席了会议。

12月20日，108米南山海上观音项目圆通宝殿封顶，并开展莲池法会、封顶洒净仪式、南海放生等系列活动。

相关内容链接：

圆通宝殿是108米南山海上观音项目的底座部分，高30米，分为地下一层，地面六层。地下层为地藏宫，存放、展示各类佛教法器与珍贵器物，上层殿堂安放各地信众迎请供奉的99 999尊观音像。

圆通宝殿主体工程正式封顶，预示着108米南山海上观音工程进入观音像主体施工的关键阶段。

12月20日恰逢农历十一月十七阿弥陀佛菩萨生日，在封顶庆典期间，还开展了莲池法会、封顶洒净仪式、南海放生等活动。三亚市政府、三亚民族宗教局的领导及嘉宾等出席了当天的封顶仪式。

12月20日时值阿弥陀佛圣诞吉日，普陀山普济禅寺恭迎戒忍法师进寺升座，举行了盛大的庆典仪式。中国佛教协会副会长圣辉法师为戒忍法师送座，诸山长老齐聚普陀山，参加戒忍法师的升座法会，海南南山海上观音功德基金会副秘书长彭哲勇居士、戴国静居士代表基金会参加升座法会，祝贺戒忍法师荣膺普陀山全山方丈。

为祝贺戒忍法师荣膺普陀山全山方丈，南山海上观音功德基金会副秘书长彭哲勇居士代表基金会向戒忍法师敬赠礼品。

2003 年

1月6日，召开游艇码头专家评审会。

相关内容链接：

108米南山海上观音像一体化三尊造型，不仅符合佛理要求，更充分考虑到将来游客的观光朝向要求。正面持箧观音像面朝陆地观音广场，游客可通过普济桥登上观音岛。两侧持莲、持珠观音面朝大海。因此，观音岛游艇码头的兴建，将满足游客海上游览观光的需求。

1月26日，观音像底座——"金刚宝座"顺利封顶。

相关内容链接：

南山海上观音像下"金刚宝座"的建造分为"圆通宝殿"与"莲花宝座"两个部分。

圆通宝殿的主体工程已于2002年12月20日封顶，目前封顶完工的是"莲花宝座"的内部框架部分，该部分是基于圆通宝殿上的2层转换层结构建筑，将来在其外表装裱合金材料蒙皮，即可展现出"莲花宝座"的壮观形象。

南山海上观音像本体的荷载重量首先将通过转换层，然后经由8根护法柱传递到底下基础部分，因此，直径33米的转换层在设计上墙多、梁多、钢筋密，给模板组接、水泥浇灌等具体施工带来极大的难度。此次莲花宝座内部框架的封顶完工，标志着整个金刚宝座主体工程的完成，接下来将转入观音主体钢架安装工程阶段。

3月21日，观音主体钢架开始安装，并举行"观音像主钢架安装仪式暨放生法会"活动。

相关内容链接：

主钢架具有多种型号、规格不一，共为1300多吨。其制作与安装由南京晨光集团公司负责。

由于是在海面上露天高架施工，随着高度的上升，施工现场启用高层防风护网配合施工。

21日上午，工地现场举行了隆重的主钢架安装项目启动仪式，数百名北京、上海、海口等地的群众自发组团到场观礼。

4月11日，海南三亚南山海上观音圆通宝殿外观设计专家论证会在北京中国人民大学科研楼A座佛教与宗教研究所413会议室召开。国内佛教界、美术界、古建筑界著名专家学者及项目相关人员10余人参加了会议。

相关内容链接：

会议由佛教专家李家振先生主持，海南三亚南山海上观音像工程指挥部总指挥季素福先生向与会专家介绍了海上观音像工程背景情况，中国社科院考古所研究员张总先生代表圆通宝殿外观设计组汇报了设计草案征求意见稿。

与会专家学者在创意理念及工程关键性问题上提出了许多建设性意见，使整个论证会的学术品位和应用价值都达到了相当高的水准。

5月16日下午，海南省副省长李礼辉在三亚市领导陈辞、张琦及南山海上观音苑建设发展有限公司负责人的陪同下，认真检查整个工程的建设情况。

相关内容链接：

当日，副省长李礼辉强调，重点工程项目特别是旅游重点项目，一定要保质保量加快建设步伐，迎接非典疫情过后我省旅游新高潮的到来，把非典对我省旅游业的负面影响降到最低点。

李礼辉在市领导陈辞、张琦及南山海上观音苑建设发展有限公司负责人的陪同下，认真检查整个工程的建设情况。在听取公司负责人的情况汇报后，李礼辉指出，一定要确保工程质量，加快施工进度。非典疫情过后，我们将迎来一个新的旅游发展高潮，每项工程的如期完工，将给我省的旅游产品注入新的内容。公司要好好协调各方面的关系，一切从大局出发，做好工程的管理工作。

5月，观音广场启动试桩工程。

相关内容链接：

海上基础工程包括了金刚洲（人工岛）、圆通宝殿和普济桥（栈桥）三个部分。至今，人工岛、圆通宝殿主体工程相继完成，普济桥的建设也进入到高潮阶段，预计下半年早些时候普济桥主体将可完成。

于近日试桩动工的观音广场工程，是观音净苑景区的重要组成部分。该广场直径约130米，占地面积约6万平方米，是未来从陆上朝拜海上观音圣像的主要场地。

6月10日，面积达6万平方米的南山观音净苑园区观音广场工程正式启动。

相关内容链接：

观音广场项目工程是整个观音净苑景区岸基配套工程的重点，该工程动工将加快整个园区配套工程的进展，进一步完善观音苑景区系统服务功能。

建设中的观音广场有上下两层，长280米的跨海栈桥一端架在观音岛上，一端则连接着观音广场2层平台，电瓶车与游人可从观音广场直接通往观音岛。

建设中的观音广场位于观音净苑园区中央，是参拜海上观音像的主要场所，也是各类大型佛教、旅游活动的主会场。

7月10日，南山海上观音圆通宝殿项目研讨会在南山观音苑建设发展有限公司办公大楼召开。国内佛教界、美术界、古建筑界著名专家学者及项目相关人员10余人参加了会议。

相关内容链接：

此次会议是专家组经实地详细考察后举行的圆通宝殿外观设计专

题会议。会上，专家们和项目负责人从建筑材料结构、视觉效果、雕塑内容等方面进行热烈的讨论，在工程的抗风抗震及雕塑的如法如仪等问题上提出了很高的要求。

建成后的圆通宝殿外观雕塑在传承的基础上创新，将与整尊海上一体化三尊观音像融为一体，成为体现观音文化的经典之作。

7月10日，南普陀寺举办海峡两岸暨港澳佛教界为降伏非典国泰民安世界和平祈福大法会。来自祖国大陆和台湾、香港、澳门的佛教四众弟子汇聚一堂，共同为国泰民安、祖国统一、世界和平祈福。南山海上观音功德基金会工作人员刘耐波、戴国成前往厦门参加了祈福大法会。南山海上观音功德基金会工作人员戴国成向台湾佛光山开山祖师星云大师赠送三面观音像，并介绍海上观音工程进展情况。

7月10日晚8时许，马来西亚吉隆坡怡保净宗道场的法宣法师应三亚南山海上观音功德基金会的邀请，做客基金会会议室。宾主进行了友好交谈，其间基金会负责人向法宣法师介绍了108米海上观音像的建造缘起和建造历程，法宣法师也从如法如仪的角度对观音像的建造提出了个人的想法和建议。

7月27日，南山海上观音功德基金会访问团苏栩、王琳、姚肖雁一行三人飞往马来西亚，参加在马来西亚吉隆坡举行的第七届华商大会，并在马来西亚槟城、吉隆坡等著名城市举行南山海上观音功德基金会新闻发布会等有关南山海上观音宣传活动。

访问团在吉隆坡的海南会馆总会天后宫举行海南三亚南山海上观音功德基金会新闻发布会。

之后，紧接着又在槟城海南会馆举行了华侨座谈会。受海南会馆及海南华侨人士的热烈邀请，访问团还参加了由中国大使馆在吉隆坡日航酒店举行的建军76周年招待酒会，并对当地华侨情况、极乐寺等佛教寺庙进行考察。

访问团向马来西亚海南会馆赠送了三面观音像。

8月16日上午，南山海上观音功德基金会戴国成居士，在杭州拜见了净空老法师，向老法师介绍了观音像工程的近况，并代表功德基金会向老法师敬赠了三面观音像、《茗山日记》和其他礼品。老法师饶有兴趣地听取了戴国成居士对南山海上观音像工程的介绍，并应允愿意前来三亚观音苑弘法和参加南山海上观音开光大典。

8月17日，海南南山海上观音像基座外观设计专家论证会在北京中国人民大学逸夫会议中心第一会议室召开。

相关内容链接：

会议主要由南山海上观音像基座外观设计小组汇报第三阶段设计效果图，并交由各位专家论证点评。与会专家学者围绕基座外观设计理念及初步完善的电脑效果图展开了热烈的讨论。

南山海上观音像工程建造指挥部总指挥季素福，著名佛教美术专家、中央美术学院教授金维诺，著名古建专家孙大章，著名雕塑大师钱绍武，清华大学建筑学院教授娄庆西，著名国画家李少文，著名考古学家杨泓等国内佛教界、美术界、古建筑界著名专家学者及项目相关人员20余人参加了会议。

出席会议的专家名单：

田　青：著名音乐理论家，中国艺术研究院宗教艺术研究中心主任。

孙　机：著名文物学家，国家文物鉴定委员会委员。

孙大章：著名古建筑专家，中国建筑研究院建筑历史研究所研究员。

李少文：著名国画家，中央美术学院教授、博士生导师。

杨　泓：著名考古学家，中国社科院考古研究所研究员、博士生导师。

金维诺：著名佛教美术专家，中央美术学院教授、博士生导师。

娄庆西：清华大学建筑学院教授、古建筑研究所顾问。

钱绍武：著名雕塑大师、书法家，中央美术学院教授。

李家振：佛教文化工作者。

张　总：中国社会科学院考古所研究员。

李精圖：天雨艺术工程所所长、高级工艺师。

7月18日，此日为佛教传统的节日观音菩萨成道日。为庆贺观音菩萨成道，也为在非典肆虐期间被染病的患者和亡者祈祷，南山海上观音功德基金会举办了以"珍惜生命、珍爱健康，保护生态环境、祈祷世界和平"为主题的第14次南海放生法会活动。此次活动由于受非典的影响，只组织了来自海口、三亚等本省信众200多人前来参加，其他省外各地的信众通过网络等方式委托基金会放生。

8月2日，为求功德无量，灭罪消灾，消除种种孽障。受广州居士林居士的委托，南山海上观音功德基金会会同广州联络处择此日在观音岛为其举行南海放生法会。（第15次南海放生活动）

8月29日下午，海南南山海上观音像建造工程指挥部总指挥季素福一行在香港拜会了新加坡净宗协会的会长——净空大法师。

会面时，季素福总指挥向净空大法师介绍了观音像工程建造进展情况，净空大法师一边仔细听介绍，一边认真地翻阅工程图片资料。

8月30日上午，海南南山海上观音像建造工程指挥部总指挥季素福、彭哲勇居士一行在香港正觉莲社拜会了现任香港佛教联合会会长觉光大师。

在正觉莲社，季素福总指挥向觉光大师介绍了观音像工程建造进展情况，觉光大师表示，有机会一定来三亚现场。

9月1日，马来西亚沙巴州首席部长章家杰一行抵达三亚，入住南山休闲会馆，开始了对南山海上观音工程的考察。

章家杰系马来西亚华裔，现任马来西亚沙州首席部长。章先生一直以来很关注南山海上观音工程，同年1月，他曾在妙金山菩提园认捐一棵菩提树。此次来琼，是专程到海上观音工程现场考察的。

9月6日下午，厦门南普陀寺慈善事业基金会果宁法师，正兴法师一行莅临南山观音苑建设发展有限公司上海联络处，彭哲勇居士和戴国成居士亲自迎接法师一行，并向他们介绍了正在建设中的南山海上观音像工程情况。

9月8日，南山海上观音像主钢架结构已经安装完毕，副钢架结构安装也紧接着开始进行，月底，主副钢架的焊接可全部完成。

相关内容链接：

观音像外表平面部分面积约1.119万平方米，全部是由优质合金钢板锻制而成，总重量约200吨。脚跟部分有1.7米高的硕大佛脚即将制作完成。预计至观音像的主副钢架全部安装完毕后，工程即可进入像体实际安装阶段，同时，用麻丝和石膏制作，高16米的观音像头部1：1石膏放样雕塑也在紧张制作中。

9月9日，吴国松、沈方瑜两人加入三亚队伍，他们走访了每一个办公室，到现场每一处工地参观。向每个部门的领导了解情况，讨教经验。以后又去了万宁、兴隆、海口等地调研。

9月9日，香港著名居士、香港噶玛噶举法轮中心创办人黄方文慧居士前往南山观音像建造工程指挥部广州联络处拜访。

9 月 10 日，季总召开了干部会议，宣布成立营销中心，统筹开光活动，由吴国松总顾问负责，成立礼品中心，由沈方瑜经理负责，指出这是公司上新台阶的标志。季总讲的这句话，有的人觉得夸大了，无非是请了两位能人而已，认为季总领着一班人，建起了南山海上观音，是运气好，殊不知，在发展的各个关键阶段，季总深思熟虑，果断决策，才使这个项目能有今天的成功。季总讲今后是一个新阶段，果真是看到了观音苑的发展仰仗一批懂市场、会运作、具有开拓精神的人，要依靠这些人把建设为主的队伍带到市场上去，进入社会，一个目标：即南山海上观音要立足全国乃至东南亚国家。一个企业家最宝贵的是要具有战略眼光，在这以后的几年中，新上任的一批公司领导、中层干部及项目负责人，和公司原来的骨干们团结一致，风生水起，有声有色，脚踏实地，把观音苑项目在国内外竖起了标杆。

9 月 17 日，吴总顾问到北京调研。

在京时，拜访了国务院新闻办主任赵启正，国家打假办副主任叶柏林，国家邮政局局长田玉海，由其介绍，回海南结识了海南邮政局局长杨思忠、副局长陈凤杰，还去国家旅游局通报及请教。事后，出纪念邮票、开光工作，都得到了他们的支持。

10 月 9 日，吴总寻访张彪，他原是 803 所的同事，任所团委书记，后调任团市委工作。

吴总向他介绍了南山海上观音苑项目的概况，请他考虑如何组织开光。

10 月 9 日，南山海上观音功德基金会考察团刘耐波、王琳、邢贞瑰一行三人前往马来西亚，进行了为期十天的考察、访问活动。

在出访期间，参加了马来西亚吉隆坡举行的海南大厦开幕暨成立七十周年纪念系列活动，并在吉隆坡、槟城等城市会见各界华人，举行记者见面会，并做全面宣传与介绍。

在马来西亚期间，访问团受到王弗诚先生、其弟弟海南侨联主任王弗坤先生以及当地海南华人的热情接待，拜访了马来西亚中国旅行社有限公司、马中旅游有限公司、福建假日等旅行社，并详细介绍了海上观音工程情况及明年开光计划。紧接着又拜访了槟城海南会馆，由槟城华人组织，举办了记者见面会。除此之外，还拜访香山寺真诚法师，并参观了泰佛寺和缅佛寺。在此期间，无意中结缘了文莱海南协会主席等并赠送旋转木制观音像，初步开发了文莱市场。海上观音工程受到华侨各界人士与媒体的热心关注，马来西亚主要华文报纸《东方日报》《中国报》《光华日报》等详细地介绍了观音项目，华侨界人士也纷纷表示愿意为南山海上观音像这项"世界级、世纪级"的佛事工程出自己的一分力，并有机会参加明年开光活动。

此次访问不仅扩大了南山海上观音工程在马来西亚的宣传与影响，也扩大了在新加坡、泰国、文莱等国家的宣传和影响。此次出访中参加马来西亚海南会馆举办的系列活动，也学习到了一些组织大型活动成功经验。

10月14日，张彪出了开光大典第一稿，吴总看后说，要他超出大型会议的框架。开光是佛教的盛典，我们不能停留在三亚，要跳出海南。这样才能保证这个项目进一步完善和发展。

10月14日，正值观音菩萨出家日，借此吉祥之日，南山海上观音功德基金会为观音像项目工程隆重举行第一块观音像体（佛脚）安装洒净仪式。同时还借助"南海放生"这一品牌，在观音菩萨出家日为广大佛教信徒举行第三届"金秋南山放生会"活动。（第16次南

海放生活动）

10 月 21 日，中国佛教协会迎来了成立五十周年的殊胜时刻，全国各省、自治区、直辖市的各民族佛教代表云集北京，隆重纪念中国佛教协会成立 50 周年。

受中国佛教协会的邀请，海南三亚南山海上观音功德基金会领导彭哲勇带领观音圣像开光大典筹备办公室负责人陈大力、基金会北京联络处负责人刘亚出席了此次纪念大会，并在大会期间拜访了中国佛教协会的领导和与会的诸山长老，汇报了南山海上观音建造工程的进展情况，并代表基金会向中国佛教协会捐赠了 20 万元，以表示对中国佛教协会成立 50 周年的祝贺。

10 月 24 日，吴总看了张彪的第三稿后说，是尽了努力，但与"世界级、世纪级"的要求仍然太远。

其实在此前，吴总看了《尤伯罗斯自述》一书，该书描述他策划 1985 年在美国举办的奥运会，改变了世界，他甚至成为美国总统的热门候选人；吴总还阅读《奥运产业化运行》《梦想与辉煌》等 6 本书，都十分有启示。他要张彪先学习，后发挥。吴总还看了上海市上报世博会事务局审批的上海市申请举办世博会的文件。

张彪参阅这些文件与著作，如鱼得水，加上他自己的实践经验，一稿又一稿，从策划框架评审稿，到策划方案待审稿。

10 月 25 日，华北地区最大的尼众寺院——天津荐福观音寺，隆重举行了"全堂佛像开光暨妙贤法师荣膺住持晋院庆典大法会"。北京联络处刘亚代表南山海上观音功德基金会应邀前往参加法会，并代表基金会恭贺妙贤法师荣膺住持。

南山海上观音功德基金会应福建省福鼎昭明寺方丈界让大和尚的邀请，于本月初派出北京联络处刘亚和广州联络处工作人员，代表基金会参加了在该寺举行的"祝愿世界和平十方法界水陆大斋胜会"，以及该寺新塑地藏菩萨像开光法会。

11月19日，省委书记、省人大常委会主任汪啸风，省委副书记、代省长卫留成，省委常委、三亚市委书记于迅，三亚市委副书记、市长陈辞在三亚南山观音苑建设发展有限公司总经理季素福的陪同下，考察了南山海上观音项目的建造现场。

相关内容链接：

汪啸风、卫留成在考察中强调，南山海上观音的建设要做好成片开发，做好总体规划，使之成为全省、全国乃至全世界的精品。

11月19—24日，观音苑公司吴国松总顾问以及陈大力、程曼倩、陈灿、姚肖雁、吴碧云等6人前往昆明参加2003昆明国际旅游交易会。

在108米南山海上观音参展台前，接待了来自新加坡、日本、印度、斯里兰卡、澳大利亚的买家代表，并留存了中国香港与日本、新加坡、斯里兰卡、印度等国家和地区可以组织主题团队的旅行社的联络方式，而且通过简短交谈，对方对观音苑项目有了初步印象。

2003年11月24日晚，佛光山梵呗演出团在上海大剧院进行了"晨钟暮鼓"专场梵呗音乐会。佛光山星云大师在演出现场发表了热情洋溢的讲话，国务院宗教局局长叶小文、副局长齐晓飞等观看了演出。南山海上观音功德基金会负责人季素福一行在大剧院贵宾厅拜见了星云大师，向星云大师汇报了108米南山海上观音项目的建设情况，以及筹备中的"南山海上观音像开光大典暨首届世界观音文化旅游节"的实施构想，并盛情邀请大师届时前往南山视察指导。大师对海上观音项目给予了极大的关注，对开光大典的构想表示赞赏，并欣然接受了本会的邀请。

11月25日晚，南山海上观音功德基金会副秘书长吴懋功及相关工作人员在省侨联副秘书长王弗坤的引见下拜访了新加坡海南会馆副会长黄培茂，并向他介绍了工程建造情况以及明年底举行开光大典的相关情况。

黄先生祖籍在海南琼海，一直以来他对海南有着深厚的感情。他曾多次到南山海上观音建造现场参观考察，并认为在海南建造108米高的海上观音像，是海南人民的骄傲，也是海外华侨的骄傲。在交谈过程中，当黄先生得知基金会将于12月中旬赴新加坡进行南山海上观音建造工程宣传及明年南山海上观音开光大典活动推介时，他表示新加坡海南会馆将大力支持此次基金会的新加坡之行。

11月28日，南山海上观音灯光演示设计专家评审会在三亚金银岛酒店举行。

相关内容链接：

南山海上观音园区夜景灯光及灯光演示晚会计划预算整体投入5000万元，主体由珠海泰立灯光音响设计有限公司负责整体设计，相关设计评审工作已经开展近一年。设计依托南山海上观音像项目整体规划，遵循佛教教义，从灯光美学、建筑学、佛像艺术理念等方面着手，充分运用现代舞台艺术照明、演示手段及高新多媒体技术，将艺术照明的创意和演示工程有机结合，整体显现观音显灵、佛教氛围幻化的意境。

定名为"佛光普照"的灯光夜景演示，主要分为三个部分，融合了观世音菩萨大慈大悲、智慧、和平三大主题思想，在展示上借助现代音乐思维和作曲方法，同步使用现代科技所提供的音响载体，突出营造音响灯光相结合的综合效果。原创方案先后进行了多次深化，得到了本次评审会专家组的一致称誉。

观音苑区灯光夜景及灯光演示晚会将是整个系列活动中的一个重要部分，同时也将成为景区重大节日夜晚活动的主要组成部分。

11月29日，南山观音苑灯光水景修改方案汇报会在南山观音苑公司会议室召开。

相关内容链接：
会上负责设计灯光水景工程的北京金瀑布环境艺术有限责任公司，展示南山观音苑灯光水景的模拟效果。

此次修改方案更加丰富了观音苑景区的观赏内容，还兼顾了喷泉在白天和夜晚的观赏效果。

11月30日上午，观音苑园林景观设计方案专家评审会在三亚南山观音苑建设发展有限公司会议室召开。来自上海、山东及海南三亚等地的园林工程专家组成评审团，对观音苑园林景观设计方案进行了评审。

相关内容链接：
与会专家们从景观规模、佛教氛围、树种选择、游客舒适等方面提出了许多有建设性的意见，力求做到佛教圣地与热带风光的完美融合。

观音苑园林景观工程是围绕着烘托佛教氛围、突出热带风光、显现尊贵大气的原则而进行设计的，其中观音广场是组织游客瞻礼朝拜"南山海上观音"的景观通道。观音苑园林景观工程一方面突出热带风光特色，另一方面要选择树形高大、冠大荫浓、游人可在树下穿行、休息的热带景观树种，使游人在较为"舒适"的环境中游赏。同时，还考虑到当广场举行大型活动时，广场可以充分利用。

12月4日，借海南岛欢乐节之际，南山海上观音功德基金会再次推出以"珍惜生命，热爱生活，保护生态环境，祈祷世界和平"为主题的第17次南海放生活动。此活动是为游客提供系列欢喜正信的南山佛教文化活动。

12月5日，开光方案以第七稿的内容向公司领导做了一次全面的汇报。季总十分支持，略为调整后首先向公司领导做一次全面汇报，形成了《三亚观音苑文化节策划方案》。这是一份富有历史价值的文献。

12月11日，基金会一行八人前往新加坡，进行为期8天的考察访问。考察团在新加坡召开了两场108米南山海上观音的推介会，针对的目标群体主要是新闻媒体机构、新加坡较大的华人线路的旅游机构、佛教机构及宗乡团体，在新加坡海南会馆鼎力帮助下，考察团圆满完成本次任务。

12月17日，南山海上观音开光大典初步评审会在三亚麒麟大酒店隆重举行。

12月25日，由吴总顾问主持，公司第一次开始大规模培训，参加人员110余人。

12月30日，南山海上观音像16米高的第一尊头部石膏1：1放样制作完成，观音像手部同比放样工作也已经全部完成。

相关内容链接：

石膏放样制作后，南山海上观音像脸部形象匀称、祥和，细微之处更添细腻。

2004 年

1月8日起，三亚市委统战部长张萍、省委宣传部副部长及三亚市相关处室领导先后听取观音苑公司的汇报后说，《三亚观音苑文化节策划方案》超过了以往举办的国际性活动内容，《方案》成为三亚市政府向上级及高层上报举办开光典礼的汇报材料。

1月9日，在基金会工作人员和海口联络处的配合下，为藏地大瑜伽师修岗玛智仁波切、才多堪布一行与海口地区信众在南山海上观音工程现场观音岛，举行了南海放生活动。通过此次放生活动，玛智仁波切倍感欢喜，赞叹放生功德无量。

1月24日，吴总顾问去美国探亲时，特地转道洛杉矶，拜访了海南同乡会，介绍了海南三亚的南山海上观音项目。这些海南的恋乡同胞，在开光那天也出现在观音广场上，引起了一片热烈的鼓掌声。

2月8日，第七届海峡两岸旅游联谊会在青岛召开，观音苑公司派出由吴总顾问带队，上海办事处柏云、锦江旅行社李珊及事业发展部李宣霖共4人前往参加。

参会中专程拜访台湾主办方，为今后工作开展奠定了良好基础。在各省旅游局局长发言的"七省市旅游推介会"上，观音苑公司的发言使观音圣像开光大典在业界心中有了很高的起点，起到了很好的宣传效果。在自由洽谈会上，与台湾业界两天的交流对观音苑有很大启发：有必要调集人马研究出台一套具有操作性的实施方案，如特色线路、享有待遇、行业利润、宣传支持等。

3月9日，第18次南海放生活动。

相关内容链接：

3月9日，佛教观音菩萨圣诞日，三亚海洋局、工商局、林业局及南山海上观音功德基金会等联合组织南海放生活动。包括港澳台、东南亚地区及日本、美国等国家的华裔在内的1000余人参加了这一活动。共有16只海龟、数千条海鱼被放生。

3月30—31日，第八届世界海南乡团联谊大会在博鳌索菲特大酒店（博鳌亚洲论坛会址）举行。观音苑由吴总顾问带队，姚肖雁、程曼倩、王琳、叶青等人参加。展览了观音苑景区的实景模型，每个与会代表都收到了介绍观音苑的宣传资料，达到了宣传目的。

4月9日，第九届北方旅游交易会在烟台召开，公司派出由吴总顾问带队，北京办事处主任刘亚、锦江旅行社副总胡寒红和事业部李宣霖等4人前往参加，上海南山缘旅行社总经理沈春华等4人也在出差间隙顺道参加。

会展期间，积极寻找可合作机构；锁定烟台、威海与韩国旅游界接触紧密并有合作意向的国际社；与东北、华北各旅游企业取得初步联系，为今后北京办、东北办的工作积累资料。

4月16日，观音苑公司市场部开始正常运行，由吴国松总顾问掌舵。

4月26日，中韩日佛教代表参观南山海上观音圣像工程。

相关内容链接：

4月26日下午，出席第七届中韩日佛教友好交流会预备会议的代表们来到南山，参观 108 米南山海上观音像建造现场。

在中国佛教协会副会长明生大和尚和都龙庄大和尚的陪同下，与会代表重点参观了总面积达 1.57 万平方米的海上观音殿堂——"圆通宝殿"。

南山海上观音工程指挥部总指挥季素福先生向代表们介绍了有关南山观音苑园区的整体规划与观音像建造的缘起等情况。

5 月，观音广场装饰方案开始评审，上海、海南两地近 10 名专家参加。

相关内容链接：

主要对上海荣兴的设计方案进行探讨、评审。

在对观音广场茶餐厅、通道、集散大厅、会展中心等功能不一的室内建筑细化评析中，针对如何营造纯净空间、烘托浓郁观音文化氛围，并突出整体视觉效果的协调性。

专家组指出，建成后的观音广场会展中心将是游客与信众观光、朝拜云集的圣地，在装饰上，还应该力求融入海南黎族文化独特的民族性。

5 月 20 日，南海海上观音功德基金会组团参加佛牙舍利展。

5 月 16—24 日，由省旅游局领队，观音苑公司一行 7 人与省旅游局一起共赴新加坡参加 5 月 19—23 日在新加坡护国金塔寺和佛牙寺举办的"佛牙舍利及佛教文物精粹展"在新加坡博览中心的第 2 至第 5 展厅展出，此次展出耗资 450 万元新币。展览会由多个国家和地区的高僧主持庄重的开幕仪式，5 天的展出，约有 50 万人到现场参观。来自中国台湾、香港，以及缅甸、印度、印度尼西亚、尼泊尔、马来西亚、泰国、斯里兰卡等国信众，也组团来参加此次盛会。

观音苑公司与海南省旅游局在新加坡文华酒店举办了"海南省旅游推介会暨108米南山海上观音项目介绍会"。新加坡《联合早报》《联合晚报》《新明日报》及新传媒等各大新闻媒体的记者，新加坡中国旅行社、康泰旅行社、辰达旅行社、得运旅行社、经健旅行社、大吉旅行社等各大旅行社的代表，新加坡航空、国泰航空以及部分佛教信众共计40余人参加了推介会。推介会上中国国家旅游局驻新加坡办事处李建平主任做了发言，南山观音苑公司吴国松总顾问对南山海上观音项目及开光活动做了详细的介绍，将南山海上观音开光活动的信息更好地传递给了新加坡的媒体、旅游界及信众。

在参展的几天里，新加坡的重要官员也曾到南山观音苑的展台上参观。其总统S.R.Nathan与吴总顾问握手，并对中国来的南山海上观音来参展表示欢迎。总理在展台上仔细观看了黄杨木雕的观音像，吴总顾问就南山海上观音像向总理做了简单介绍。东南社理会市长欧思曼接受了南山海上观音的宣传品和徽章。西北社理会市长张和宾博士参观了海上观音。

通过在展台的宣传，新加坡知名人士及信众更好地了解了108米南山海上观音像，其宣传力、影响力都得到了充分的发挥。

新加坡城市频道电台得知在中国海南三亚正在建造108米南山海上观音项目，对此表示了极大的关注，于5月19日开幕时对赴新加坡参展的观音苑公司吴国松总顾问进行了现场录音采访。对整个项目从缘起到其建设历程进行了详细的了解。电台对采访进行了剪辑，重点介绍我们建造的观音像的新时代特点，并在以后的几天内连续在电台播出。新加坡众多的信众听到此消息，特地到南山海上观音的展位上咨询有关 108 米海上观音项目的详细情况，纷纷表示，希望参加海上观音的开光大典活动。

新加坡民众对中国能来参加佛教展感到吃惊，在展台上曾有一对 50 多岁的夫妇看到参展的一些纪念品，对沈方瑜说："我们想不到中国也会带着佛教来参加展览，更想不到在三亚还建这么好的观音像，中国政府能允许这样做，中国一定会更祥和，更快发展。"

观音苑公司的此次参展，受到新加坡民众欢迎，在公司布置等候大厅的展位时，主办方负责人特地关照"此块场地是给中国的"。当新加坡、马来西亚政府高级官员参观展台时，都笑着表示"这是中国的展台"。这次南山海上观音在新加坡的宣传工作，成了宣传中国的一次活动，让海外的人士更加了解中国。同时，也让参展人员充分认识到：

一、中国的宗教政策在国外的形象宣传力度还远远不够。外国人士对中国的认识还有一定的片面性，需要通过更多更广泛的宣传，让世界了解中国。

二、南山海上观音在海外的宣传，是中国的政治文明、中国政府宗教自由政策的体现。

三、此次深圳、西藏都派僧团代表参加，其他国家和地区僧团也参加了此次活动，取得了良好的效果。公司曾邀请僧团派两位法师一起参加佛牙展，这样宣传效果一定会更好，但限于种种原因，未能成行，十分遗憾。

四、众多参观者表示了对参与南山海上观音开光活动的兴趣和意向，表示为此准备到中国来旅游，了解中国的发展，这正体现了 108 米南山海上观音像，成了团结周边国家华裔、华侨的纽带和统战工作的重要组成部分。

108 米南山海上观音不仅仅是建造一个佛像，还融入了深厚的佛教文化内涵，108 米南山海上观音是中国现代文明的形象代表，是中国宗教自由的体现，也是宗教在中国具有发展空间的最好证明。

相关内容链接：

佛牙舍利是佛教中的圣物，被誉为佛舍利中最为珍贵的舍利。

2004 年 5 月 19—23 日，在新加坡新达城国际展览中心隆重举行佛牙舍利暨 500 尊罗汉佛教文物精粹展。新加坡、泰国、印尼、马来西亚、中国等国的社会各界名流、高僧大德及四众弟子纷纷组团参加展览会。整个活动期间，吸引来自世界各地不同国家与地区 50 万人次观礼。

海南省旅游局组织专题旅游推介团队前往新加坡，借助此次大型活动，结交旅游业界精英并主动推介海南旅游文化。南山海上观音功德基金会积极筹措，成立以吴国松总顾问带队的特别小组，随同海南省旅游局团队赴新加坡观礼、布展。

为展现南山海上观音项目浓郁的佛教观音文化底蕴，基金会特别制作的众多佛教法物在佛教文物精粹展中向来宾展示。在佛牙展期间，海南省旅游局举办专题旅游推介会，南山海上观音项目及海上观音像开光大典活动作为主要推介内容向与会人士重点推介。

资料：

新加坡曾于 2002 年 8 月举行过佛牙舍利展，展出两颗佛牙舍利，分别来自缅甸明江和妙务。2004 年在新加坡举行的佛牙舍利暨 500 尊罗汉佛教文物精粹展中，将展出包括以上两颗在内的 3 颗佛牙舍利子。上一次新加坡舍利展中未展出过的一颗，是现供奉于中国北京灵光寺，被全世界认可的佛牙舍利。届时这3颗珍宝将被放置在特别设计与制作的缅甸式佛牙金塔里展出。较上次舍利展，此次将同期展出许多珍贵佛教文物，以及新增一项"五百罗汉"雕塑文物展。

5月，观音像佛手开始安装。

相关内容链接：
5月26日，南山观音苑开始举行佛手安装仪式。

南山一体化三尊海上观音像三组佛手手势各异，每一组佛手分持不同法器，代表海上观音的持莲观音、持篮观音和持珠观音三种化身相。观音手部于去年12月底开始锻制，耗时近三个月。26日佛手安装仪式上要吊装的为持篮观音手，其表面积约70平方米，重量约2.8吨。

6月5—6日，"2004中国国内旅游交易会"在杭州和平国际会展中心举行。观音苑由吴国松总顾问带队，何海、姚肖雁、钟屹以及上海办、杭州办沈春华、柏云、侯斌等7人前往参加。

通过参加旅游交易会，逐步推进各地市场媒介互动与招商，组织客源与产品包装，从而局部启动区域市场，达到开拓市场和扩大宣传的目的。

在交易会开幕前夕，108米南山海上观音项目推介会在杭州假日酒店举行，浙江省旅游局、浙江省旅行社协会等单位领导、浙江省内主流媒体代表及浙江省40余家知名旅行社纷纷到场出席推介会。

交易会结束后，何海、姚肖雁、钟屹跟随三亚市代表团，参加了三亚旅游温州、厦门推介会，向与会人士详细介绍了 108 米南山海上观音项目建设情况，以及开光大典系列活动的情况。

相关内容链接：

6 月 4 日，"三亚 108 米南山海上观音项目推介会"在杭州假日酒店举办。

推介会上，浙江省旅游局、浙江省旅行社协会等单位领导分别致辞，对 108 米南山海上观音项目在此间的推广表示关注与欢迎。浙江、海南两地旅游局代表同时表示，将为南山海上观音项目的市场推介活动穿针引线，大力支持。随后，南山观音苑建设发展有限公司有关负责人向与会人士详细介绍了 108 米南山海上观音项目建设情况，以及开光大典系列活动的情况。

当天的推介会得到了浙江当地媒体的极大关注，《钱江晚报》《今日早报》《浙江日报》《东方早报》《中国商报》和浙江电视台文化频道、浙江电视台钱江频道、杭州电视台、中央人民广播电台杭州记者站、浙江人民广播电台、浙江知名网站浙江在线、旅游网等 20 家新闻媒体，以及浙江省 40 余家知名旅行社纷纷到场出席推介会。杭州电视台当晚还专门对此次推介会做了特别报道，使海上观音项目受到广泛关注，未展先热。

6 月 9—15 日观音苑公司吴国松总顾问、柏云、朱明、徐筱晴、左楠和孙璞一行 6 人与省旅游局一起参加了 2004 年第十八届香港国际旅游展。本届展会云集了 500 家来自亚洲、欧洲、非洲、南北美洲及大洋洲的展商，包括 70 个旅游局、航空公司、景点、酒店、旅行社及主题公园等。

参展期间，很多香港各界人士及部分信众清楚地了解了 108 米南山海上观音，其宣传效果和影响力都得到了充分的发挥。

本次展出中与新闻媒体良好接触，共计接触到的媒体机构分别有:《中国旅游报》(大会指定支持媒体)、《人民日报》、亚洲电视台、《南国早报》《南方都市报》、广东南方电视台、央视南海影视城、《沿海时报》《周末》画报、《旅游》杂志等 10 多家。其中《南国早报》、亚洲电视台和广东南方电视台等 3 家媒体对 108 米南山海上观音项目格外关注，均由吴总顾问亲自对整个项目的缘起到其建设历程进行了详细的介绍。

通过本次香港国际旅游展，108 米海上观音的品牌无论在业内还是在香港公众中都受到了极大的关注，并产生一定的影响。

6 月 28 日，为弘扬佛教优良传统文化，发扬观世音菩萨慈悲济世的精神，大力开展社会慈善公益事业。基金会积极响应三亚市委、市政府"为实现公平和正义·法律援助在三亚"的号召，组织全体员工进行捐款活动。为"法律援助在三亚"组委会捐款 2 万多元人民币。

7 月，音乐喷泉系统工程动工。

相关内容链接:

音乐喷泉系统工程是南山海上观音项目配套工程之一，总投入 5000 万元。

音乐喷泉演示系统工程，由北京金瀑布环境艺术有限责任公司承担整体设计，是南山观音苑园区动态景观展示的重要组成部分。建成后，该套工程将与该园区的大型灯光夜景演示工程互为补充，共同营造整个南山观音苑园区庄严、大气、梦幻般的佛教氛围。

　　建成后的音乐喷泉演示系统作为南山观音苑园区内一项动态展示项目，除了在开光大典系列活动中展现之外，还将在重大节日和活动中开放。为满足信众、游客在不同时间段的观赏需求，施工方在建设过程中，从园区整体理念、风格的协调性出发，在设计和建设中力求兼顾到白天与夜晚不同的观赏效果。

　　音乐喷泉系统主要利用园区内观音广场两侧的人工湖作为演示平台，结合背景音乐，利用高科技和现代工艺展现变化万千的喷泉姿态。

　　音乐喷泉演示系统的喷泉水型组合变化多样，主要包含"S形曲线跑泉""千手观音""鸽式摇摆""拜愿礼佛"等内容，形态不一的动态构图，将总体表现观音菩萨普度众生的济世宏愿以及信众一心向佛的誓愿等寓意。

　　音乐喷泉演示系统的水型组合与音乐主题严格同步，喷水动作变化控制时间为0.1秒，时间控制精确度相当高。整套系统可按照现场实况表演来设计新曲目。

　　7月5日，南山海上观音灯光夜景工程开始调试。

　　相关内容链接：

　　"108米南山海上观音"工程灯光夜景工程由世界著名探照灯生产厂家——意大利斯贝丝公司承接，此次专程从意大利运来价值不菲的灯光设备，对控制台、探照灯、环境照明灯具等灯光设备效果测试。

经测试，灯光夜景工程预计每场持续 30 分钟左右。

南山海上观音声光艺术系统工程以绚丽的光影和梦幻般的喷泉效果，营造出圣域般的庄严。整个灯光夜景晚会包括《大悲咒——慈悲主题》《东方智慧——智慧主题》《世界大同——和平主题》三大乐章，依序演绎出 108 米南山海上观音像所蕴含的东方文化精神。

7 月 24 日，海上观音原身像迁址。

相关内容链接：

7 月 24 日晚，原奉安于南山佛教文化苑光明广场的南山海上观音原身像，正式迁址南山观音苑园区入口广场。据悉，这是原身像体奉安光明广场之后首次搬迁。

10.8 米南山海上观音原身像是 108 米南山海上观音像的同比缩小造型，由优质合金钢材制成，像体于 2000 年 5 月底开始制作，同年 10 月建成并奉安于南山佛教文化苑光明广场中央，接受世人朝拜瞻仰。

数周前，原身像迁址的准备工作已开始进行。为避免白天作业对景区经营造成影响，南海海上观音建造工程指挥部特选定在夜间作业。

当日 19 时 50 分，南山海上观音原身像开始迁动；21 时 38 分，迁移后的观音原身像稳坐南山观音苑园区入口广场处。

工程指挥部有关负责人介绍，近期 108 米南山海上观音像建设进展顺利，目前像体安装已至肩部，预计年底即可完成观音像主体安装工程。10.8 米南山海上观音原身像迁址观音苑园区入口广场处，将便于广大游客与信众现场对比观摩。同时，也丰富了观音苑园区景观，优化了整个园区的对外形象。

8月4日，观音像佛首安装工程正式启动。

相关内容链接：

8月4日上午9时，108米南山海上观音像佛首安装仪式在三亚南山观音净苑园区举行，来自北京、上海、广州、温州、海口等地数千名各地游客与信众现场参与了本次活动。这是继观音像佛脚、佛手安装后，该重点建设工程又一重要进展。

南山海上观音像是一体化三尊的三面观音造型，三尊佛首均高16米，宽10.1米，展开面积约400平方米。观音像第一尊佛首于2004年1月底开始锻制，耗时近50天。当日先行吊装的是持篮观音的脸部，其高8.5米，宽6.5米，表面积110平方米，重约3.8吨。

三面观音像分别蕴含着"和平""慈悲"和"智慧"三个主题寓意，仔细端详，人们会发现，三尊观音像的眼睛部分各不相同，整体上则充分体现观音菩萨大慈大悲的神韵。

相关内容链接：

2004年8月5日，上海营销中心朱明与北京联络处刘亚参加在北京举办的辽宁·东亚国际博览会及海南旅游风情月活动。

2004年8月，国宗局领导视察南山海上观音工程。

相关内容链接：

2004年8月初，观音苑公司召开营销工作会及宣传工作会，时任省领导鹿松林、三亚市领导张萍均参加。事后，三亚外宣办主任周雄等人来公司与吴总顾问讨论合作事宜。

2004 年 8 月 6 日，上海电视台海南站站长敖德芳到上海办事处拜访吴总顾问，希望在工作上给予帮助。此后，上海电视台在采访、报道中，得到了最大支持；对其他如《人民日报》等中央新闻单位记者采访、报道也提供了各种方便及礼遇。

2004 年 8 月 7 日上午，国家宗教事务局局长叶小文、副局长齐晓飞一行来到南山，视察南山海上观音工程。陪同视察的有海南省委常委、三亚市委书记于迅，海南省委原书记、原省长阮崇武，海南省政协副主席洪寿祥，海南省民族宗教事务厅厅长刘明哲，三亚市委副书记、常务副市长张琦，三亚市政协副主席、统战部部长张萍，三亚市民宗局局长黄春梅等省市领导。

南山海上观音建造工程指挥部总指挥季素福先生热忱欢迎各位领导的到来，并向大家介绍了 108 米南山海上观音工程项目及进展情况。

叶小文局长一行先后考察了 10.8 米南山海上观音原身像、观音广场、圆通宝殿及南山海上观音像主体安装工程，并详细了解了工程建设的相关情况。在考察过程中，叶小文局长一行对南山海上观音工程表示极大的关注。

8 月 16 日，中国五台山首届国际佛教文化节暨佛教艺术大展开幕，来自韩国、日本，以及中国峨眉山、普陀山、九华山三大佛教名山的高僧大德，五台山的 3000 多名僧众，举行了盛大的祈福安康大法会，约 3 万群众参加了开幕仪式。三亚南山海上观音功德基金会受邀参加了此次活动的开幕典礼及部分佛教艺术品展览活动。

8月26—27日，"旅游·休闲·度假座谈——暨三亚旅游休闲产业推介会"在杭州举行，南山海上观音项目吴总顾问、陈东涛、姚肖雁、钟屹与60多名三亚旅游景区、旅行社、酒店、房地产开发商代表前往浙江亮相杭州，共同推介三亚迷人的自然资源与丰富独特的休闲旅游产品。继今年6月的国内旅游交易会后，这是南山海上观音项目在杭州展开的又一轮宣传。前来参加推介会的杭州当地新闻媒体、旅游业者纷纷驻足在会场的宣传画前留影，并对南山海上观音项目表示极大的关注。

9月初，豪华玻璃钢游艇进驻园区，打造海上礼佛线路。

相关内容链接：

南山一体化三尊观音像矗立于南海之滨，一体化三尊观音像分别为持箧、持珠和持莲观音，围绕一周方可见到整个观音像的全貌。为了满足游客、信众全方位观瞻海上观音像，南山观音苑园区积极开展海上航线的朝拜、旅游观光等筹备工作，日前购进三艘新型的豪华玻璃钢游艇。

豪华玻璃钢游艇定名为"智慧""慈航"和"普度"号。游艇由一年生植物纤维板、玻璃钢、钢筋、钢纤维混凝土等材料研制而成，具有耐磨损、耐腐蚀、耐海洋生物侵蚀、防火、吸声、防水等性能。

这些游艇除了可乘载游客朝拜南山海上观音外，还提供从南山海上观音拜佛码头——大小洞天——天涯海角——西岛——三亚港外等海上观光旅游线路，游客可以通过选择此海上观光旅游线路，游览三亚各著名旅游景点风光。

9月9日上午，韩国著名书画家、达摩禅院院长梵舟大师在基金会工作人员的陪同下参观访问了 108 米南山海上观音工程。

上午 10 时许，梵舟大师与其翻译随行人员来到观音岛，朝拜瞻礼 108 米南山海上观音像。在圆通宝殿，基金会工作人员通过翻译向梵舟大师介绍了海上观音工程的有关概况，梵舟大师听完后盛赞工程建设者们是在从事一项"伟大的工作"。

随后，梵舟大师一行兴趣盎然地沿着阶梯登到 108 米海上观音像的足部。目睹世界最大的佛足后，梵舟大师再次赞叹观音工程的辉煌宏伟，称此善举必得无量福报。参观结束后，梵舟大师向三亚南山海上观音功德基金会赠送了他的书画作品——《达摩祖师》，以此表达对观音工程"绍隆佛种"寄予深切的厚望。

9 月 10 日，由重庆市人民政府主办的重庆旅游交易会在重庆市隆重开幕，以三亚 108 米南山海上观音像为核心的海上观音项目——南山观音苑园区及南山佛教文化苑、大小洞天、凯莱酒店等三亚知名景区和酒店在三亚市旅游产业发展局组织下，组织推介团参加此次交易会。

此届由重庆市人民政府主办的旅游交易会，宗旨是办成西部迄今为止规模最大、范围最广、档次最高、影响最大、与世界经济接轨的一次盛会。交易会吸引不少旅游单位参展。三亚市旅游产业发展局为此次交易会做了充分准备，展台布置别具一格，充满了椰风海韵的热带风情。来到现场的所有人都被精美的布置所吸引，现场几度出现百人围观的火爆场面。

此次旅游交易会上，南山海上观音项目引起不少参展商及前来观看的市民热情关注，推介团带去的 3000 余份宣传资料很快被就被参展单位和现场的市民领取完，其中有不少人慕名前来索取资料，咨询观音项目进展、开苑及开光日期等相关情况，对南山海上观音项目表现出极大的兴趣。

9月15日，观音广场西湖双环亭建成。

相关内容链接：

双环亭也叫五踩斗拱双环亭，是仿清建筑。安然坐落于东面人工湖的双环亭，与湖中的曲桥、拱桥、假山及周围的园林绿化交相映衬，构成一幅优美的画面，看似浑然天成，又见匠心独具，成为点缀苑区的一道引人注目的风景线。

9月16日，广东佛协召开换届会议，何海、刘耐波、左楠、季涛代表基金会受邀前去参加。通过现场参加，广泛结识佛教界人士，与佛教界上层人士沟通，进行项目宣传，为基金会日后的工作打下人缘基础。

9月20日，观音像发髻开始安装。

相关内容链接：

20日上午，业已锻制完成的南山一体化三尊观音像首部发髻，由制作地点顺利运抵观音岛安装现场，正式启动观音像首部发髻安装工程，这也是继佛首脸部安装之后，观音像体安装工程的又一重要进展。

108米南山海上观音像佛首主要由脸部和发髻构成，三尊首部均高16米，展开面积约400平方米，于年初开始锻制，9月中旬全部制作完成。8月4日安装的是佛首脸部，高8.5米，展开面积110平方米。20日安装的观音像首部发髻，主要包括风斗、阿弥陀佛像和头发三大部分，其均高7.5米，展开面积200多平方米。

上午8时，即将吊装的持篮、持珠和持莲三尊观音像首部发髻安放于圆通宝殿大门前，等候下一步的起吊、安装。静候安装的观音像首部发髻形状硕大、飘逸美观。

8时30分，持篮观音像佛首发髻先期吊装到达选定的位置，经过系列的定位、调整、安放等安装步骤之后，下午6时许，持篮观音像首部发髻安装告一段落。

持篮观音像首部发髻安装完毕后，随即进行持珠和持莲观音像首部发髻的安装。

9月中下旬，观音像脚下莲花宝座开始安装。

相关内容链接：

随着南山海上观音像底座莲花瓣锻制工作的结束，莲花宝座的主钢架日前开始制作，海上观音莲花宝座安装工程随之正式启动。

南山海上观音像足下莲花宝座也叫莲花台，高10米，分为大小不一的四层，其中，第二层（从下往上算起）面积最大，其直径达到40米。每一层有形状相同的27瓣莲花。莲花瓣于4月底开始锻制，由白色合金材质精制而成，共108瓣。

为了确保组装后的莲花瓣形态完美，同时减少高空安装作业的工作量，在制作过程中，对莲花瓣进行了相应的预装工作，效果显著。已锻制完成的莲花瓣比例协调，整体组合美观大方。

莲花宝座的制作工序颇为复杂，主要分为莲花瓣分块锻制、莲花座主钢架制作、莲花瓣型面钢架制作、莲花座主钢架与莲花瓣型面钢架焊接安装及莲花瓣组合安装、焊接、整形、涂漆等系统流程。

在技术上，莲花宝座安装工程将打破一个莲花瓣与一组型面钢架同时安装的常规手段，大胆创新，采用先在莲花宝座上装焊整圈的型面钢架，然后再将莲花瓣依次安装的方式。整个莲花宝座安装工程预计可于10月底完成。

2004年9月25日，省召开外宣工作会议，主要议题是三亚南山海上观音苑开光典礼。吴总顾问应邀参加。

2004年9月26日，举办媒体研讨会。50多家海内外媒体记者相聚鹿城，宣传策划"南山海上观音"系列活动。

相关内容链接：

由海南省新闻办主办的"'南山海上观音'系列活动宣传策划会"在三亚召开。海南省省委宣传部副部长、海南省人民政府新闻发言人鹿松林主持会议，并做会议发言。会上，与会代表就108米南山海上观音宣传策划工作进行踊跃发言。

参加会议的有海南省内媒体、驻琼媒体、省外媒体以及境外媒体近50家新闻机构。此外，本次会议还特别邀请了上海、江苏、福建、广东等地区部分媒体记者参加会议。

9月21—30日，由三亚市副市长王诚安带队，市统战部、市民宗局及政府相关部门与南山佛教文化旅游区各公司工作人员组成的考察学习团赴峨眉山、五台山、普陀山及无锡灵山进行考察与学习。观音苑派出姚肖雁参加。

此次考察学习旨在借鉴学习我国佛教名山在苑区的规划建设、旅游开发、宗教事务和综合管理等方面的成功经验，提高三亚南山佛教文化旅游区的综合管理水平，以推动三亚经济和文化的发展。

此次考察学习所到之处得到当地政府及景区相关管理部门的热情接待与配合，有关负责人聆听了王诚安副市长的详细介绍后，对"三亚在海上建108米观音像"赞叹不已，认为在三亚南山这一自然景观与佛教文化有机结合的旅游胜地，建设这么一座"世界级、世纪级"的海上观音像，对今后三亚、海南的旅游必然起到极大的促进作用。

11月1日，观音菩萨出家日。南山海上观音功德基金会会同南山寺在观音苑观音岛举行了隆重的法会和第21次南海放生活动，同时还举行了助残捐赠活动和舍利塔捐赠、《中华二千年》宝典捐赠仪式，以及观音像底座金刚外墙大型花岗石浮雕壁画铺装洒净仪式，并开始安装。

相关内容链接：

自观音像主体安装工程顺利完成之后，南山海上观音项目工程又有新进展。日前，于2004年底启动的世界上最大的海上观音殿堂——南山海上观音圆通宝殿的外装饰工程，总耗资近1000万元的大型花岗石浮雕艺术作品《妙善传奇》正式奉安在宝殿外墙。

大型花岗石浮雕艺术作品《妙善传奇》依据《香山宝卷》经典古籍创作，主要描绘观音菩萨出生、成长、皈依佛门、救苦救难、修行成道等传奇历程。通过浓缩展现观音文化的悠久历史，体现南山海上观音"慈悲、智慧、和平"的精神魅力。

该作品由八幅故事相连的主题浮雕组成，每幅均高3.8米，宽7.8米，奉安在圆通宝殿外墙即金刚墙面的第一层位置。据悉，这是当前国内敬造规模最大，工艺精湛的观音文化主题浮雕群，历时4年，创作几经研证。

"作品的主题创作不仅参考了大量的佛教经典文献，在技术与工艺上都充分吸取了国内外知名佛教雕刻艺术群的精髓。"

根据南山观音苑园区整体项目对装饰工程的要求，项目建设方早在 2002 年就提出对圆通宝殿外墙大型浮雕群创作的初步设想。经过众多中国佛教界、艺术界、学者的共同研究，形成了《妙善传奇》作品的构思框架。蓝本几易其稿，创作班底几易其人，后由中央美院资深教授李少文先生亲自落笔绘制样图，并最终得到各方认可。有关专家表示，该构思蓝本既符合印度传统犍陀罗绘画风格，又融合了中国传统绘画艺术形式，整体上与巴基斯坦白沙瓦的佛像、壁画有着相近的艺术风格。

项目建设方与创作人员先后实地考察了人民英雄纪念碑、敦煌莫高石窟、洛阳龙门石窟、天水麦积山石窟、重庆大足石刻等负有盛名的壁画、浮雕作品群，从佛教形象艺术展示、雕刻技术运用与整体工艺美感等角度，制定了一整套系统的创作流程。在制作期间，中国艺术研究所宗教艺术研究中心田青教授、中央美术学院钱绍武教授、北京大学娄西晨教授、上海大学美术学院院长汪大伟等国内知名学者、专家给予指导，国家一级美术师徐勇良教授亲自督导，由康利石材公司组织福建等地能工巧匠精心打造。整个作品鲜明体现了自清朝以来中国壁画雕刻艺术的顶级制作水平。

南山海上观音项目的建设是一项前无古人的宏伟艺术创举，项目的建设创造了多个世界之最，如南山海上观音像堪称目前世界上最大的海上露天观音立像，海上圆通宝殿为目前世界上最大的海上观音殿堂，观音苑园区内总面积达 6 万平方米的观音广场堪称目前世界最大的观音道场等。

大型观音文化浮雕艺术作品《妙善传奇》，相对既往相似作品同样有着显著的超越。自创意构思到安装完毕，《妙善传奇》浮雕作品耗时四年之久。其中，雕刻工作集中在福建泉州进行，历时一年。此间，建设方在文化调研、蓝本创作、雕刻制作、长途运输方面所投入的相关资金近千万元。为保障浮雕作品的运输安全，全部作品均通过汽车直运南山观音苑区现场。

圆通宝殿第二层随后奉安"救八难"主题艺术浮雕，第三层则设置38个大型的佛教文化主题符号、图案。

11月，国内首尊钻石千足金观音像面世。

相关内容链接：

由沈方瑜副总主持设计、中国佛教协会和海南三亚南山海上观音功德基金会监制的我国首尊千足金镶钻工艺艺术品"南山海上观音原身钻石金像"日前问世。

千足金镶钻观音像高108毫米，观音首部背光处镶嵌南非天然钻石45粒，为稀世珍品。据悉，在以往的黄金摆件工艺品中，由于千足金过薄过软，难以镶嵌钻石等天然宝石，从未出现过千足金镶钻工艺品。"南山海上观音原身钻石金像"的问世，标志国内千足金镶钻工艺技术取得新突破。

11月15日上午，由海南省政府主办的2004年(香港)海南贸易与投资合作洽谈会(以下简称"海洽会")在香港正式开幕，以省长卫留成为团长的海南政府代表团及各市县代表团500多人前往香港参加。

三亚南山观音苑建设发展有限公司也受邀赴港，派出了以总顾问吴国松为团长的强大阵容，在海洽会的宣传中取得了香港市民的青睐。有一对夫妻，在展位前迟迟不舍离去，吴总顾问向他们赠送了观音小像作为留念。时隔3年，也是11月，他们在三亚观音苑区慷慨解囊，认捐了龙碑，成为一段佳话。

11月19日，孙璞与陈燕代表公司参加于博鳌举行的"2004年中国科协年会"，以展台形式在现场宣传了观音苑景区项目。两天展出过程中，除正常的项目宣传外，还进行了售卖基金会的礼品，都达到一定的预期效果。同时，根据礼品的销售情况，整理出反馈意见。礼品部以此为依据，不断开发受信众和游客喜爱的纪念品，这是观音苑礼品长盛不衰的主要原因。

11月25—28日，观音苑公司吴总顾问、包景皓、朱明、李家伟、程曼倩、沈慧瑾及南山锦江旅行社胡寒红、南山缘旅行社韩艳红一行8人参加了在上海举行的2004中国国际旅游交易会。

参加此次交易会，更进一步增强了旅游界及公众对海上观音的认知度，巩固了以往的宣传成效，同时也更近距离面对上海公众，在宣传上取得了效果。同时，与境外的旅行社及国内几家大社再一次进行了沟通，加深了彼此的了解，为进一步合作奠定了更稳固的基础。

12月，观音像主体安装工程完成；2004年12月，南山观音苑园区观音广场完工并局部开放迎宾。

相关内容链接：

日前，备受关注的108米南山海上观音项目工程——观音像体背光安装工程已经启动，三面高达20余米的背光主钢架正在紧张安装。为年底的开园做最后冲刺。

南山一体化三尊观音像体背光主刚架共计三面，分别对应代表"和平""慈悲"与"智慧"的持莲、持珠和持篋三尊观音像。背光主钢架的安装，使一体化三尊的海上观音像从三个不同角度看上去，都是一尊独立的观音像体。观音像背光主钢架均高24米，形为莲花瓣状，整体效果和谐、美观。

海上观音像背光主钢架由上海著名设计师姜文伟设计，江南重工集团公司制作、安装。观音像背光主钢架主要由U形管、箱形柱、无缝钢管等材质制作而成，其制作工程于今年8月底启动，9月底完工。背光安装工程主要分为吊装、焊接、安装支撑、打磨、涂层等具体步骤，其整体安装预计于12月完成。

12月28日，为丰富南山佛教文化内涵，提升南山佛教文化旅游景区整体形象品位。南山海上观音功德基金会会同南山寺在南山观音苑观音岛举办以"保护生态、珍爱生灵"为主题的第22次南海放生系列活动。

12月30日，应三亚市委、市政府的号召，为赈济东南亚受灾民众，帮助灾区早日重建家园，南山海上观音功德基金会本着大慈大悲、救苦济世的精神，组织全体员工为灾区人民进行捐款。通过基金会全体员工的捐赠，共向灾区人民捐赠赈灾款10万元人民币。

2005 年
1月中旬，海上观音初露尊容，主体安装结束。

相关内容链接：
随着南山海上观音像体背光顺利安装完成，6万平方米观音广场落成，并正式对游人开放。高达 108 米的南山海上观音像尊容首次公开于众。这是 108 米南山海上观音像体初次向世人展示完整容貌。

108 米南山海上观音像体主体安装工程主要分为佛足、佛身、佛首和像体背光等部分安装。观音像体背光安装顺利结束，标志着南山海上观音像主体安装工程完工。南山一体化三尊海上观音像体背光共计三面，分别对应代表"和平""慈悲"与"智慧"的持莲、持珠和持箧三面观音像。背光安装完毕，使一体化三尊的海上观音像从三个不同角度看上去，都是一个独立完美的观音像体。三面观音像背光均高 24 米，形为莲花瓣状。

海上观音像背光安装完成后，展示出来的观音像体显得十分庄严、圣洁。整体效果比例协调，面貌极为美观、肃穆。

1 月下旬，南山海上观音像主体涂层工程开始启动；与此同时，观音像外围脚手架开始逐步拆除。

相关内容链接：

为增强观音像体的防腐性能，108 米南山海上观音像体加紧涂层收尾。

海上观音凌波伫立于南海之上，面临着海上盐雾腐蚀问题。为此，南山海上观音敬造工程指挥部特地引进具有抗化学、抗腐蚀、抗紫外线等性能的国外先进的 DNT 氟碳涂料，加紧对该像体外表面进行保护。

像体涂层主要采取由上而下的涂刷方式，共分为一道面漆、一道中漆和二道底漆等四道漆。整体工程预计 2005 年 3 月结束。

为了确保质量，同时保证涂刷后的观音像体整体美观、体态均匀，像体涂复中将严格遵守自检、互检、专检等逐层检验的"三检制"。

1月8日，为让华人世界了解海南、体会三亚、认识南山，让108米南山海上观音成为新的时代精神和文化坐标，同时呼吁世界华人心系神州、情融华夏，为祖国的统一和富强贡献力量！南山海上观音功德基金会会同南山佛教文化旅游区、中国演出家协会联合举办了一台"华夏龙情 南山花雨——群星荟萃大型演唱会"。

1月8日，"2005华夏龙情·南山花雨——张学友群星荟萃演唱会"系列报道。

相关内容链接：

1月8日晚上，中国内地及港澳台地区的12名歌星齐聚三亚，举行三亚有史以来规模最大的群星演唱会。1月7日下午，齐秦等部分歌手已抵达三亚。

这场冠名为"2005华夏龙情·南山花雨——张学友群星荟萃演唱会"最终被确定在三亚"美丽之冠"举行。将在演唱会上演唱的歌手包括：张学友、齐秦、汤灿、李菲、林志炫、艾尔肯、斯琴格日乐、方雅、文章、陈倩倩、王丹阳、周岭等。据了解，演唱歌手及其随行人员共有54名，其中仅张学友的随行人员就有10余人。此外，深圳芭蕾舞团一行15人也将在演唱会上助兴演出。

演唱会全部成员下榻位于三亚湾的天福源度假酒店。最先乘机抵达三亚的是王丹阳。7日下午4时许，记者在天福源酒店看到，主办方及酒店方面都已做好了充分准备，迎接第二位即将到达的歌星——齐秦。

7日晚上，张学友在香港参加一场赈灾义演后，于8日下午飞抵三亚。

1月28日，"佛光普照"南山海上观音水景喷泉首次正式演示。

2月25—28日，观音苑公司李宣霖前往厦门参加第八届海峡两岸旅游联谊会。此次海南省前往参会的代表还有省旅游局所组织的岛内四星以上酒店及主要景区。

联谊会上，将目标锁定在三个方面：一、海南旅游企业对外的联合营销；二、面向台湾本土旅行商的推介；三、面向国内其他省市的旅行商推介。针对台湾旅行商的宣传，结合观音苑景区的特色和优势，除了推介常规旅游之外，朝圣游是重点；并与专门组织朝圣游的旅行社进行了沟通，并约定进一步商讨交通、行程、活动安排及价格等事宜。

3月，两会期间政府推介。

相关内容链接：

海南省委书记汪啸风让记者捎句话：请到海南来，"我们有信心将海南建设成中国乃至世界上最有发展前景的旅游目的地"。9日，海南代表团在驻地举行记者招待会，海南省委书记汪啸风代表说，我要好好地推介海南。

如何向世界推介海南的形象，海南都有哪些亮点？汪啸风代表说："去年海南接待1400万游客，以国内游客为主，境外游客比重不大。在这方面我们想了许多促销措施，一些旅游合作也正在加速开展，比如，通过各方努力，成功策划了亚洲论坛落户海南博鳌。每年定时、定址的国际会议设在中国，目前博鳌论坛还是唯一的一个。我们还策划了世界小姐决赛活动，世界上110多个国家和地区派人参加，真正是'用美丽的眼睛看中国'，效果相当好。另外，今年在三亚有一个佛事活动，南山海上观音大佛已经建成，将按照我国的传统来举办一系列活动。我们不仅仅是宣传某一件事，而是通过活动这个平台，综合宣传中国的改革开放和新气象。"

3月24日下午，著名足球教练、原中国足球队主教练徐根宝到海南三亚观音苑建设有限公司上海联络处进行了参访。

徐根宝指导的到来受到了观音苑公司上海联络处工作人员的热烈欢迎。徐指导饶有兴趣地听取了戴国成主任关于108米南山海上观音像建设情况的介绍，并深深地被这一宏伟的观音像所震撼。

在听完介绍后，徐指导表示今后有机会一定前往三亚南山朝拜108米南山海上观音。随后徐指导与联络处的工作人员一一合影留念。临别之际，观音苑上海办事处戴国成主任向他赠送了纪念邮册。

3月28日，正值观音菩萨圣诞。这一天，全国各地佛教信众组织专题团队前来南山寺朝拜瞻仰南山海上观音像，为满足广大佛教信众的宗教生活需求，同时也为更好地提高108米南山海上观音宣传力度，以环保健康的文化活动促进南山佛教文化旅游景区产业发展。南山海上观音功德基金会会同南山寺、南山佛教文化旅游区共同举办了隆重的法事活动，活动包括"法施慧命·南海放生"（第23次南海放生）、"佛映莲心·莲池放灯""福寿绵长·吉祥派米""广植慧根·敬植菩提""南山素斋品尝"等。

4月，三亚海上观音开光大典正在紧锣密鼓地筹备中。

相关内容链接：

4月2日上午，省委常委、三亚市委书记于迅率有关部门负责人，来到南山海上观音广场、普济桥、圆通宝殿等地，详细了解工程进度。在听取建设工程指挥部、三亚市消防局和建设局有关工程进度汇报后，于迅指出，108米南山海上观音工程已进入初步验收阶段，要加快工程进度，包括圆通宝殿、经幢、广场、普济桥等项目及卫生清理等，力争在4月15日前通过初步验收。

4月2日下午，三亚市政府在天福源酒店三楼会议室召开南山海上观音开光大典活动安排工作会议，就开光大典活动细节进行商讨，明确各政府部门的职责，并对活动的具体分工进行了布置。

4月4日，国宗局叶局长、齐副局长、中国佛教协会副会长圣辉大和尚、南山寺明生大和尚、三亚市陆志远市长率有关部门负责人视察南山观音苑。叶局长对开光大典的准备工作非常满意，特别对观音苑公司在现场的努力表示了肯定，要求在开光大典组委会的领导下，统一指挥，各方协作，做好开光大典的各项工作。

4月5日，海南三亚南山海上观音开光大典新闻发布会在三亚南山举行，宣布南山海上观音开光仪式将于4月24日举行，并回答了媒体的提问。此次发布会请来中国佛教协会副会长圣辉法师、三亚南山寺明生法师、国务院新闻办有关领导、三亚市人民政府常务副市长等参加。

4月9日上午，上级领导一行到三亚南山观音苑考察，对雄伟壮观的108米南山海上观音赞叹不已，希望工程建设者继续加把劲，把工程建设的最后工作完成好。

4月10日晚上8点，在公司2楼会议室季总主持召开开光大典安全工作会议，传达了公司董事会及股东要求确保海上观音安全圆满开光的指示精神，季总再三强调统一思想，统一行动，确保海上观音安全圆满开光。

4月15日下午6点，三亚市常务副市长张琦、统战部部长张萍率开光大典组委会有关部门负责人现场办公，张琦一行检查了工程的进展情况和开光大典活动现场的布置情况。

4月18日上午10点，三亚市委书记于迅、三亚市长陆志远、常务副市长张琦及四套领导班子成员莅临观音苑区开光现场指导工作，并在南山休闲会馆二期会议室召开开光大典工作汇报会，对开光的具体工作进行了指示。

4月18日晚上10点，在公司2楼会议室季总主持召开了开光大典工作会议，重点强调"属地管理"的意义和责任，及安全工作和接待工作的重要性。

4月23日，海峡两岸暨港澳佛教圆桌会议原则通过《三亚共识》。

2005年4月24日（佛历二五四九年三月十六日：观音六化身之一的准提菩萨诞辰）上午8点20分，南山海上观音开光大典在海南三亚隆重举行。来自海峡两岸暨港澳的108位高僧大德为开光大典主法。海内外数万信众有幸参与了这一盛大佛事。

法会庄严肃穆，如仪如法，佛乐祥和，佛旗招展，香云飘荡，高僧云集，法语清流。海峡两岸四地的高僧大德，共同祈愿"两岸一家亲　家和万事兴"，祝愿世界和平、国泰民安。

在观音像的"慈悲""智慧""和平"下，众愿和合，法喜充满，开光大典吉祥圆满。

4月24日晚上8点，"佛光普照"灯光烟火晚会隆重举行，中央和海南省领导到现场观看表演。

在观音菩萨的赞歌中拉开了"佛光普照"灯光烟火晚会表演的序幕，灯光表演雄伟壮观、变幻独特、充分展示佛教庄严而神秘的氛围，观音苑区的游客和信众由衷发出赞叹，掌声阵阵，闪光灯不停闪烁。在如幻如梦的灯光表演后，天空绽放朵朵烟花，将整个开光大典活动推向最高潮，开光大典也圆满安全顺利举行。

高僧大德们纷纷赞叹非常令人震撼，让人看到高科技的魅力。

4月15—16日，观音苑公司石晶与南山锦江旅行社徐琳前往广西桂林参加"2005年中国国内旅游交易会"。

6月8日，市场部何海、侯程恺代表公司赴港澳参加2005香港旅游推介会，推介会为期8天。

6月21日，观音苑公司在观音岛举办了第24次南海放生活动。此次活动是为在108米南山海上观音开光大典举行期间，由于种种原因，没能如愿参加开光大典的各地佛教信众举办的一次活动。举办此次活动，也是为感谢各地佛教信徒对南山海上观音项目多年来的支持，以及向各地佛教信徒汇报在大家的支持下海上观音像的建设成果。来自北京、杭州、海口等地信众200多人参加了这次活动。

7月24日(农历六月十九)，正值观音菩萨成道日，为满足广大佛教信众的宗教活动需求，南山观音苑公司再次推出"南海放生"这一品牌活动，此次活动也是观音苑举办的第25次南海放生活动。活动包括"礼佛行仪·上头香""登莲台·抱佛脚""法施慧命·南海放生""南山游园""佛映莲心·莲池放灯"等。

9月26日，"达维"台风登陆万宁，南山海上观音像经受考验，安然无恙。

相关内容链接：

26日、27日，三亚经历了50年以来最强的台风袭击。登陆万宁的18号台风"达维"最大风速为55米/秒，相当于16级台风风速。

108米南山海上观音经受住了考验，凌波屹立在南海之上，安然无恙。

南山海上观音采用框架式钢结构，整尊像体由白色合金材料锻制而成，白色合金壁板外涂特制材料，像重约2600吨。观音像坐落在1万平方米的金刚岛上，金刚岛由184根灌注桩，重约16吨、2491块扭王字块奠基而成，设计承受相当于15级台风风速，同时具有防浪功能。

10月21日（农历九月十九观音菩萨出家日），南山观音苑公司第四届"金秋南山放生会"活动圆满举行。

此次"金秋南山放生会"是108米南山海上观音像开光后首次举办的大型活动。活动除了开展体现人与自然和谐、护生环保理念的"南海放生"之外，还安排了许多特色主题活动，进一步延伸南海放生品牌。如"消灾祈福延寿法会""南海祈愿""禅茶一味·禅茶会""海上游南山""游南山品素斋""佛映莲心·莲池放灯"等，内容相当丰富。除此之外，为庆祝观音菩萨出家纪念日，观音苑活动组委会还特别安排"佛光普照"大型灯光演示，再现开光大典盛况。

12月3—13日，南山观音苑公司会同南山迎宾馆推出"'心'之服务"特色观光游活动。此次活动的推出，也是为100多名中石化院士团的南山行量身打造。为体现"心"之服务的人文理念，除为院士们提供"禅茶一味·禅茶会""佛映莲心·莲池放灯""广植慧根·敬植菩提"等文化主题特色活动外，还安排了亚龙湾、天涯海角等知名景区联线观光游。此外，亚洲第一大型灯光音乐剧《佛光普照》的演绎，作为此次系列活动的压轴戏上演，再现开光大典盛况。

三亚南山海上观音像建设者名单 ①

历任董事会成员（不完全统计）：

井　欣　季素福　张　辉　李森海　周文武

公司领导（10人）：

季素福　徐勇良　吴懋功　李　飞　彭哲勇　吴国松

沈方瑜　倪庭献　张焕平　徐　佳

公司顾问（2人）：

井庆范　金　声

公司本部（13人）：

姚　毅　何　海　苗根好　俞治华　王国昌　徐庆丰

孙积英　侯程恺　张　彪　王志军　黄建平　苏　栩

陈大力

---

① 三亚108米南山海上观音，历时六年多敬造完成，为表彰这批功德无量的历史创造者、
观音像建设者，列出了2005年4月24日开光大典前，在三亚南山观音苑建设发展有限公
司及其下属子公司工作超过一年的员工名单，包括开光大典前已离开的员工。

工程技术人员（7人）：

陈　亮　　潘明煜　　王磊敏　　闫绪远　　王兆枢　　徐伦章

江　海

部门经理（14人）：

李广文　　陈东涛　　刘　亚　　姚新敏　　沈春华　　刘耐波

江文斌　　陆　剑　　林　欣　　程晓萌　　孙仕忠　　章国权

陆大江　　崔功辉

部门副经理（14人）：

季锁荣　　程曼倩　　姚肖雁　　糜瑞华　　张　俊　　王建国

朱　明　　徐筱晴　　赵龙生　　王　宇　　潘建芳　　岑文发

何　健　　胡志林

经理助理（16人）：

孙　璞　　方素珍　　赵益民　　吴碧云　　叶　青　　路　敏

朱　萍　　李家伟　　李　珊　　徐　琳　　林春燕　　袁雪冰

李　秾　　默聪丽　　李东玫　　李金福

主管（38人）：

张良梅　　龚智杰　　王　琳　　周达文　　马遵毅　　邢贞瑰

叶　青　　葛任华　　林　武　　王东峰　　楚云龙　　王身专

刘　巧　　张　莉　　梁　清　　周　媛　　杨　飞　　张莉华

董晓樱　　陈贻德　　赵淑慧　　卢开雄　　隽祖朋　　李　军

付　丽　　李鸿明　　朱　斌　　王上恩　　陈雄伟　　张连春

王雍政　　黄耀辉　　李晓林　　刘　贤　　马　晓　　刘　辉

汲卫东　　陈　力

员工（178人）：

冯成泰　　陈巧玲　　董春存　　黎永娓　　苏立果　　黄齐健

刘　燕	孟　姜	王　佳	罗延兵	江　波	陈　诚
李　镇	陈　文	林永师	冯小华	林方武	侯胜才
吴　斌	许世民	文鉴锦	陈天福	李银生	符林峰
黄海洋	史保康	王　丽	周　容	符妙玉	李扬超
罗贤宝	邢美容	严　明	王政平	张新松	王晓红
邓　涛	李志伟	陈昭如	高玉尚	叶海强	周　龙
韩玉利	谢盛冠	郑世能	刘治国	李兴岭	李春桂
陈朝辉	黄　敏	杨英芝	陈文龙	袁萱华	庄　严
冯国文	吴志雄	胡秀峰	高　波	陈加奇	冯　江
薛冠元	张　奕	祁　扬	陈松海	谢建忠	叶志伟
唐　婧	王常青	韩　青	洪何生	黎海荣	王　波
孟翠萍	周伟德	陈新田	邢世民	陈丽娜	韩雪飞
周小勇	冯　江	刘　光	严　津	王拴进	许文莉
陈运龙	顾一骏	赵亚军	关万亚	谭文利	李　娜
刘清兰	张　婷	陈　丹	关天全	乔明亮	崔建威
夏剑萍	施美萍	韩艳文	桂敬丽	金美惠	符秀英
程　执	沈月香	符　丰	曾传珍	朱玉珍	符　苗
符冰莲	林志坚	陈泽瑞	吴竟成	吴淑江	刘　松
刘　婷	黄道政	韩明光	叶亚生	薛桂芳	陈亚连
钟勤明	薛桂琼	文海鹏	肖梦松	符宏文	邢增敏
陈贵雄	郑庆文	陈开云	龚海庭	陈孝崇	钟昭丽
李越强	郑金花	陈　燕	王　胜	张朝霞	符义雄
蔡向勇	符英园	林青虹	许二妹	邢福利	黄雪利
郑海建	王金兰	吴文峰	符小珠	钟雄华	卜才燕
钟小芳	欧鹦鹉	吴七新	胡晓敏	邓韦玲	沈雪花

谭月萍　陈雪芳　蒋延香　徐华姑　徐友天　邹喜梦
梁嫚丽　陈文莉　郭芳燕　吴富秀　林秀娟　黄小珍
黄小花　钟明艳　黄耀辉　肖元平　罗亦兵　温泽民
黄开辉　陈迎锋　陈秋军　胡金莲

迎宾馆（主要餐饮、客房、接待、财务等，246人）：

霍汉勇　郑　伟　程　敏　王琳琳　郄永涛　李照刚
吴淑春　陈乾帅　吴海花　安素军　张　兵　李娟娟
郝东军　王卫娜　邢曾妙　赵　银　陈少暖　董　萍
王　兵　王大明　苏惠妃　孙改红　刘小丽　张　臣
颜舜尧　陈泳君　洪海岸　刘中林　刘　峙　王朝军
许　慧　吴永庆　谢　超　王学堂　周细生　许振渝
吴逢将　范安瑞　王康定　王俞梁　许泽锐　郭小焕
王华丽　陆　文　李　健　吴清炜　麦树琳　王贞娇
陈春香　曹茶花　刘陈娇　孟春芸　陈秀珍　潘菲菲
顾业英　苏忠雄　林越敏　林冬梅　周始状　王　征
黄丽珍　陈宝明　钱娟娟　张俊杰　吴　莉　黎小兰
钟雪丽　李　君　李燕妮　黄　炼　侯　慧　郑娴霞
李赛雄　郑　川　宋　炀　郑　伟　张　建　罗彦军
陈益禄　张美芳　范志亮　龙玉亭　陈珊珊　杜　娟
尹莉源　胡慧贤　童森林　胡洪孝　梁瑞杰　何　丽
周志坚　符娇妹　苏婉妃　谭连皎　张金玲　符才尾
刘　花　李美乖　王　玲　黄　玲　涂俊红　符玉妮
陈求云　洪信云　王芳妹　桂文丽　杨泽明　符　斌
刘国强　杨海桃　韦悦成　力春涛　林少华　罗周状
杨金荣　林　云　符　凯　陈正强　樊立新　张印之

徐少军	周相伦	邓光彩	汪清海	李得跃	孙鸿炬
朱武培	郑海丰	项小洪	姜回桥	张玉荣	苏运景
熊游华	韩鸾衍	曹薇	符立果	黎姣	张广智
于伟	陈小运	周武	陈维平	刘满春	高树林
陈福东	刘星	刘莉华	钟敬华	陈珮莹	聂红艳
白爱琼	汪卿	黄艳群	吉训焕	孙莉	林静
陈江	秦铭	王玲莉	王亚寨	林娜	邢关月
符玉女	聂小艳	何晓盈	丁春晶	张理萍	张玉萍
王秋美	彭少丽	邢玉珍	田侠	伍美珠	郭琰斐
刘珊	余林珏	梁安帅	陈叶	纪博雄	王洪敏
梁海霞	梁海飞	龚四毛	张受能	陈元鹏	吴祖飞
陈文力	魏利涛	苏盛煌	符芳汉	林朝波	林势起
吴源满	兰海岸	吉霞	何春明	董美礼	张金瓶
邓全芳	朱永花	李国芬	陈不娟	董永辉	符上娥
董玉娥	苏金兰	林泽于	吴晔	熊国庆	邓书生
吴竟成	唐少明	杨小灵	刘向党	陈泽锐	曹明丰
黄亚亮	王群杰	陈章权	龙洪能	周祥雄	刘杨
吴淑江	陈光贵	黎世弟	吴多星	刘松	王纪武
卫先海	王化清	符伟俊	陈俊峰	符琦	周洪
孙固	闫丹	李明河	黄友才	王式周	杨会玉
王泽栋	王式镇	麻善平	邢海波	李启明	王敏

曾经工作过的员工（185人）：

董家昌	甫小飞	万有发	龚建庭	董玉妮	符春苗
胡清戏	符清文	董永华	董国球	兰子雄	林小龙
苏金章	董博	苏亚貂	苏天门	苏家瑞	甫玉万

陈雄	苏文杰	高亚彬	胡玉明	胡成彪	胡永健
胡泽毛	董存祥	胡聪	胡玉光	董日文	董文华
胡文春	符德修	符儒鹏	胡德鹏	符德仁	胡海林
董小新	胡福行	董家会	符三妹	胡上壮	胡神
符家流	林贞华	董小安	高家贤	林华权	董国林
董金良	谭爱銮	林秋琼	张信苓	杨忠民	彭银华
赵会近	高福兰	符玉芬	陈询询	崔建武	郑鸿达
史涛	袁怀顺	胡宝健	刘锦春	陈新荣	刘军
叶松霖	谢晓东	夏宁	刘瑾	季涛	张馨
王兴林	吴秋中	闫渊	汪小勇	梁晔	王迪
赵诚凤	张前均	陈珠	唐统国	任欣	吴少玲
彭文英	苏轶宝	李永红	陈有庄	林浪	冯林源
朱强	梁鹏	娄渊信	吴海星	倪斌	艾建军
林志芳	欧阳大伟	曾山	石新红	方艳艳	陈喜飞
唐彬彬	王海舰	张静	姚雄	陈菲	于玲
徐浩	张淑娟	李广军	黄宗琳	王守叶	王海萍
谷俊明	李海霞	王世皇	徐敬德	羊锦伦	葛宇
林志芳	步捷	张蔚鸲	戴国静	林海音	蒋建华
林伟	马恒光	潘昌安	张正坤	张艺馨	陈灿
王宏	左楠	李宣霖	胡寒红	石晶	陈燕
汤逾群	王秀兰	白鹏	林海花	刘卫东	王荣
张孝军	梁海峰	林启圣	刘艳	肖波	王伟
林岗松	耿慧珍	王务进	李勇	张希	徐丹丹
王会芳	王婷	李明河	陆李姑	薛桂琼	肖梦松
郑庆文	陈开云	王胜	钟童泳	李神	梁亚门

符亚令　陈海云　李积有　林鸿鹏　曹水妹　陈劲强

陈玉国　何光明　林春美　李亚莲　王　世　符亚江

陈二霞　郑斯琴　陈海英　龚建立　刘凤兰

三亚南山海上观音像开光大典
主礼法师名单

总主法名单（13 人）：

一诚长老：中国佛教协会会长

觉光长老：香港佛教联合会会长

星云长老：台湾佛光山开山宗长

净良法师：台湾中国佛教会理事长

圣辉法师：中国佛教协会副会长、湖南佛教协会会长

明乘法师：台北能仁家商董事长

净心法师：台湾中国佛教会前理事长

新成法师：中国佛教协会咨议委员会副主席、三亚南山寺住持

绍根法师：香港佛教联合会顾问、楞严精舍住持

智慧法师：香港佛教联合会总务主任、宝莲禅寺住持

健钊法师：澳门佛教总会理事长、菩提禅寺住持

珠康活佛：中国佛教协会副会长、西藏佛教协会会长

祐巴龙庄：中国佛教协会副会长、西双版纳总佛寺住持

主法名单：

净慧法师：中国佛教协会副会长、河北佛教协会会长

学诚法师：中国佛教协会副会长、福建佛教协会会长

见达法师：台湾中台禅寺副住持

多吉扎活佛：中国佛教协会副会长

见晨法师：台湾中台禅寺副住持

香根活佛：中国佛教协会副会长、四川佛教协会名誉会长

会光法师：台湾中国佛教会副理事长

图布丹活佛：中国佛教协会副会长、北京雍和宫住持

机修法师：澳门普济禅寺观音堂住持

根通法师：中国佛教协会副会长、山西佛教协会会长

净雄法师：台湾佛教三德弘法中心住持

戒忍法师：中国佛教协会副会长、浙江佛教协会会长

明光法师：台北佛教会理事长

永信法师：中国佛教协会副会长、河南佛教协会会长

心茂法师：高雄县佛教会理事长

明生法师：中国佛教协会副会长、广东佛教协会会长

慧空法师：台中慈光寺住持

净耀法师：台北大香山观音禅寺台住持

觉醒法师：中国佛教协会副会长、上海佛教协会会长

妙元法师：中佛会两岸交流委员会主委

怀善法师：中国佛教协会副秘书长

明空法师：中华佛教青年会副理事长

明哲法师：山东佛教协会名誉会长、青岛湛山寺住持

传济法师：花莲佛教青年会会长

惟贤法师：中佛协咨议委员会副主席、重庆佛教协会会长

贤明法师：中华佛教青年会弘法委员会主委

明海法师：河北佛教协会副会长、赵县柏林禅寺住持

法华法师：中华佛教青年会弘法委员会委员

照元法师：辽宁省佛教协会会长、沈阳市慈恩寺住持

觉真法师：香港佛教僧伽学院副院长

成刚法师：吉林佛教协会会长、长春般若寺住持

宏明法师：香港佛教僧伽学院教务长

静波法师：黑龙江佛教协会会长、哈尔滨极乐寺住持

弘法法师：江苏佛教协会副会长、泰州光孝寺住持

修智法师：香港妙云寺住持

松纯法师：江苏佛教协会副会长、常州天宁寺住持

心澄法师：江苏佛教协会副会长、镇江金山寺住持

无相法师：江苏佛教协会副会长、无锡祥符寺住持

秋爽法师：江苏佛教协会副会长、苏州寒山寺住持

果光法师：江苏佛教协会副会长、徐州兴化禅寺住持

可祥法师：浙江佛教协会副会长、宁波七塔寺住持

允观法师：浙江佛教协会副会长、天台国清寺住持

觉乘法师：杭州灵隐寺监院

诚信法师：浙江佛教协会副会长、宁波天童寺住持

慧庆法师：九华山佛教协会副会长、百岁宫住持

圣富法师：九华山佛教协会副会长、肉身宝殿住持

普法法师：福建佛教协会副会长、福州鼓山涌泉寺住持

道元法师：福建佛教协会副会长、泉州大开元寺住持

本性法师：福建佛教协会副会长、福州开元寺住持

赵雄法师：福建佛教协会副秘书长、福州西禅寺住持

界象法师：厦门南普陀寺监院

则悟法师：厦门南普陀寺代住持

妙安法师：江西省佛教协会副会长兼秘书长

妙侠法师：河南省佛教协会副会长、桐柏水帘寺住持

心广法师：河南省佛教协会副会长、开封市大相国寺住持

正慈法师：湖北佛教协会副会长、黄石弘化禅寺住持

见忍法师：湖北佛教协会副会长、黄梅五祖寺住持

惟正法师：湖南佛教协会副会长、南岳祝圣寺住持

大岳法师：湖南佛教协会副会长、南岳福严寺住持

法通法师：湖南佛教协会副会长

怀泉法师：湖南佛教协会副秘书长

延藏法师：湖南佛教协会副会长、九夷山永福寺住持

光明法师：广东佛教协会副会长、广州华林寺住持

传正法师：广东佛教协会副会长、韶关南华寺住持

宏满法师：广东佛教协会副会长、顺德宝林寺住持

法量法师：广东佛教协会副会长、广州六榕寺住持

耀智法师：广东佛教协会副会长、广州大佛寺住持

荣波法师：广西佛教协会会长

宗性法师：四川佛教协会副会长、成都文殊寺住持

智海法师：四川内江圣水寺住持

身振法师：重庆市佛教协会副会长、重庆双桂堂住持

心照法师：贵州佛教协会副会长、遵义湘山寺住持

都罕听法师：云南佛教协会副会长、景宏橄榄坝佛寺住持

崇化法师：云南佛教协会副会长、昆明圆通寺住持

增勤法师：陕西佛教协会副会长、西安大慈恩寺住持

理智法师：甘肃佛教协会副会长、武威鸠摩罗什寺住持

理因法师：甘肃佛教协会副会长、兰州浚源寺监院

耀正法师：宁夏佛教协会会长、灵武寺住持

演觉法师：北京广济寺监院

向学法师：北京法源寺监院

清远法师：中佛协教务部副主任

普正法师：中佛协国际部副主任

宏度法师：中佛协研究室副主任

圆持法师：中佛协图书馆馆长

理证法师：中国佛学院教务主任

常藏法师：灵光寺监院

圆慈法师：灵岩山佛学院讲师

长顺法师：北京广济寺书记

湛如法师：北京大学东语系教授

心印法师：广东佛教协会副会长、潮阳灵山护国禅寺住持

德悟法师：静安寺退居方丈

明义法师：新加坡福海禅院住持

慧雄法师：印尼大雄山西禅寺住持

三亚南山海上观音像建设
施工单位名单

华东建筑设计研究院有限公司

上海远东国际桥梁建设有限公司

南京晨光集团有限公司

葛洲坝集团第一工程有限公司

深圳康利石材公司

上海通用电气有限公司

珠海泰立灯光音响设计安装有限公司

上海荣兴装饰公司

上海泽阳建筑装潢设计有限公司

海南科经装饰工程有限公司

上虞市金友民间艺术雕塑院

广东冶金装饰有限公司

海南南山园林开发管理有限公司

北京金瀑布环境艺术有限责任公司

海口富海消防工程有限公司

三亚绿叶园林有限公司

三亚恒大园林有限公司·昌隆有限公司

上海天创装饰有限公司

福建惠安县华龙石业安装有限公司

杭州金星铜装饰材料有限公司

三亚白蚁防治中心

海南中外建设工程监理有限公司

杭州典尚装饰设计公司

三亚市建设工程质量安全检测鉴定中心

三亚市建设局

上虞市鼎盛民间雕塑厂

南京市油画雕塑院

上海久住晓宝工程建设总承包有限公司

上海嘉定生声玻璃仪器厂

福建惠安云峰石业工艺有限公司

沈阳杰纳工业涂装技术工程有限公司

北京智观圆融文化发展有限公司

上海立信长江建设工程造价咨询有限公司

无锡市钱绍武雕塑研究院

上海确诚房地产公司

上海第九设计院海南分院

济南园林开发集团

上海戈律尉尔净化技术有限公司

上海金迪生物技术工程有限公司

海南佳奥电梯设备有限公司

广州奥的斯电梯有限公司

海南交通工程监理公司

上海市工程建设咨询监理有限公司海南分公司

华东建筑设计研究院第三设计所

中国建筑技术研究院建筑历史研究院

北京古今慧海文化信息交流中心

海南海洋开发规划设计院

北京北奥大型文化体育活动有限公司

海南（上海）建筑设计研究有限公司

后　记

　　经过5个多月的紧张写作，反复修改，当写完最后一字，心里一直悬着的念想终于放下，心情变得轻松起来，历时8年的资料收集、人物访谈、实地考察、音像整理等，终于像把一摊散落四处的种子集中起来，播撒培植，悉心劳作，结出硕果，犹如一束含苞初绽的迎春花，以此献给三亚南山海上观音像建设者，献给那些默默做出贡献的劳动者。

　　记得在我国2010年上海世博会举行的前两年，我忙碌新闻采访。有一天，到我的文友、文汇出版社社长桂国强的办公室聊及书籍出版事宜，完毕后他问我有否余暇，说程乃珊有件事委托他，要找一位记者或作家，能写下海南三亚刚建成的南山海上观音像的建设历程，我与桂国强开玩笑说："大门口外放椅子——明摆着。"程乃珊是著名作家，这样的题材她不是最好的人选吗，还用得上我们这些专写"千字文"的记者？桂国强解释说，她很忙，有许多创作任务，加上采访是你们记者强项，是否一试？于是我答应了。惋惜的是，2013年程乃珊因病去世，我再也不能推辞，只能努力地前行。

　　原本以为只要采访后，按新闻体"纪实"一番即可完成。孰不知一接手，发现事情并非如此简单。此后，经过多次深入采访发掘，发现这个题材非同一般，这项工程用"惊世之作"来形容，亦不为过。如今不少游客、观众、信徒到海南三亚，都会去南山海上观音观瞻、礼拜。这尊108米高的海上观音像成为地标建筑，深有国际影响，景区闻名遐迩。好在观音苑公司总顾问吴国松老师与我接洽后，一见如故，他热情接待，全程陪同，悉心安排，介绍了不少工程建设者，使我渐渐静下心来，像采矿开掘一样，不断发现，不断收获。吴总是"老航天"，20世纪60年代毕业于复旦化学系，后进入上海航天803研究所从事技术科研和管理，又被派往海外出任航天一家大公司的老总。他工作作风严谨缜密，做事极其认真，待人和蔼可亲。他的亲力亲为、一丝不苟，为我采访提供许多便利，加上他全局性地考虑问题，使我觉得义不容辞地要写出和写好这些建设者包括领导者的一种精神、一种使命，为历史留下建设者足印，为后人留下他们不为人知的功绩。

用了两三年时间，在吴总的促成下，我几乎采访、录音了众多南山海上观音建设者的事迹，上至高层领导，下至普通群众，以及为南山海上观音建设出人出力而不计私利的各界人士，这样的采访在我的记者生涯中亦是十分难得，至今令人难忘。写出这本书，初心是记录建设者的心迹，可惜因忙碌其他事务，采写断断续续，以致拖延8年，曾经的激情有点冷却，也好，可以深思，可以熟想，可以论证，可以观察，使这本书能真实反映工程建设的艰难和艰辛。南山海上观音建设一期工程也花了8年之多，如今被世人赞美、惊叹，想必工程建设者的心血没有白花，他们的劳动成果、建设成就如同一座丰碑，将永远铭刻在人们心间。还需要提一笔的是，本书成稿后，有些建设者因病不幸去世，未能亲眼看到本书的正式出版，留下遗憾，令人悲恸，但建设团队不会遗忘他们，人们将永远记住他们的功绩。由此，与人为善，积极向上，慈悲心灵，和平世界，正构成我们社会发展的主流。

有个细节令人动容，当年建设总指挥季素福为这项工程建设倾注心血，最近一两年与建设者们团聚时，透露要写作出版一部工程建设的书，且留下公司所有员工姓名。他颇有歉意地说："这么多年我们一起建设，同甘共苦，现在我们自己看看也很开心，但是在建设的时候，一是工资没加，二是奖金也没加，每月仅700多元，后来再涨到一两千元、两三千元，作为当年总经理实在过意不去，现在只能请你们吃顿饭，大家聚聚。"这些建设者说："季总，不谈钱了，我们心里很满足，有成就感，这比你当年发几万元奖金更管用。将来对子女也好，对亲友也罢，我们可以对他们说，'你不要看不起你父母，我们做过观音苑大工程'。有历史传承，能代代传下去嘛！"确实，这是留下一种精神，一种文化，一种力量，也是一种信仰，传给后人。作为作者，我被这些员工包括各合作建设单位无名者的义举深深打动。

这本书写的是南山海上观音像建设。其实这是一个时代的作品，也是一个时代的成就，诚如季总所说"离开这个时代，我们做不成，做不出"。再就是这支队伍，这个工程技术，在社会经济的发展中，显示出巨大正能量，发挥了重要作用，其中核心是一个团队作用，人才济济，力量强大。表面看，是这些人在干，其实背后有很多的无名英雄担当风险。按建设者的话说，这就是福报，这就是功德，是对历史、对海南、对三亚、对家庭所做的一件有意义的事。

写本书的目的，是想将历史痕迹留下来，是真实讲述三亚南山海上观音像建设的故事，力图体现中国文化的传承和对中华文化的自信。在此，要感谢受访者以及各建设单位提供大量素材，感谢观音苑公司领导及领导机关提供有关材料，同时也感谢观音苑公司陈力拍摄大量图片配文，感谢原文汇出版社社长桂国强、现任社长兼总编辑周伯军、责任编辑乐渭琦给予大力支持和积极帮助。

限于作者的学识水平和文字功底，对书中的缺失与谬误，祈望各界行家、广大读者赐教。